ullstein

Das Buch

Sandras Generation hat von ihren Eltern einen Auftrag erhalten: alles besser machen, die Welt verändern. Bewusst leben, die Umwelt schützen, die Gleichberechtigung durchsetzen. Doch inzwischen hat Sandra selbst zwei Kinder und kann nur noch hilflos dabei zuschauen, wie die einst so hochgehaltenen Ideale im Alltag langsam, aber sicher verloren gehen: Die basisdemokratische Kommunikation in ihrem Mehrgenerationenhaus geht ins Leere, ihre Freundinnen wetteifern immer nur darum, welche den Kindern das beste Bioessen vorsetzt. Und niemand hört ihr zu. So hat sie sich das mit der besseren Welt nicht vorgestellt.

Klar und unerbittlich, witzig und ironisch zeichnet Anke Stelling ihr Portrait der Hoffnungen, Kämpfe und Widersprüchlichkeiten des modernen Mutterdaseins.

Die Autorin

Anke Stelling, 1971 in Ulm geboren, studierte am Deutschen Literaturinstitut in Leipzig. Ihr gemeinsam mit Robby Dannenberg verfasster Roman *Gisela* und die Erzählung *Glückliche Fügung* wurden verfilmt. Weitere Veröffentlichungen sind *Nimm mich mit* (mit Robby Dannenberg) und *Horchen*.

Anke Stelling

Bodentiefe Fenster

Roman

Ullstein

Besuchen Sie uns im Internet:
www.ullstein.de

Die Autorin dankt Daniela Plügge für ihre Arbeit
und die Unterstützung beim Schreiben dieses Buches.

Lizenzausgabe im Ullstein Taschenbuch
1. Auflage Oktober 2016
7. Auflage 2021
© Verbrecher Verlag Jörg Sundermeier, Gneisenaustr. 2a, 10961 Berlin,
www.verbrecherverlag.de, 2015
Umschlaggestaltung: zero-media.net, München
nach einer Vorlage vom Verbrecher Verlag, Berlin
Titelabbildung: © Katharina Greve
Druck und Bindearbeiten: CPI books GmbH, Leck
ISBN 978-3-548-28851-2

Als Sandra Anfang der Siebziger geboren wurde, war es Mode, den Kindern kurze Namen zu geben. Leicht auszusprechen, unprätentiös. Selbst »Sandra« schien damals noch umständlich, sodass Sandra die meiste Zeit nur »Sanni« gerufen wurde.

Doch eines Nachmittags, als sie neun war, spielte sie mit ihrer Freundin Anne Zirkus, und da beschlossen die beiden Mädchen, dass zumindest Artistinnen etwas Glitzernderes und Aufwändigeres verdient hatten, und nannten sich »Kassandra« und »Anakonda«.

Als sie den Eltern am Abend das Programm vorführten, kicherten sie und drehten affektiert ihre Handgelenke. Mehrmals stellten sie einander vor, ja: Man könnte fast sagen, dass die Artistinnennummer aus nichts anderem bestand als aus Kichern, Verbeugen und der Beschwörung zweier Wesen, die sie selbst waren und auch wieder nicht.

Die Eltern applaudierten geduldig.

Woher die neunjährige Sandra den Namen »Kassandra« hatte? Vermutlich aus dem Fernsehen, aus der Zeichentrickserie »Biene Maja«. Mythen und Sagen des Altertums gab's nur bei Leuten, die sich auch in den Siebzigern das Recht herausnahmen, ihren Kindern drei- bis viersilbige Rufnamen und zudem noch Zweit- und Drittnamen zu geben.

»Sandra?«
 »Hm?«
 »Siehst du was?«
 »Nö. – Ich hab' meine Kontaktlinsen noch nicht drin.«

I

Ich bin wie meine Mutter.

Ich sitze hier und heule, weil ich meine Freundin nicht retten kann.

Isa wird zugrunde gehen, sie wird in der Klapsmühle enden, die Kinder tot oder ebenfalls in der Klapsmühle oder knapp entkommen, aber nur fürs Erste, nur so lange, bis sie selbst Familie gründen, dann geht's noch mal von vorne los.

»My Mother / My Self« – in schöner Regelmäßigkeit wiederholt sich alles, und für mich ist, genau wie für meine Mutter, die Rolle der Freundin vorgesehen, der stets vergeblich warnenden Freundin, der am Ende nichts anderes übrig bleibt als fortzugehen, um zumindest nicht mitschuldig zu werden.

Man soll das so machen, man soll kranke Systeme nicht stützen.

»Wissen Sie«, hat die Angehörigenberaterin der Drogenhilfe zu mir gesagt – vor fünfzehn Jahren, als mein damaliger Freund auf Heroin war und ich mein Geld vor ihm verstecken musste –, »wissen Sie, es ist hart mit anzusehen, wie ein geliebter Mensch sich kaputtmacht, aber indem Sie bleiben, verhindern Sie jede Veränderung zum Guten, damit beweisen Sie nur, dass es ja doch noch irgendwie geht.«

Taten sagen mehr als Worte, das hab' ich mir damals gemerkt.

Vorher hat es allerdings immer anders geheißen.

Im Kinderladen und in der Schule sollte man reden: reden, um einander zu verstehen, reden, um Konflikte zu lösen. Als mir Eva Engelmann im Kinderladen ein Büschel Haare ausgerissen hat, hat Elvira, die Erzieherin, uns beiseite genommen; sie hat sich mit uns in die Garderobe gesetzt – jede von uns auf einem ihrer Knie – und gewartet, bis ich aufgehört habe zu weinen und ausführlich berichten konnte, wie sehr mir das wehgetan hat. Dann hat sie gewartet, bis wiederum Eva aufgehört hat zu weinen und so weit war zu behaupten, dass sie es schließlich nicht mit Absicht getan habe und außerdem ich diejenige gewesen sei, die angefangen hätte –

Dieses Vorgehen hat sich mir eingeprägt, nach diesem Vorbild bin ich dann auch mit meinem Ex-Freund verfahren. Ich sagte beispielsweise, dass es mir wehtue, wenn er mir mein Bafög stehle, und er sagte, sicher, doch dass das im Grunde keine Absicht gewesen sei, sondern nur die Sucht. »Du musst das lassen«, sagte ich, und er: »Ja, verdammt noch mal, das will ich doch auch.« Woraufhin ich wartete, bis es das nächste Mal geschah.

Das hat sich erst geändert durch den Termin bei der Drogenberaterin, durch das neue Motto »Taten statt Worte«. Aber wenn ich es mir recht überlege, bestätigt dieses Beispiel doch wiederum die Wirksamkeit des Redens, schließlich war das Gespräch mit der Beraterin auch nichts anderes als Gerede, und das neue Motto bestand ebenfalls nur aus Worten.

Allerdings denen einer professionellen Beraterin.

Ich hingegen bin nur die Freundin. Wenn ich rede, hilft das nichts.

Ich muss die, die ich liebe, verlassen und darauf warten, dass sie sich zugrunde richten oder sich selbst helfen, dass sie freiwillig etwas ändern oder sterben.

Ich will nicht, dass Isa stirbt. Ich will sie um Himmelswillen da rauskriegen.

Ich habe sie in der Uni kennengelernt. Ich weiß noch, wie ich meiner Schwester erzählte, dass da eine Frau sei, mit der ich gern befreundet wäre, zwei Semester über mir und wahnsinnig cool, dass ich aber nicht so recht wisse, wie ich es anstellen solle, weil doch so viele in den Seminaren säßen und in der Mensa erst recht. Meine Schwester riet mir, einfach abzuwarten, nach ein paar Monaten würden sich die, die zusammenpassen, schon finden; meine Schwester ist älter als ich und hatte Erfahrung mit dem Studieren.

Im Jahr darauf waren Isa und ich dann befreundet, ich hatte mich gar nicht anstrengen müssen, und es war eine tolle Zeit. Isa war Feministin und hat wunderbare Texte geschrieben, und dann hat sie Tom kennengelernt und mit ihm zwei Kinder gekriegt, obwohl Tom das eigentlich nicht wollte, weil er schon zwei Kinder hatte und eine psychotische Ex. Aber Isa dachte, na ja, wenn die Kinder erst mal da sind, wird sich das schon regeln, und außerdem kümmerte sie sich ja auch um die früheren Kinder von Tom, und wirklich geweigert hat Tom sich schließlich nicht, sondern die neuen Kinder auf natürlichem Wege gezeugt.

Überhaupt konnte Isa sich das, was dann kam, wohl nicht so richtig vorstellen – ich verstehe das, das kann sich keiner vorstellen: Wie Tom es seitdem schafft, derart ernst zu machen mit dem Nichtwollen und Trotzdemhaben. Und zwar nicht nur in Bezug auf die Kinder, sondern auch in Bezug auf Isa selbst.

Tom macht es so, dass er Isa nicht hilft. Niemals. Bei nichts.

»*Du* wolltest die Kinder«, sagt er, wenn Isa ihn bittet, nur ganz kurz nach dem Baby zu sehen, während sie in der Dusche ist; »Das ist dein Problem«, wenn Isa ihn bittet, ausnahmsweise mal den Zweijährigen in die Betreuung zu bringen – am Tag nach der Geburt des zweiten Kindes – und: »Ich kann nicht, das weißt du«, wenn sie fragt, ob sie ihm dann wenigstens das Baby kurz mal dalassen könne. Und also nimmt Isa das frisch abgenabelte Kind auf den Arm und das ältere an die Hand und schleppt sich mit Wochenfluss und Milcheinschuss in die Kita.

Tom macht es so, dass er sein natürliches menschliches Mitgefühl einfach abstellt – falls er überhaupt ein solches besitzt – und in seinem Zimmer verschwindet und die Tür zumacht. Fertig. Schließlich hat er es ihr von Anfang an gesagt.

Isa teilt sich ein Zimmer mit ihren Jungs, während Tom in dem anderen wohnt und seine früheren Kinder, wenn sie da sind, in dem dritten. Tom kennt seine Grenzen, er braucht Ruhe.

Tom kassiert das Kindergeld, schließlich bezahlt er die Miete. Überhaupt findet Tom, dass Isa Schulden bei ihm habe, denn als sie nach der Geburt des zweiten Kindes drei Monate nicht arbeiten konnte, hat er für Isa auch das Essen bezahlt und die Windeln für das erste und das neue Kind. Dieses Geld muss Isa ihm irgendwann zurückgeben, Tom hat alles säuberlich notiert, aber er ist großzügig und belässt es erst mal dabei.

Isa kann keine Sozialleistungen beantragen, weil sie eine Bedarfsgemeinschaft bildet mit Tom, und Tom mit seiner Ex-Frau aber noch eine Eigentumswohnung besitzt, die wegen der Bedarfsgemeinschaft auch auf Isas Einkommen angerechnet wird.

Isa bezahlt die Nebenkosten für die gesamte Wohnung – immerhin wohne sie mietfrei und irgendwas müsse sie schließlich auch zum Haushalt beitragen, findet Tom.

Isa mag sich nicht um Geld streiten.

Isa mag sich überhaupt nicht gern streiten.

Tom habe es auch nicht leicht, findet sie, er mache sich Sorgen um seine früheren Kinder, die er den Strapazen einer Trennung ausgesetzt habe, weshalb seine ganze Fürsorge nun eben ihnen gelte, und das habe sie schließlich gewusst, sagt Isa, das habe er ihr gesagt, dass er keine Kapazitäten mehr frei hätte. Sie selbst, sagt Isa, sei äußerst egoistisch gewesen mit ihrem Kinderwunsch, insofern müsse sie jetzt eben dafür bezahlen, und immerhin sei er da, und ihre gemeinsamen Kinder seien also keine Scheidungskinder und gegenüber den anderen Kindern im Vorteil.

An Weihnachten hat Tom allerdings aus seinem Zimmer eine SMS geschickt, dass er doch nicht zur Bescherung in die Küche kommen könne – die eigentlichen, alten Kinder waren für die Feiertage ohnehin bei der Ex – und also hat Isa mit den neuen Kindern alleine gefeiert. Die waren ein bisschen enttäuscht, weil die Absage ja auch ziemlich kurzfristig kam, aber Isa hat das ausgeglichen, hat mit den Kindern in ihrem Zimmer gefeiert und sie mit Singen und Spielen abgelenkt, damit sie nicht doch noch bei Tom an die Tür klopfen.

Isa ist inzwischen äußerst geübt im Ausgleichen. Sie sagt auch mir gegenüber immer wieder, dass Tom nicht ganz verkehrt sei, nur eben sehr empfindsam, wenig belastbar und mit einer ganz eigenen Auslegung von Wahrheit und Gerechtigkeit begabt.

Was ist schon wahr und gerecht?

Isa und Tom sind gebildet. Nette Leute. Unser Milieu, meine Generation.

Isa schreibt wunderbare Texte, allerdings kommt sie kaum noch dazu, weil sie mit Deutschkursen Geld verdienen und die Kinder versorgen muss, und wenn sie Max und Felix ins Bett gebracht hat, kann Isa auch kein Licht mehr machen, schließlich wohnen sie bei ihr mit im Zimmer, und in der Küche ist auch nicht so viel Platz, weil die Spülmaschine kaputt ist und Tom findet, es sei nicht wirklich mehr Aufwand, das Geschirr von Hand zu spülen – allerdings muss er mit seinen großen Kindern nach dem Essen noch Schulaufgaben machen, und dann wollen sie ausruhen, dann wollen sie's zur Abwechslung mal schön haben zu dritt, wo sie doch ohnehin nur so selten zusammen sind und die Kinder bei ihrer Mutter schon genug im Haushalt helfen. Wenn Isa will, darf sie ein Stündchen mit dazukommen, aber bitte nicht mit einem solchen Gesicht.

Ich weiß nicht, ob mir das irgendjemand glaubt. Es klingt zugespitzt und übertrieben, witzig fast. Ich kann es selbst kaum glauben.

Ich kann es so wenig glauben, dass wir sogar schon zusammen im Urlaub waren, Tom und Isa, Hendrik und ich und alle unsere Kinder, und ich dann Baby Felix genommen und auf Max aufgepasst habe, damit Isa duschen gehen konnte, während Tom mit der Zeitung am Strand lag. Ich habe Max' Eis bezahlt, weil Tom nur seinen früheren Kindern eines spendierte, und ich habe Isa Geld zugesteckt, heimlich, damit Tom es nicht sah und von dem, was Isa bisher im Urlaub alles bezahlt hatte, wieder abzog. Und am Abend, wenn die Kinder schliefen, saßen wir schön zu viert beisammen, Isa kontrollierte ihr Gesicht und wir tranken Rotwein und redeten nicht darüber.

Wie auch?

Darüber kann man nicht reden, das ist einfach nur absurd.

Also redeten wir über andere Dinge.

Isa und Tom sind klug und unterhaltsam. Weder Hendrik noch ich können glauben, dass so kluge Menschen so seltsame Dinge tun beziehungsweise sich gefallen lassen.

Also ließ ich mir am nächsten Tag beim Abwasch von Isa immer neue und noch haarsträubendere Episoden erzählen, und ich wusste, sie hat sich das nicht ausgedacht, ich habe es ja selbst gesehen.

Nachts im Dunkeln sagte ich zu Hendrik, dass ich fände, es könne so nicht weitergehen. Aber am nächsten Tag fuhren wir nach Hause und im Grunde ging es uns ja auch nichts an. Wenn ich zu Tom gesagt hätte: »Hör mal, was soll das denn?«, hätte er mit unbewegter Miene geantwortet: »Das haben wir unter uns geklärt.«

Es war nicht meine Sache, war nicht einmal gesetzeswidrig. Isa ließ sich freiwillig quälen und bestehlen, und das Jugendamt hatte wohl auch schon schlimmere Fälle gesehen. Nichtbeachtung von Kindern ist durchaus verbreitet, immerhin schlug und missbrauchte Tom sie nicht.

Alles, was passierte, war offiziell in Ordnung.

Ich konnte nur versuchen, es zu vergessen, und das klappte auch ganz gut: Je länger es her war, desto weniger konnte ich glauben, dass es wirklich passiert war, und außerdem wohnen sie in Frankfurt und Hendrik und ich in Berlin, und also sahen wir uns eine ganze Zeit lang nicht mehr.

Ab und zu fiel mir die Geschichte mit der SMS wieder ein, immer dann, wenn eine meiner Freundinnen sich beschwerte, dass ihr Ex sich nicht an die vereinbarten Termine und Besuchsabsprachen für die gemeinsamen Kinder hielte. Dann sagte ich: »Sei froh, dass ihr wenigstens nicht mehr zusammen wohnt und er an Heiligabend per SMS aus dem Zimmer nebenan die Weihnachtsbescherung absagt«, und das war jedesmal ziemlich lustig und ein schöner Trost für die alleinerziehende Freundin.

Dass so etwas wirklich passiert, kann ja keiner glauben.

Ich auch nicht.

Die ganze Sache ist mit der Zeit von der Wahrheit zu einer wahren Begebenheit, sprich: zur Anekdote geronnen; das kann nicht die Wirklichkeit sein, wir sind Figuren in einer Geschichte über die Ausbeutung und das Sichausbeutenlassen von Frauen, über kranke, sadistische Männer und hilflose, eingesperrte Mütter, über Freunde, die jahrelang dabei zusehen, ohne sich offen zu äußern.

Nur so kann ich mir auch erklären, dass ich, als Isa letzte Woche anrief, um zu fragen, ob sie bei uns wohnen könnten, wenn sie gemeinsam nach Berlin kämen, gesagt habe: »Ja, sicher, selbstverständlich, ihr könnt gerne bei uns wohnen, klar!«

Wir wohnen in einem generationenübergreifenden Hausprojekt – Hendrik und ich und unsere zwei Kinder – und haben darin eine gemeinschaftlich nutzbare Gästewohnung.

Heide, die Hausälteste, verwaltet diese Gästewohnung, und als ich den Schlüssel bei ihr geholt habe, hat sie mich angelächelt und gesagt: »Wie schön, eine Familie mit vier Kindern, da ist ja wieder ordentlich was los!«

»Ja«, habe ich geantwortet, voller Stolz, dass ich so lustige Leute kenne.

Es ist nämlich so, dass wir im Wohnprojekt darum konkurrieren, wer die lustigsten Bekannten, die besten Argumente, die begabtesten Kinder und die schönste Balkonbegrünung hat – ganz normal vielleicht, wenn man sich so nahe kommt, aber es trägt wie jede Konkurrenz dazu bei, bestimmte Seitenaspekte auszublenden. Zum Beispiel den, dass Isa, Tom und die vier Kinder zwar eine große, aber ganz gewiss keine lustige Familie sind.

Als sie kamen, umarmte ich also Tom und sagte: »Herzlich willkommen, fühlt euch wie zu Hause!«, obwohl ich doch eigentlich nie mehr mit ihm reden, geschweige denn ihn umarmen wollte.

Und wieder ging alles von vorne los: Ich redete mit Tom über Politik und Kunst und die Energiebilanz unseres Hauses; ich ließ mir von Isa beim Abwasch erzählen, dass sie immer noch mit den Jungs in einem Zimmer wohne und nicht wisse, woher in den Schulferien, wenn sie keine Kurse geben könne, das Geld kommen solle, dass aber Tom seine halbe Eigentumswohnung immer noch nicht verkauft habe, weil die psychotische Ex so sehr an dieser Wohnung hänge und sie ja auch in gewisser Weise die eigentliche Heimat seiner eigentlichen Kinder sei; ich sah zu, wie Max und Felix verzweifelt versuchten, mit immer gewagteren BMX-Stunts im Garten Toms Aufmerksamkeit zu erregen, während Tom damit beschäftigt war, seine eigentlichen Kinder unseren Nachbarn vorzustellen, die ihn alle wahnsinnig nett und klug und interessant fanden.

Und wenn ich hingegangen wäre und zu ihm gesagt hätte: »Hör mal, du Drecksack, was bildest du dir eigentlich ein? Glaubst du im Ernst, ich lasse einen wie dich bei mir wohnen?«, dann hätte das ja auch nichts genutzt und wäre am Ende nur auf Isa zurückgefallen.

Ich bin gut darin geworden, zu sehen ohne zu sprechen.

Ich lebe in einem alternativen Wohnprojekt, da beobachtet man einander ständig und lächelt allenfalls dazu.

Seit drei Jahren wohnen wir jetzt hier.

Von außen sieht das Haus aus wie ein ganz normaler Neubau, Berliner Traufhöhe, Lückenschließung, sechs Stockwerke, dreizehn Parteien, unterschiedliche Wohnungsgrößen von fünfzig bis hundertfünfzig Quadratmetern, je nachdem, mit wie vielen Personen man darin wohnt. Ein Gemeinschaftsraum unterm Dach für alle und die Gästewohnung im Erdgeschoss.

Wir haben versucht darauf zu achten, dass unsere Gruppe nicht zu homogen ist, dass auch Ältere, Kinderlose, Schlechtverdienende und Nichtakademiker dabei sind und wir trotzdem alle Entscheidungen im Konsens treffen, trotz der unterschiedlichen Interessen.

Wir haben das Grundstück einer Stiftung überschrieben, um es ein für alle Mal dem Markt zu entziehen; wir sind gegen die Bildung von Wohneigentum und wollen stattdessen genossenschaftlich wirtschaften – weil die Gemeinschaft das wahre Kapital darstellt in dieser von Profitgier und Entsolidarisierung geprägten Gesellschaft.

Isa hat gesagt, dass sie mich beneide. Um den Garten und die netten Nachbarn, darum, dass man sich gegenseitig helfe und die Welt der Kinder nicht an der Wohnungstür ende, sondern sie verschiedene Lebensentwürfe kennenlernen würden. »Du hast es richtig gemacht«, hat Isa gesagt.

Ich weine.

Ich bin die Freundin, die alles richtig macht, und sicher: Im Vergleich zu Isa darf ich mich auf keinen Fall beschweren. Im Vergleich zu Isa geht es mir prima, im Vergleich zu ihren Kindern haben meine hier den Himmel auf Erden, im Vergleich zu den Kindersoldaten im Kongo geht es allerdings auch Isas Kindern relativ gut.

Hendrik kommt rein und sieht besorgt aus.

»Was ist los mit dir?«, fragt er, und ich schniefe und sage, dass es anstrengend gewesen sei mit Isa und Tom, mit all den Lügen und hilflosen Gesprächsversuchen, dass das doch nichts bringe und ich Angst hätte, dass Isas Söhne sterben würden.

»Wieso sollten sie sterben?«

Ich antworte nicht.

Hendrik ist ein großer Verfechter der »Jeder muss sich selbst helfen«-Theorie. Er findet es befremdlich, wie viele Gedanken ich mir um meine Freundinnen und die Bekannten und die Nachbarinnen und die Kitamütter und die Kaiser's-Kassiererinnen mache.

Also sage ich nichts und setze einen Hefeteig an.

Bo fragt, ob er mir helfen dürfe, aber ich lasse mir nicht gern von Dreijährigen helfen. Ich will meinen Hefeteig alleine machen, nur dann bin ich sicher, dass er auch gelingt. Und er muss gelingen, ich muss Zimtwecken backen für Tinkas Geburtstag. Morgen hat Tinka Geburtstag, und dazu bringe ich traditionsgemäß Zimtwecken mit.

Wenn ich weinend Hausarbeit verrichte, bin ich auch wie meine Mutter – Verstärkung von Selbstmitleid durch demonstratives Tätigsein für andere.

»Guck doch mal nach, ob jemand im Garten ist«, sagt Hendrik zu Bo, damit er mich in Ruhe lässt, aber Bo sagt: »Nein«, und Hendrik seufzt und sagt: »Dann kommst du eben mit mir einkaufen.«

Ich bringe Heide den Schlüssel zurück.

»Hat's deinen Gästen gefallen?«, fragt sie.

Ich nicke. Heide lächelt zufrieden.

»Ja, wir haben's schon schön hier«, sagt sie. »Reizende Kinder waren das, die Kinder von deinen Freunden, ich hab' sie im Garten beobachtet.«

Wir haben Balkons nach hinten raus und überall riesige Fenster. Heide ist pensioniert und deshalb viel zu Hause.

Heide weiß genau, welches Kind sich auf welcher Entwicklungsstufe befindet und wie ausgeprägt oder verkümmert sein Sozialverhalten ist; Heide hängt anthroposophischen Ideen an und hat mir gratuliert, als sie mitbekam, dass ich Bo als Säugling kein Vitamin K und Vitamin D verabreicht habe; Heide hat allen jungen Müttern im Haus ein Video zukommen lassen mit dem Titel »Kinder sind Hüllenwesen«, in dem dazu geraten wird, sie zu berühren, bevor man sie anspricht.

»Stimmt«, sage ich. »Die Kinder sind wirklich sehr nett.«

Soll ich ihr die wahre Geschichte von Isa und Tom erzählen? Soll ich ihr sagen, dass ich denke, ich hätte mich mitschuldig gemacht, indem ich sie hier wohnen gelassen und Tom damit die Gelegenheit geboten hätte, sich als aufgeklärter Vierfachvater zu präsentieren? Vor ihr, Heide, zum Beispiel?

Doch was bringt das, so etwas erst zuzulassen und danach zu entlarven, nichts bringt es, ich muss aussteigen, handeln oder schweigen, ich bin still.

Ich rede gerne mit Heide.

Andere im Haus verstehen das nicht, weil sie doch so herrisch und besserwisserisch, so humorlos und furchtbar schnell beleidigt sei. Kann schon sein. Aber die anderen haben leicht reden, die haben alle noch ihre eigenen Mütter, ich selbst habe keine mehr und bin deshalb dankbar für jeden Ersatz.

Ich lasse mich gerne loben für meine Entscheidungen, für meine wohlgeratenen Kinder, meinen unerhörten Fleiß. Ich lasse mich anstandslos belehren und einspannen für allerhand Anliegen. Ich verstehe, dass Heide manches anders sieht als ich und habe Achtung vor ihrer Lebensleistung. Ich entschuldige ihre Charakterschwächen als Folge ungerechter Verhältnisse. Fast alle Frauen Ende sechzig haben einen Putzfimmel und sind Meisterinnen darin, ihre Mitmenschen mit Gefühlen zu manipulieren –

Ich bin gerne bei Heide und ihrem Mann Dieter in der Wohnung.

Da gibt es selbst gemachten Holunderblütensirup und sauber geputzte Oberflächen; Heide zeigt mir ihre Handarbeiten; ich betrachte die Fotos, auf denen Heide und Dieter noch jung sind, Dieter im Parka, Heide im bodenlangen Rock, die Kinder mit Topffrisuren und Nickipullovern. Eine Familie genau wie die, aus der ich stamme, auf den ersten Blick zumindest, auf diesen Fotos, die überall im Flur hängen.

Ich stelle mir vor, dass meine Mutter statt Heide die Kinder im Garten beobachtet.

Ich kann froh sein, dass es Heide gibt.

»Wenn du so gut bist, und die Stühle, die sie benutzt haben, wieder hoch in den Gemeinschaftsraum stellst?«, sagt sie.

Ich nicke.

»Sauber gemacht habt ihr.«

Ich nicke erneut.

»Und dann sieh doch mal zu, dass irgendjemand sich dort um die Dusche kümmert. Da läuft ständig Wasser neben dem Duschkopf raus, das geht jetzt schon recht lange.«

Ich nicke. Sie gießt mir noch mehr Holundersirup ein.

»Sag mal, Sandra, was hältst du eigentlich davon, dass die Kinder mit dem Gartenschlauch im Sandkasten spielen?«

»Die wollen da drin eine Matschepampe haben.«

»Ja, schon, aber Wasser ist ein Rohstoff. Ein wertvolles Gut, für das andere Kinder in anderen Regionen dieser Erde stundenlang anstehen müssen oder sogar tagelang zu Fuß gehen.«

Ich nicke.

Abends sitze ich mit Hendrik in der Wohnküche, Lina und Bo schlafen, wir gucken beide in unsere Rechner, der Hefeteig geht unter seinem Geschirrtuch, und ich versuche, eine Mail an Isa zu schreiben, aber was soll ich ihr sagen? Ich habe schon alles gesagt.

In einer Mail, die ich ihr vor fünf Jahren geschickt habe, finde ich exakt die Formulierungen, die auch jetzt wieder passend wären. Ich muss aussteigen, das System nicht weiter stützen, Reden hilft nichts und E-Mails-Schreiben erst recht nicht.

»Sie könnten vielleicht bei uns einziehen.«

Hendrik schaut mich an und sagt: »Nein, auf keinen Fall.«

»Aber wir müssen ihr doch irgendwie helfen!«

»Es liegt nicht daran, dass sie keine Wohnung hat. Sie kann eine haben, wenn sie sich von Tom und der ganzen Scheiße trennt. Außerdem haben wir selbst nur drei Zimmer.«

»In anderen Ländern wohnen noch viel mehr Menschen auf noch viel engerem Raum!«

»Warst du zu lange bei Heide?« Hendrik schaut wieder in seinen Rechner.

»Aber sie braucht Freunde und Solidarität!«

Hendrik antwortet: »Hat sie.«

Ich fange schon wieder an zu weinen.

»He«, sagt Hendrik.

»Ich weiß«, sage ich. »Es fühlt sich nur so fürchterlich an.«

»All die Märchen, die man uns verspricht / das sind unsere Träume nicht. / Diese Welt ist veränderbar / das ist unser Traum, und der ist wahr!« Volker Ludwig, »Nashörner schießen nicht«, 1975. Hatte ich auf Schallplatte. Habe ich ungefähr tausendmal gehört.

»Ins Wasser fällt ein Stein / ganz heimlich, still und leise / und ist er noch so klein / er zieht doch weite Kreise!« Neues Kirchenlied von Manfred Siebald, 1973. Haben wir anderthalb Jahre lang im Konfirmandenunterricht gesungen.

»Doof gebor'n ist keiner / doof wird man gemacht / und wer behauptet doof bleibt doof / vor dem nehmt euch in acht.« Volker Ludwig, 1973. Hatte ich auch auf Platte.

»Es reißt die schwersten Mauern ein / und sind wir schwach, und sind wir klein / wir wollen wie das Wasser sein / das weiche Wasser bricht den Stein!« Lied der Friedensbewegung, gedichtet von Diether Dehm. Sangen wir 1983 bei der Menschenkette von Stuttgart nach Neu-Ulm und im Bonner Hofgarten. Dann wieder bei der Blockade der Kommandozentrale der US-Streitkräfte gegen den Golfkrieg.

Ich werde das nicht mehr los. Ich bin eine Botschafterin der Hoffnung, der Freude, der Gerechtigkeit, der Liebe, des Friedens, des Gripses und der Beharrlichkeit. Wenn ich mich nur genug anstrenge, dann –

Dann –

Hendrik tröstet mich. Es müsse andersherum sein, sagt er. Wenn Isa käme, dann würden wir ihr natürlich helfen. Wenn sie sage, sie finde keine Wohnung, dann würden wir mit ihr zusammen eine suchen. Wir seien mit ihr befreundet, wir seien solidarisch, natürlich seien wir das, aber zwingen könnten wir sie nicht – und auch nicht an ihrer Stelle abhauen.

»Einer ist keiner!«, sage ich. »Zwei sind mehr als einer!«

Hendrik schaut mich kopfschüttelnd an. Diese Art von Gehirnwäsche kennt er nicht, seine Eltern sind nie mit ihm im Gripstheater gewesen.

Ich klappe den Rechner zu und stehe auf, um nach dem Hefeteig zu schauen.

Backen tut gut, außerdem ist morgen Tinkas Geburtstag.

Tinka wohnt nicht mit uns im Projekt, weil Robert, ihr Freund, in einer sehr strengen, christlichen Kommune aufgewachsen ist und deshalb skeptisch, was Gemeinschaftswohnen betrifft. Zwischendurch bereuen die beiden, nicht dabei zu sein, aber dann muss ich nur von Heide und dem Sandkastenstreit erzählen, und schon sind sie wieder froh, dass sie sich für ihr anonymes Mietshaus entschieden haben, in dem die Nachbarn zwar vom Balkon runterbrüllen und Briefe an die Hausverwaltung schreiben, wenn die Kinder mit dem Wasserschlauch spielen, aber dann darf man die Nachbarn auch doof finden, kann sie meiden und den Kindern als Feindbild präsentieren – während ich meinen Kindern ausrichte, dass sie doch bitte Rücksicht nehmen sollten auf Heide, die, wie sie doch wohl wüssten, einer anderen Generation angehöre.

Die Einzige, die aus meiner alten Kinderladenclique mit bei uns im Haus wohnt, ist Regine.

Regine hat während der Bauphase immer das Lied vom Baggerführer Willibald gesungen, sie ist eine vehemente Verfechterin der Selbstverwaltung, hat allerdings vor anderthalb Jahren einen Zusammenbruch gehabt, Burn-out-Diagnose, und versucht seitdem, ihre Ansprüche runterzuschrauben. Dass ich jetzt, um zehn Uhr abends, noch Zimtwecken backe, würde sie verurteilen; sie findet, man könne auch mal mit leeren Händen auf eine Party gehen, aber ich backe wirklich gerne und außerdem sind meine Zimtwecken auf Tinkas Geburtstag Tradition.

Tinkas Geburtstag findet in der Regel im Freien statt, mit Wimpelketten und Himbeertorte, Waldmeistersirup und Wespen, und das eine Mal, das mir inzwischen zum Inbegriff von Tinkas Geburtstag geworden ist, war vor siebzehn Jahren ihr Vierundzwanzigster.

Eine Wiese im Park am Weißen See. Decken, Zimtwecken und achtundzwanzig Grad im Schatten. Badeanzüge, die wir auf dem Flohmarkt am Arkonaplatz gekauft hatten, wo wir jetzt aber nicht mehr hingehen, weil er nicht mehr das ist, was er mal war.

Nichts ist mehr so, wie es mal war, ja natürlich, und damals war ganz gewiss auch nicht alles gut. Aber irgendjemand kam auf die Idee, Hans-guck-dich-um zu spielen, und das taten wir mehrere Stunden lang.

Ich sehe Pit, wie er das Gesicht gegen die riesige Eiche gekehrt hat; wir anderen lauern in seinem Rücken, Matthias prescht vor, wird natürlich erwischt, muss zurück hinter die Linie.

Wir waren so viele bei der Party, dass manche auch nur baden oder Bier trinken konnten und immer noch genug übrig blieben, die sich mit Ehrgeiz und Ernst diesem Kinderspiel widmeten – das wie jedes Spiel nur Spaß machte, wenn man die Regeln beachtete und vorhatte zu gewinnen. Und ich bilde mir ein, dass ich während dieses Nachmittags, an dem wir immer abwechselnd »Hans« waren und uns barfuß an ihn heranpirschten, ohne auf die Ästchen und Pfirsichkerne zu achten, die uns in die Sohlen stachen, absolut und unbeirrbar froh war.

Ich weiß, dass das Quatsch ist. Nostalgische Verklärung im Nachhinein.

Ich war todunglücklich zu dieser Zeit; Matthias, mit dem ich alt werden und Kinder kriegen wollte, hatte mich zwei Wochen zuvor endgültig verlassen; unsere große WG, die mein eigentliches Wohnprojekt hätte sein sollen, hatte sich aufgelöst; Tinka war plötzlich viel enger mit Kerstin als mit mir befreundet; und Anne hatte sich mit dem Hinweis, dass ihr die familienähnlichen Verstrickungen in unserer Clique langsam auf die Nerven gingen, einen anderen Freundeskreis gesucht.

Trotzdem.

Tinkas Geburtstagsfeiern sind eine Institution, unangreifbare Höhepunkte, immer schon und bis heute.

Tinka weiß, wie man feiert.

Als Tinka klein war, hat ihre Mutter Marlies Faschingspartys für sie ausgerichtet – Fasching deshalb, weil Tinkas Geburtstag Anfang August ja stets in die Sommerferienzeit fiel. Zu den Ersatz-Geburtstagspartys im Februar wurde dann Tinkas gesamte Schulklasse geladen; zum einen, damit Tinka nicht in die Verlegenheit kam, auswählen und einzelne ausschließen zu müssen, zum anderen, damit das Haus ordentlich voll wurde. Dreißig Kinder mindestens, sonst wäre das für Marlies kein Fest, sondern Alltag gewesen. Ich selbst war nicht in Tinkas Klasse, ich kannte sie aus dem Kinderladen, aber statt dass ich mich fremd fühlte unter all den Klassenkameraden, war ich eine Art Ehrengast und wurde von Thomas Meining zum Tanzen aufgefordert, einem Jungen, der trotz seiner Weitsichtigen-Brille ganz oben auf der Beliebtheitsskala der Schulklasse stand. Dass ausgerechnet zwei Brillenträger zum Paar des Nachmittags gekürt wurden, war gewiss auch ein Resultat der integrativen Einladungspolitik von Tinkas Mutter. Es lief eine Kassette mit Kinderschlagern, Thomas und ich bekamen Medaillen aus Goldfolie umgehängt, wir schrien und tobten und hatten das ganze Haus für uns. Dachboden, Kinderzimmer, Elternschlafzimmer, Wohnzimmer, Esszimmer, Arbeitszimmer, Küche, Keller und Flur. Darunter lief nichts für Tinkas Mutter, wir durften überallhin und alles machen, was wir wollten. Wir waren so viele, dass wir uns in Kleingruppen zusammentun und auf den verschiedenen Stockwerken verschanzen konnten, um dann brüllend aufeinander loszugehen – aber nur im Spiel, als Piraten oder Ritter. Am Ende versöhnten wir uns wieder und versammelten uns zu einer weiteren Runde Torte, Pudding und Schokoküssen; es war Tinkas Geburtstag, wir waren wild und glücklich und frei.

Inzwischen weiß ich natürlich, dass das Quatsch ist.

Anne, die in Tinkas Grundschulklasse ging, meint, dass sie sich schon damals immer gefragt habe, wer wohl hinterher das Haus wieder aufräume, und dass außerdem nicht Thomas Meining, sondern Ralf Wendrich der beliebteste Junge der Klasse gewesen sei, Mittelstürmer nämlich und im Tennisverein.

Trotzdem.

Tinkas Partys waren eine Institution, waren der Beweis, dass

Tinka und ihre Geschwister frei aufwuchsen, dass ihre Eltern zu leben verstanden und Marlies alles anders machte, als Marlies' Mutter früher mit ihr.

»My Mother / My Self« – ohne Marlies.

»Diese Welt ist veränderbar« – das war Marlies' Traum, und der wurde wahr.

Marlies und meine Mutter waren zusammen im Kinderladen.

Ich weiß, das klingt seltsam, aber so muss man das sagen, denn der Kinderladen war in erster Linie *ihr* Ort und nur nachrangig der, an dem ihre Kinder betreut wurden.

In der Zeitung steht, dass die Eltern heutzutage durchdrehten, weil sie die Kinder nicht mehr für selbstverständlich nehmen, sondern zu ihrem Projekt machen würden, aber ich glaube nicht, dass das neu ist. Kinder sind die Zukunft, die unbeschriebenen Blätter, auf denen man als Eltern seine Ideen entwirft. Immer schon. Vielleicht gab's früher noch keine Pränataldiagnostik und kein Kleinkindchinesisch, aber besser haben und besser machen sollten es die Kinder auch.

Wir zum Beispiel, wir sollten frei aufwachsen. Damit wir später keine Soldaten würden, keine Mörder oder Mitläufer. Wir sollten streiten lernen, uns nichts gefallen lassen, immer weiter nachfragen und so lange diskutieren, bis klar war, wer recht hatte –

Auf keinen Fall sollten wir begrenzt werden von irgendwelchen Konventionen, erwachsener Scham oder Anstandsregeln.

»Pippi Langstrumpf«, erschienen 1949.

Marlies hat Astrid Lindgren wörtlich genommen und das Einfamilienhaus in Stuttgart zur Villa Kunterbunt gemacht. Marlies ist entgangen, dass Pippi in der Villa nicht mit anderen Leuten, sondern alleine mit ihrem Pferd und einem Affen wohnte, der Vater weit weg, die Mutter von vornherein tot. Dass es schwierig ist, als

Mutter etwas nachzustellen, worin für einen selbst keine Rolle vorgesehen ist, ist mir aber erst aufgefallen, als ich selbst Mutter wurde. Erst heute ist mir klar, dass Marlies das überkommene Bild der hierarchisch organisierten, gesitteten Familie ersetzt hat durch das Bild einer anarchischen Wohngemeinschaft mit Tieren – in dem Glauben, dass daraus Kinder hervorgehen würden, die Zauberkräfte besäßen. Kein Wunder, dass das nicht geklappt hat.

Man darf literarische Utopien nicht wörtlich nehmen, doch ich werde mich hüten, undankbar zu sein. Es war toll damals, zumindest für uns Kinder. Ich bin gerne bei Tinka gewesen, ich habe Marlies geliebt und die Kinderladenzeit war die beste meines Lebens.

Was dann passiert ist –

Ich knete meinen Hefeteig.

Morgen ist Tinkas Geburtstag, und ich freue mich darauf.

Alle werden da sein, von den alten Kinderladenfreunden über die Klassenkameraden und Kommilitonen bis hin zu den neuen Kitabekannten und Ehepartnern. Tinka hält fest an der Tradition, ihren Geburtstag im ganz großen Rahmen zu feiern. Tinka weiß, wie man feiert, Tinka lässt sich das nicht nehmen. Und ich bestehe auf der Tradition, zu Tinkas Geburtstag Zimtwecken zu backen! Auch zu ihrem Achtzigsten werde ich noch Zimtwecken beisteuern, denjenigen will ich sehen, der mich daran hindert –

Hoffentlich kommt Regine heute Abend nicht mehr rauf.

Im Gemeinschaftshaus sind die Türen offen; wenn Regine kommt, muss ich sie reinlassen, muss mir ihr spöttisches Grinsen gefallen lassen: »Na Sandra? Backst du Zimtwecken? Denkst du, du darfst ohne morgen nicht auf Tinkas Party?«

Nein, das denke ich nicht.

Ich denke, dass es schön ist, an Traditionen festzuhalten. Warum soll ich, verdammt noch mal, das Backen aufgeben? Es ist nichts Schlechtes daran, für andere zu sorgen. Und der Teig ist wirklich gut geworden.

Die Füllung wird auch gut, nur der Ofen ist ein Problem, heizt hinten stärker als vorne.

Ich muss das Blech zwischendurch einmal umdrehen, das darf ich nicht vergessen, sonst sind die hinteren nachher verbrannt.

Ansonsten ist alles in Ordnung.

Es geht uns gut, es geht mir immer noch besser als Isa. Ich habe Freunde, ich habe dieses Haus, ich habe es hinbekommen, für meine Kinder einen Ort zu schaffen, an dem sie frei und ungehindert aufwachsen können –

Es klopft.

»Hab' ich doch richtig gerochen. Du backst.«

Ich lache und beeile mich, Regine ein Glas Wein einzuschenken. Das ist nämlich die wahre Kunst: lässig zu bleiben beim Kochen und Backen, genauso wie bei der Kinderaufsicht und allen anderen mütterlichen Aufgaben. Sich zweizuteilen, in Wahrheit über wichtigere Dinge nachzudenken, sich mit Freunden zu unterhalten, Wein zu trinken, Utopien zu entwerfen. Alles gleichzeitig zu machen und zu sein.

Regine mustert mich eindringlich.

Laut Regine ist die Hälfte unserer Nachbarinnen akut vom Burnout bedroht – alle die, die Kinder haben.

»Alle!«, sagt sie. »Außer vielleicht Maren.«

Sie sitzt am Esstisch, die Füße auf Bos Tripp-Trapp-Stuhl; ich lehne am Küchenblock und behalte unauffällig die Zimtwecken durch das Backofenfenster im Auge.

»Ach«, sage ich. »Und warum Maren nicht?«

»Maren hat ein dickes Fell. Die weiß, wie man Arbeit delegiert. Außerdem vergleicht sie sich nicht, das ist ihr Vorteil.«

Ich nicke. Das ewige Vergleichen ist wirklich ein Problem. Aber führt es nicht auch zu Entlastung? Dass ich mich beispielsweise damit trösten kann, dass es mir immer noch besser geht als Isa? Dass ich zumindest nicht so runtergewirtschaftet bin wie Regine?

»Maren vergleicht sich auch«, sage ich. »Die findet zum Beispiel, dass sie ihre Kinder besser im Griff hat als wir unsere.«

»Na gut«, sagt Regine, »ich präzisiere: Maren vergleicht sich nur da, wo sie von vornherein im Vorteil ist.«

»Und warum ist sie bei den Kindern im Vorteil?«

»Weil sie Mädchen hat, natürlich!«

»So ein Quatsch. Ich habe auch ein Mädchen. Und ich hab' mit Lina noch mehr Kummer als mit Bo.«

»Ja. Du!« Regine grinst überlegen. »Weil du dich davor fürchtest, dass sie genau so wird wie deine Schwester.«

Es ist hoffnungslos, mit Regine zu streiten. Sie kennt mich, seit wir Kinder waren.

Sie sitzt da und trinkt ihren Wein und knibbelt an den eingewachsenen Härchen an ihren Beinen; sie weiß, wie ich zu der wurde, die ich bin, weiß um die ewigen Streits meiner Schwester mit meiner Mutter damals – Sie hat selbst eine Schwester, die ständig mit ihrer Mutter im Clinch lag. Außerdem ist sie neidisch, weil ich eine Tochter habe und sie nicht. Weil ich Zimtwecken backen kann, die so luftig und locker gelingen wie bei schwedischen Hausfrauen, weil es bei uns in der Wohnung riecht wie in Bullerbü und auf Saltkrokan, wie bei Tinka zu Hause, als Marlies noch backen konnte –

»Okay, du hast recht«, sage ich. »Es ist schlecht, sich zu vergleichen.«

Regine nickt.

»Und wie schaffst du es, es nicht zu tun?«

»Schaff' ich ja nicht. Aber ich versuch's zumindest.«

»Ach«, sage ich. »Ausgerechnet hier im Haus.«
Regine lacht. »Es gibt keinen besseren Ort, um zu üben.«

In der Nacht träume ich von Tinkas Geburtstag.

Alle alten Freunde sind da und auch Tinkas Eltern, Marlies und Wolfgang.

Marlies sieht aus wie früher. Sie trägt eins dieser alten Herrenhemden und Clogs; so liefen sie rum damals, Marlies und meine Mutter: Herrenhemden oder indische Kleider, bequeme Schuhe, Feinrippunterwäsche. Dazu rauchten sie ununterbrochen Lord Extra.

Jetzt ist meine Mutter tot, und Marlies kommt unter Garantie auch nicht zu Tinkas Geburtstag; Marlies ist seit über zwanzig Jahren krank und geht nirgendwo mehr hin.

Aber im Traum ist sie so alt wie Tinka und ich jetzt, da sind wir alle zusammen und miteinander befreundet – schön ist es trotzdem nicht, denn ich traue mich nicht, mit jemandem zu reden. Mein Mund ist trocken und ich fürchte, dass ich Mundgeruch habe. Ich will nicht, dass jemand sich davon belästigt fühlt, also drehe ich mich weg, sobald man sich mir nähert, spreche allenfalls zur Seite, sodass mich niemand versteht.

Als ich aufwache, merke ich, dass mein Mund tatsächlich wie ausgedörrt ist. Wenn ich aufstehe und etwas trinke, kann ich vielleicht zurückkehren in den Traum und Marlies ansprechen, aber meistens funktioniert das nicht, lässt ein Traum sich nicht einfach so weiterträumen.

2

Das Kuchenbuffet ist wirklich beeindruckend.

Im Mittelpunkt steht eine stolze, mehrstöckige Himbeertorte; gar nicht so einfach, die bei der Hitze und dem Tiefdruckwetter hinzukriegen, dauernd gerinnt die Sahne, lässt sich nicht steif schlagen, aber unsereins hat ja – im Gegensatz zu vielen anderen auf der Welt – unbegrenzte Wiederholungschancen. Nur fünfunddreißig Cent der Becher Schlagsahne bei Penny, was soll's also, und beim vierten Versuch gelingt es dann auch. Zudem gedeckter Apfelkuchen nach Marlies' altem Rezept, Käsekuchen, Schokomuffins, meine Zimtwecken! – ich stelle sie mit Schwung aufs Buffet.

Tinka kommt und nimmt mich in die Arme.

Robert hat eine Flasche Prosecco in der Hand und schenkt aus, Hendrik hält sich mit unseren Kindern im Hintergrund. Bo will noch nicht aus dem Fahrradsitz raus, und sogar Lina fremdelt – obwohl sie eigentlich das perfekte Erwachsenen-Kind ist, zwar erst neun, aber immer für ein intellektuelles Pläuschchen zu haben. Doch der Ort hier ist ganz neu: Roberts aktueller Arbeitsplatz.

Robert hat beschlossen, endlich wieder richtig Kunst zu machen; seit Wochen erzählt Tinka von seinem neuen Atelier. Früher haben hier wohl mal Konserven gelagert, jetzt hat ein Freund von Robert das ganze Geviert für fünf Jahre gemietet – malerisch verfallene Remisen, lauschig bewachsener Innenhof, mitten im Wedding, der im Kommen ist, aber doch nicht allzu sehr.

Der Teil des Lagers, der fortan Roberts Atelier sein soll, ist noch ganz leer. Er kommt nicht dazu, sich dort einzurichten, aber umso besser: So ist noch Platz für das Kuchenbuffet und die Kinder, die mit einem Servierwagen Rennen fahren. Da liegen die Servietten und Strohhalme und Pappbecher für die Party drauf, die nach kürzester Zeit überall im Hof und in Roberts Atelier verstreut sind. Macht nichts. Niemand hat Lust, den Kindern Einhalt zu gebieten. Wie schön der Hof ist, sieht man trotz des Durcheinanders, und da es in diesem Jahr keine Wespen gibt, schadet es auch nicht, dass Franz, Tinkas dreijähriger Sohn, den Johannisbeersaft ins Planschbecken gießt. Wir haben genug, in jeglicher Hinsicht. Genug, um klaglos darauf zu verzichten: Saft und Servietten und Autorität. Lass sie doch einfach und vor allem: Lass dich nicht dabei beobachten, wie du mit deinen schwankenden Überzeugungen bei ein paar Dreijährigen abblitzt.

Hendrik hebt Bo aus dem Fahrradsitz. Lina nimmt sich zögernd einen Muffin.

Ich lasse mir von Robert Prosecco einschenken, und wir trinken auf den neuen Ort, den Geburtstag von Tinka, das Getümmel der Kinder.

Gut geht es uns. Toll ist es hier!

Die Kinder sind gesund, keines ist dabei, das offiziell Sorgen machen würde, eine Kiefer-Gaumen-Spalte hätte oder ein Down-Syndrom. Und selbst wenn – sind die nicht besonders wonnig oder werden berühmte Charakterdarsteller?

Wir sind froh, uns keine allzu konkrete Meinung bilden zu müssen: Alles ist richtig und letztlich auch egal. Was mal wahr war – zum Beispiel, lieber *keine* Hasenscharte zu wollen – ist längst nicht mehr gesichert. Vielleicht wär's – aufs Ganze gesehen – sogar besser, hätte uns nach Hollywood gebracht wie Joaquin Phoenix, wobei ja auch das schon längst wieder infrage steht: ob internationale Anerkennung überhaupt glücklich macht oder nicht doch eher der gleichmäßig eintönige Tagesablauf eines Behindertenzentrums in Oberschwaben. Also her mit dem dritten Chromosom. Und was mal falsch war – überhaupt in solches Schubladendenken zu verfallen, denn es gibt ihn ja nicht, den *einen* Behinderten! – ist salonfähig geworden. Die langjährige Erfahrung gibt uns recht. Die langjährige Erfahrung hat uns mürbe gemacht, wir haben die Schnauze voll, unentwegt Unterscheidungen zu treffen.

Also reden wir lieber über andere Dinge.

Die Torte zum Beispiel, und wie schön es doch ist, hier zu sitzen und in den Himmel zu sehen.

Ein toller Ort, dieses Konservenlager! Fast so wie früher, als wir frisch nach Berlin kamen und alles noch möglich schien: Künstler zu sein, Räume zu besetzen. Etwas Neues zu machen, mit ganz wenig Geld –

»Und wie heizt ihr das hier, wenn ich fragen darf?«

Robert zuckt mit den Schultern und grinst. Noch ist August.

Ich sehe mich nach Hendrik um, aber er kommt nicht zu uns rüber. Auf solchen Partys sind wir nicht zusammen, so was stehen wir lieber getrennt durch, verzichten darauf, uns gegenseitig beim Smalltalk zu belauschen. Und lästern lässt sich mit Hendrik auch nicht, denn anders als ich interessiert er sich nicht für das, was er doof findet.

Einen Arbeitsraum ohne Heizung zum Beispiel.

Gut, es ist Roberts lang gehegter Traum. Wer bin ich, ihm den kaputtzureden? Was weiß ich zudem, wie viel Geld sein Freund hat – vielleicht schaffen sie es ja, das ganze Grundstück zu kaufen und kernzusanieren, vielleicht kann Robert auch bei zehn Grad minus seine Skulpturen bauen, vielleicht ist er anders als Hendrik und ich, vielleicht bin ich einfach nur neidisch.

Ich hole mir rasch ein Stück Kuchen.

Gedeckter Apfelkuchen. Köstlich.

Diesen Kuchen gab es schon vor dreißig Jahren auf Tinkas Faschingspartys; hoffentlich kommt Anne auch.

Ich setze mich zu Tinka, die aber sofort wieder aufspringen muss, weil Edgar, ihr anderthalbjähriger Sohn, sich mitsamt seinen Kleidern ins saftgefüllte Planschbecken gesetzt hat. Ein schartiges Stück Kerngehäuse klemmt mir zwischen den Zähnen, ich bräuchte Zahnseide; Ines hat angeblich immer welche in der Tasche, aber Ines ist noch nicht da. Bestimmt kommt sie spät, um zehn oder so, wenn es dunkel ist und die Kinder im Bett sind.

Ines verzichtet seit ihrer dritten Fehlgeburt darauf, sich das fröhliche Treiben der Kinder ihrer Freundinnen anzusehen – anders als Kerstin, die zwar auch keine Kinder hat, aber stattdessen gerne die der anderen in den Bauch piekst.

Kerstin kneift alle anwesenden Kinder in die Wangen und ergeht sich in Theorien über ihre guten und schlechten Charaktereigenschaften – selbst bei denjenigen, die noch nicht laufen können.

Egal. Nein!, nicht egal, denn dieses Tantengetue wirkt längst nicht mehr ironisch wie noch vor ein paar Jahren, als das allgemeine Kinderhaben erst anfing.

Kerstin ähnelt inzwischen auch äußerlich einer alten Tante mit ihren schiefgelatschten Stiefelchen und der rosafarbenen Strickjacke, außerdem glaubt sie wirklich, dass sie ihre nicht existierenden Kinder besser im Griff hätte als die realen Mütter um sie herum die ihren. Missbilligend verzieht sie den Mund, warnt mit erhobenem Zeigefinger.

Letztes Jahr habe ich gesagt: »Lass es, Kerstin, Kerstin?! – Lass die Kinder in Ruhe.«

Es war mit einem Mal ganz still am Tisch.

Letztes Jahr gab es zu Tinkas Geburtstag ein fünfgängiges Menü, nicht im Freien, sondern bei Tinka und Robert in der Wohnung, nur der engste Kreis, Frauenrunde – bis auf Robert und Tinkas Vater Wolfgang. Robert hat für Tinka und ihre Gäste gekocht, und Wolfgang war da, um die Enkel zu hüten, die dann auch die einzigen Kinder an der Festtafel waren, aber natürlich stürzte Kerstin sich auf sie und versuchte, ihnen Tischmanieren beizubringen.

Ich saß genau gegenüber.

»Lass es, Kerstin, Kerstin?!«

Die Konsonanten zischten und knackten, zweimal nannte ich ihren Namen, und das Geplauder am Tisch verstummte, alle hatten meinen scharfen Tonfall bemerkt.

Hier stimmte was nicht, das war mit einem Mal kein schöner Abend mehr – Sandra hat die Stimmung verdorben, Sandra hat was auf dem Herzen. Was hat Sandra, dass sie meint, eine Freundin so zurechtweisen zu dürfen?

Vieles, ja, ich habe vieles. Mein Herz ist voll und schwer.

Schon letztes Jahr war ich erfüllt von der Angst, dass wir alle abdriften, genauso werden wie unsere Mütter, nichts besser machen, nichts ändern. Panisch angesichts der Tatsache, dass wir in der Mitte unseres Lebens stehen, vielleicht noch nicht alt sind, aber auch nicht mehr jung, auf jeden Fall endgültig verantwortlich. Wir sind jetzt die, die das Ruder in der Hand halten und diejenigen, die mit uns fahren, ins Unglück stürzen, unsere Kinder zum Beispiel, wo sind die Schwimmwesten? Hoppla, ja, ich weiß nicht, und wir sind schon ziemlich weit draußen auf dem Meer.

Letztes Jahr habe ich meiner Panik Luft gemacht, aber das half nicht, denn natürlich hob das Geplauder nach kürzester Zeit wieder an.

Unsere Runde ist geübt darin, Launen nicht persönlich zu nehmen, jeder ist mal schlecht drauf und Sandra halt besonders häufig.

Sandras schweres Herz. Sandras düstere Stimmung. Sandras schlechte Laune, Herrgott!

Soll sie doch zu Hause bleiben, hier wird jedenfalls niemand fragen, was sie eigentlich bedrückt.

Ich versuche, mich dieses Mal wirklich zusammenzureißen, nicht auf Kerstin zu achten, die mit in die Seiten gestützten Armen dasteht und zusieht, wie Tinka Edgar aus den saftgetränkten Klamotten schält.

Es geht mich nichts an.

Es geht uns gut.

Es sind Kleinigkeiten, die hier passieren, nichts Ernstes.

Anderen Menschen geht es sehr viel schlechter als uns! Was sollen diejenigen sagen, die tatsächlich hungern, frieren, körperliche Schmerzen leiden, sich in dunklen Räumen vor sadistischen Peinigern verstecken müssen? Wir sind gesund, uns fehlt nichts.

Und doch weiß ich nicht, wie ich die ganze Scheiße hier weitere vierzig Jahre lang aushalten soll.

Und das ist bestimmt kein Burn-out wie bei Regine, ich passe auf mich auf, gehe regelmäßig joggen, esse bewusst und ausgewogen. Ich sehe zu, dass ich genügend Schlaf bekomme, und wenn's nachts nicht klappt, dann eben tagsüber mal ein Stündchen, in meinem Büro im Pausenraum.

Ich weiß, wie man Prioritäten setzt und das Leben entschleunigt, ich weiß, wie man Nein sagt und als Frau nicht zu sehr liebt. Ich weiß alles.

Andere sind tot, ich lebe.

Ich gehöre zu denen, die eine Chance gekriegt haben: zwei starke Arme, zwei gesunde Beine, zwei geschickte Hände, einen schlauen Kopf.

Das ist es, ich kann ihn nicht abschalten.

Warum benimmt sich Kerstin, meine kluge Freundin, unentwegt wie eine alte Tante?

Warum lässt Tinka Franz mit Saft rumschütten, wenn doch sie diejenige ist, die den Dreck hinterher wieder wegmachen muss?

Ich versuche, ruhig und tief zu atmen.

Auf keinen Fall will ich dieses Jahr wieder unangenehm auffallen.

So viel weiß ich inzwischen: dass ich zwar die Welt zu einem besseren Ort machen soll, aber allzu herrisch und schlecht gelaunt, allzu fordernd und vehement darf ich dabei nicht auftreten. Das habe ich schon als Kind gelernt, als sich irgendwann alle von mir abwandten, Eltern, Lehrer, Mitschüler, Freunde, als sie mich mitten im Kampf im Stich ließen, obwohl ich doch recht hatte, mich für die Schwachen und Unterdrückten einsetzte, gegen Dummheit kämpfte und strukturelle Gewalt –

Schreien darf man nicht. Man muss gelassen bleiben, sich nicht vergreifen bei der Wahl der Mittel.

Es ist schwierig, im Kampf gegen das Böse auch noch ruhig und zuvorkommend, gepflegt und diskret zu sein, aber das ist nötig, das habe ich inzwischen gelernt.

Auf keinen Fall werde ich Kerstin wieder anzischen.

Aber was dann?

Wie soll ich sie retten, wenn ich sie, verdammt noch mal, nicht ansprechen darf?!

Ich trinke noch einen Schluck Prosecco. Ordne meine Beine neu.

Ich weiß, warum Kerstin mir Angst macht: Wenn ich keine Kinder hätte, wäre ich genau wie sie.

Wir haben zusammengewohnt in der Zeit, als ihr Freund Christian sie für diese Provinzschauspielerin verlassen hat, mit der er auch sofort ein Kind zeugen musste – wo's ihm doch angeblich nichts ausmachte, mit der Familiengründung noch zu warten, bis Kerstin ihre Doktorarbeit fertig hatte. Aber scheinbar doch, scheinbar gefiel es ihm besser, wenn so etwas im Eifer des Gefechts und der Leidenschaft der körperlichen Liebe einfach *geschah* – wer denkt schon an Verhütung, wenn der Moment nur magisch genug ist!

Mit Kerstin war's nicht magisch. Mit Kerstin war's kompliziert und vernünftig und schon ein paar Jahre alt.

Ich habe mitbekommen, wie Kerstin geweint hat um Christian – da hätte die Provinzschauspielerin Rollenstudien betreiben können! Kerstin in ihrem Zimmer zerriss und zerfetzte jedes Buch und jedes Kleidungsstück, das Christian ihr jemals geschenkt hatte.

Es dauerte lange, bis ihr Kummer halbwegs vorbei war, halbwegs, sage ich, denn der Weg ist noch nicht zu Ende. Was überwunden sein will ist immer noch Christians Absage an das, was er und Kerstin waren, was ihre Familie hätte sein können, Kerstin als Mutter –

Ich sollte also vielleicht darüber wegsehen, wenn sie sich an fremden Kindern vergreift, ihre alte Jungfernschaft und Schrulligkeit absichtlich übertreibt.

Kann ich aber nicht.

Warum hat Christian die Macht, Kerstin ihr Frausein und Muttersein zu rauben?

Laut Legende besitzt Kerstin eigentlich ein sehr gesundes sexuelles Selbstbewusstsein. Laut Bericht derer, die sie länger kennen, hat sie sich auf Studenten- und Premierenpartys immer sehr schnell betrunken und dann bekommen, was sie wollte.

So erzählt man sich's, ich war nicht dabei.

Ich habe sie erst später richtig kennengelernt, als sie um Christian weinte, Christian, der's mit der Provinzschauspielerin in Hauseingängen trieb – woher ich das wiederum weiß? Ich weiß es von Kerstin, der Christian das in einem ihrer ausführlichen Trennungsgespräche erzählt hat: dass das Tolle an seiner neuen Freundin deren sexuelle Groß- und Freizügigkeit sei.

Ich könnte immer noch heulen, wenn ich nur daran denke.

Ich schaffe es nicht, diese Geschichte als Klatsch abzutun, denn das ist sie nicht, sie steht mir gestochen scharf vor Augen. Genau wie die Provinzschauspielerin, die ich zwar nicht kenne, die ich aber gewiss nicht als Provinzschauspielerin bezeichne, um über sie zu lästern, im Gegenteil: Ich sehe, wie sie feststeckt in ihrem Engagement, Absolventin einer privaten Schauspielschule, also schon seit Beginn ihres Studiums so fürchterlich gedemütigt, dass ihr die Affäre mit dem dünnen Regisseur aus der Hauptstadt als Ausweg erscheinen muss, und das mit dem Hauseingang hat sie in einem Gedicht gelesen: dass Männer so was mögen und Christian sich fühlen wird wie der junge Brecht.

Alle haben ihre Gründe und Motive. »Doof gebor'n ist keiner, doof wird man gemacht.«

Ich will nicht, dass Kerstin so doof ist.

Ich will, dass sie ihr Schicksal wendet, über Christian hinwegkommt, sich endlich eigene Kinder besorgt. Ich schaffe es nicht, sie aufzugeben als schrullige Tante – meinetwegen soll sie die Kinder abfingern und volllabern, die werden's überleben, aber *ich* schaffe es nicht, *ich* überleb's nicht.

Wenn ich nicht aufpasse, muss ich sie auch heute wieder zurechtweisen: »Lass das, Kerstin, lass deine Pfoten und Charakterstudien bei dir«, und schon ist es wieder falsch, denn ich habe nichts dagegen, dass sie die Kinder angrapscht und einordnet, wenn mir nur das Unglück und die Verzweiflung, die dazu führen, nicht so gestochen scharf vor Augen stünden!

Ich mache die Augen zu.

Es ist okay, mit geschlossenen Augen dazusitzen.

Vielleicht blendet mich ja die Sonne, die schon ein ganzes Stück tiefer steht; bald sechs wird es sein, die unter Dreijährigen fangen an zu quengeln, die über Sechsjährigen finden sich in Banden zusammen. Ich sitze da, als sei ich nicht verantwortlich, dabei bin ich wie alle anderen Eltern seit Beginn der Party mit nichts anderem beschäftigt als mit den Kindern.

Es ist ja nicht so, dass nur Kerstin sich für das Benehmen der Kinder interessiert.

Partys, auf die man die Kinder mitbringt, sind gewissermaßen Arenen der Repräsentation, und das Knifflige ist, sich die Rolle des Zirkusdirektors, in die man dadurch gerät, nicht anmerken zu lassen: so zu tun, als konzentriere man sich auf ein Gespräch unter Erwachsenen, genieße den Nachmittag, die Sonne, den Sekt – dabei befindet man sich in Wahrheit ständig in Sorge um die Kinder. Nicht nur um ihre Unversehrtheit, sondern vor allem darum, wie sie sich verhalten. Ob sie nett zueinander sind, ob sie sich allein zu beschäftigen wissen, ob sie wie selbstverständlich Bitte und Danke sagen oder doch ein wenig dressiert wirken dabei –

Bo pariert den Stress, indem er sich von seiner schlechtesten Seite zeigt. Er prügelt, schubst und brüllt. Er kennt für sein Alter erstaunlich viele Schimpfwörter, und dass Anderthalbliterflaschen Cola explodieren, wenn man sie vor dem Aufmachen schüttelt, weiß er auch schon.

»Er hat vermutlich keinen Mittagsschlaf gehalten«, höre ich Kerstins Stimme auf der anderen Seite des Tisches, aber ich öffne meine Augen nicht, nein, ich bin nicht da.

Lina kommt und fragt mich, ob ich mit ihr Federball spiele.

»Okay«, sage ich, vielleicht ist es ganz gut, wenn ich mich ein bisschen bewege.

Wir suchen uns ein pappbecherfreies Fleckchen, aber Judiths Tochter, die offiziell als schüchtern gilt, kommt mit und rennt unentwegt zwischen uns hin und her.

»Wenn du nicht weggehst, kriegst du gleich den Schläger an den Kopf«, sage ich, und kaum ist es raus, wird mir klar, was ich gesagt habe.

Wie klingt das, wenn man nicht weiß, dass sie sich absichtlich immer viel zu nah vor Lina und mich hinstellt? Es klingt, als hätte ich ihr aktiv Prügel angedroht, dabei wollte ich sie wirklich nur warnen.

»Tut mir leid, Liebling, ich kann heute nicht spielen«, sage ich zu Lina und setze mich wieder hin.

Ich überlege, ob das »Liebling« wirklich Lina galt oder ich meinen potentiellen Zuhörern damit beweisen wollte, dass ich auch zärtlich mit Kindern sprechen kann.

Noch schlimmer, als aus Versehen Kerstin zurechtzuweisen, ist es, ein fremdes Kind zurechtzuweisen; wir sind schließlich locker, wir genießen den Nachmittag.

»Sandra?«

Das ist Hendrik.

»Ich geh' dann mit den Kindern schon mal los.«

Wir haben abgemacht, dass er die Kinder ins Bett bringt und ich noch bleiben kann. Momentan bin ich mir nicht sicher, ob das eine gute Idee war; ich frage mich aber auch, ob es klug ist, jetzt schon aufzubrechen. Zwar heulen inzwischen auch die unter Vierjährigen, aber die über sechs kommen erst langsam dazu, sich so richtig zu beweisen, Freundschaft miteinander zu schließen, die Geschichte zu wiederholen, die ihre Eltern verbindet –

Ich sehe Hendrik an, dass er die Schnauze voll hat. Eigentlich bin ich froh, dass ihm an der Vorstellung nicht so viel liegt, weder an der konkreten hier im Hof, noch der abstrakten, dass deren Gelingen uns in irgendeiner Weise weiterbringt. Aber warum ist er dann überhaupt hier?

»Das frage ich mich auch«, wird er sagen, »so ein Wahnsinn«, und deshalb frage ich ihn erst gar nicht.

Ich will nicht gemeinsam herausfinden, dass diese Veranstaltung nichts für uns ist, dass wir sie uns in Zukunft lieber sparen sollten, weil sie mir im Vorfeld Alpträume und ihm im Nachklang schlechte Laune bereitet, ganz zu schweigen von der Mühe sie durchzustehen.

»Was soll das also?«, wird Hendrik sagen. »Absagen! Einfach absagen.«

Ich will aber nicht absagen, es ist schließlich Tinkas Geburtstag. Der Beweis, dass wir zu leben verstehen und auch mit Kindern immer noch feiern und entspannt sein können –

Ich halte Hendrik das Gesicht zum Abschiedskuss hin und verschwinde schnell aufs Klo, um nicht erleben zu müssen, was das Zeichen zum Aufbruch bei Bo auslöst.

Als ich zurückkomme, ist Anne endlich da.

Anne hat keine Kinder, sondern ein eigenes Yogastudio. Ich kenne sie genauso lange, wie ich Tinka kenne; Anne war auch auf allen von Tinkas Geburtstagen dabei.

Sie grinst mich an und spricht mit vollem Mund: »Also, dieser Apfelkuchen – «

»Fast so gut wie das Original von Marlies.«

Annes Augenlid zuckt. Das hatte sie schon, als ich sie das letzte Mal gesehen habe: dieses unentwegt zuckende Augenlid.

»Was ist mit deinem Auge?«

»Die Ärzte wissen es nicht. Manche kriegen das vom Stress, aber mir geht's eigentlich ganz gut, zumindest besser als zu Zeiten, wo das Lid kein bisschen gezuckt hat. Mich stört's nicht, aber die Leute denken halt, ich sei nervös und übermüdet.«

Ich bin verlegen: Genau das habe ich gedacht.

»Nicht, dass mir deshalb noch die Schüler wegbleiben.«

»Ist doch Quatsch«, sage ich, aber natürlich hat sie recht. Würde ich Yoga machen, dann vermutlich auch am liebsten bei einer Lehrerin, die von Kopf bis Fuß entspannt aussieht.

Anne hatte schon als Kind jede Menge verschiedener Krankheiten; sie sagt, sie habe sich damit abgefunden.

Sie sitzt da und schaufelt den Kuchen in sich rein.

»Toll hier«, sagt sie. »Toller Ort.«

Anne hat keine Kinder, aber anders als Ines oder Kerstin hat Anne freiwillig keine. Ihr Freund hat welche, die aber nicht bei ihm leben, sondern weit weg bei der Mutter. Vielleicht bewahren diese Kinder Anne davor, sich gegenüber den Kindern ihrer Freundinnen so bescheuert zu benehmen wie Kerstin –

Ich muss aufhören, zu vergleichen, aufhören, diese furchtbar kurzen Schlüsse zu ziehen.

Annes Augenlid hat nichts mit Stress zu tun, und Kerstin *könnte* inzwischen eigene Kinder haben, die Sache mit Christian ist bald zehn Jahre her.

Ich muss aufhören, mir ständig Gedanken über die Probleme anderer Leute zu machen, es geht mich nichts an, ich sollte zusehen, dass ich meine eigenen Probleme in den Griff bekomme.

»Hast du was von Marlies gehört?«, fragt Anne. »Hat Tinka gesagt, wie's ihr geht?«

»Unverändert, glaube ich.«

Annes Mutter hat auch eine Zeitlang Psychopharmaka genommen. Anne kennt sich aus mit psychischen Krankheiten, sie sagt, dass Yoga ihr helfe, ihre eigenen Stimmungsschwankungen auszugleichen. Aber missionarisch ist sie nicht.

Sie geht noch mal rüber zum Buffet.

Soll ich ihr erzählen, dass ich von Marlies geträumt habe?

Ob sie auch findet, dass Tinkas Geburtstag inzwischen an die früheren Faschingspartys erinnert, mit all den verstreuten Servietten und Strohhalmen, den explodierenden Colaflaschen und unentwegt schreienden Kindern?

Wer räumt das hinterher wieder auf?

Bei Annes Eltern ging es gesittet zu. Ihre Mutter war nicht im Kinderladen, hatte nicht den Plan, sich über die Befreiung ihrer Kinder selbst zu befreien, all das, was ihr als Kind angetan wurde, an den eigenen Kindern wieder gut zu machen – und nicht nur an denen, sondern an der ganzen Schulklasse, der gesamten Nachbarschaft, an allen Kindern auf der Welt.

Ein wirklich schlimmer Denkfehler; man darf seine Bedürfnisse nicht mit denen anderer verwechseln, genauso wenig, wie man Rinder mit Tiermehl füttern darf – weil man sonst den Kreislauf kurzschließt und zing! – ist es endgültig zappenduster.

Stromausfall.

Rinderwahnsinn.

Creutzfeld-Jakob-Krankheit.

Der Körper bringt sein Immunsystem gegen sich selbst in Stellung, und dann weiß man irgendwann nicht mehr, wer man ist und was man braucht und wer die anderen sind und was die vielleicht brauchen. Und findet sich wieder, wie man stetig hinter ihnen herräumt, sie dafür hasst und es gleichzeitig nicht zugeben darf.

Anne hat sich nicht nur ein neues Stück Kuchen, sondern auch zwei meiner Zimtwecken geholt und blinzelt mir mit ihrem gesunden Auge anerkennend zu – sie weiß, dass ich stolz bin auf meine Backkünste. Außerdem hat Anne keine Kinder und assoziiert Zimtwecken deshalb nicht mit Bullerbü. Anne hat andere Probleme, Krankheiten zum Beispiel.

»Du kennst dich doch aus mit Neurodermitis.«

Sie sieht mich erstaunt an und nickt.

»Nach Linas Geburt hat der Kinderarzt bei der ersten Routineuntersuchung, weißt du, der U2 nach einer Woche –«

Anne nickt erneut.

» – bei dieser Untersuchung hat er mir gezeigt, dass da, wo er sie anfasst, rote Flecken zurückbleiben. Und deshalb habe sie empfindliche Haut.«

Anne runzelt die Stirn. »Aber Neurodermitis hat sie nicht, oder?«

»Nein, nein«, sage ich, »aber der Arzt hat mir damals eingebläut, dass ich da aufpassen müsse. Das sei ein eindeutiges Zeichen, dass das Kind klare Grenzen brauche – Haut, Grenze, du weißt schon –, und ich mir bloß nicht von ihr diktieren lassen solle, wann sie zum Beispiel trinkt. Schön den Rhythmus selbst vorgeben!«

Anne bohrt ein bisschen ratlos mit ihrer Kuchengabel in der Zimtwecke.

»Sorry«, sage ich, »blödes Thema.«

»Nein«, sagt Anne, »ist ja wichtig. – Hast du's denn gemacht?«

»Was?«

»Den Rhythmus vorgegeben.«

»Na ja. Ich hab' schon ein bisschen geschummelt. Die zwei Stunden statt vom Ende der letzten Mahlzeit von deren Anfang aus gezählt.«

Anne lacht. Ich auch.

Hoffentlich denkt sie nicht, dass ich nur noch über Kinder und deren Krankheiten reden kann; auf keinen Fall will ich gegenüber einer kinderlosen Freundin diesen Eindruck erwecken; auf der anderen Seite ist Anne aber Spezialistin, sie kennt sich aus mit Krankheit als Strafe, mit Psychosomatik und Erblichkeit und Angst.

Im Grunde weigere ich mich nämlich zu glauben, dass der Kinderarzt recht hatte und meine erfolgreiche Grenzziehung Lina vor der Neurodermitis bewahrt hat. Man muss aufpassen, was man sich gutschreibt an Gelingendem, denn da hängt ja dann auch die Verantwortung für alles Misslungene dran.

Manche Mütter schaffen es, zu ihren Gunsten zu sortieren, schließlich gibt es ja auch noch die kindliche Natur, Pech, falsche Freunde, das deutsche Schulsystem und so weiter. Aber nach meiner Logik ist es äußerst unwahrscheinlich, dass einer nur das Gute und alle anderen alles Schlechte zu verantworten haben, also betrachte ich die Gesundheit meiner Kinder lieber als etwas, auf das ich bis auf die üblichen Vorsichts- und Vorsorgemaßnahmen keinerlei Einfluss habe. Was aber nur funktioniert, indem ich die Warnungen von Ärzten und Elternmagazinen gar nicht erst ernst nehme. Schon als der Kinderarzt auf die Druckstellen auf der Haut von Lina hinwies, dachte ich im Stillen: »Grobian, fass sie halt nicht so fest an, dann kriegt sie auch keine Male. Wie soll denn die Haut eines neugeborenen Mädchens deiner Meinung nach beschaffen sein, dick und ledrig?«

Hendrik macht diese Abwehrhaltung wahnsinnig.

»Wieso gehst du überhaupt zum Arzt, wenn du von vornherein alles, was er sagt, infrage stellst und besser weißt?«

Tja. Selbstschutz, um nicht schuld zu sein am Ende.

Wobei natürlich die Angst stetig wächst, irgendwann so *richtig* bestraft zu werden.

Eine unheilbare Krankheit, ein unaussprechlicher lateinischer Name, vielleicht sogar Vorgänge, die noch nicht einmal einen Namen *haben*, weil Wissenschaftler seit Jahrzehnten vergeblich versuchen, sie unters Mikroskop zu bekommen, und ich muss vorstellig werden bei einem äußerst angesehenen, fantastisch ausgebildeten Spezialisten, der vielleicht als einziger die Rettung kennt, aber durch geheime Informationen auch über meine bisherige Arroganz seiner Zunft gegenüber Bescheid weiß.

»Nun«, wird er sagen und mich zynisch anlächeln, »Sie wissen doch auch sonst alles selbst. Jetzt gehen Sie mal schön wieder nach Hause und probieren Sie es mit geschlagener Banane und Zwieback.«

»Kann schon sein, dass das mit ein Grund ist, warum ich keine Kinder habe«, sagt Anne, »weil ich so schon zu viel Zeit bei Ärzten verbringe. Und da geht's wenigstens nur um mich selbst.«

Ich nicke.

Vielleicht rauscht jetzt, in diesem Augenblick, ein zerstreuter

Rechtsabbieger in Lina, die mit ihrem Kinderfahrrad über die grüne Fußgängerampel fährt. Hendrik, knapp dahinter, bremst, fällt vom Rad, auf dem Bo in seinem Kindersitz festgeschnallt ist, und das Auto schleudert und nimmt die beiden auch noch mit. Komplizierte Brüche, Lina wird nie wieder richtig laufen können. Und vor allem weiß ich nicht, wie ich mit meinen Gefühlen für den Rechtsabbieger umgehen soll fortan. Es hätte alles noch viel schlimmer ausgehen können, sage ich mir, immerhin leben die drei. Es hätte auch ein Lkw sein können, es hätte – ach, fällt mir auf, es ist ja gar nichts passiert, ich habe mir diesen Unfall nur ausgedacht und bilde mir zudem noch ein, ihn damit, dass ich ihn mir ausmale, verhindert zu haben, denn wieso sollte sich das Schicksal ausgerechnet an meinen Angstvisionen orientieren? Wenn, dann hat es gewiss sein ganz eigenes Szenario.

Dieser Aberglaube ist Teil des mütterlichen Wahnsinns, deshalb können Mütter nicht mehr damit aufhören, sich Tag und Nacht Fürchterliches auszumalen: weil wir denken, es damit gleichzeitig zu verhindern.

»Tut mir leid«, sage ich, »ich höre auf damit.«

Robert hat inzwischen den Grill angezündet.

»Letztes Jahr hat er wirklich hervorragend gekocht.«

»Ja, das kann er«, sagt Anne, und ich finde, dass sie ein wenig herablassend klingt; das passt gar nicht zu ihr, ich sehe sie überrascht an.

Ihr Lid zuckt unaufhörlich.

»Fandest du auch, dass er sich letztes Jahr regelrecht in der Küche versteckt hat?«

Anne hebt noch viel herablassender die Schultern: »Diese Freundinnenrunde, was sollte er da?«

Sie schiebt sich eine Gabel voll Kuchen in den Mund.

Die Kleinkinder, die noch da sind, haben sich um Robert geschart und wollen zündeln; Kerstin schlägt die Hände über dem Kopf zusammen und hilft schließlich, jedem ein qualmendes Hölzchen zu besorgen.

Ich werde ganz aufgeregt.

Wenn Anne sieht, was ich sehe, ist es vielleicht noch nicht zu spät. Anne ist toll, Anne mögen alle. Anne ist eine Nichtmutter, die dennoch uns Mütter als Freundinnen erträgt; Anne hat sich früh genug aus der Clique entfernt, ist ihren eigenen Weg gegangen und jetzt voller Körperweisheit oder was weiß ich. Jedenfalls verstummt, wenn sie den Raum betritt, niemals das Gespräch, sondern die Leute freuen sich und winken Anne zu sich.

»Ich dachte, das ging letztes Jahr nur mir so. Dass ich es seltsam fand, mich von ihm bedienen zu lassen.«

»Bisschen wie am Muttertag.« Anne grinst. »›Heute darf Mama mal im Bett bleiben!‹ Umgekehrt würde man das nie machen: dass Robert zehn seiner Freunde einlädt und Tinka in der Küchenschürze um sie herumwuselt und für ihr Wohl sorgt – Magst du auch ein Bier?«

Anne steht auf. Ich weiß nicht, was ich antworten soll.

»Nein, lieber nicht.«

»Limo?«

Ich nicke schwach. Wie soll ich ihr sagen, dass sie meine Hoffnungsträgerin ist? Gut, das ist vielleicht übertrieben, aber ich bin so froh, nicht mehr alleine zu sein mit meinem Unbehagen, dass ich mir überlege, ihr irgendwas zu schenken. Etwas, das sehr viel Mühe bereitet, einen selbst gestrickten Pullover vielleicht oder einen Quilt.

Anne reicht mir eine rote Bionade.

»Und was machen wir jetzt?«, frage ich eifrig.

»Wie meinst du das?« Sie öffnet mit der Kuchengabel das Bier.

»Ich meine –« Ich will sagen, dass wir jetzt, da wir zu zweit sind, irgendwas dagegen tun können. Aufstehen, die Party beenden, stattdessen einen großen Stuhlkreis bilden, ein neues Parlament, eine erdumspannende Bewegung! – nein. Eine ganz intime öffentliche Runde, in der die Wörter »eigentlich« und »im Grunde« und »aufs Ganze gesehen« nicht mehr gesagt werden dürfen, dafür aber die Wahrheit! – nein, das ist auch falsch. Was weiß ich denn, was die Wahrheit ist, und vor allem: Was passiert dann damit?

Locker bleiben. Nur nicht gleich wieder übertreiben.

Anne zumindest sieht, was ich sehe, und beurteilt es ebenfalls kritisch. Das ist ein Anfang. Bloß jetzt nichts sagen, womit ich mir ihre Solidarität verscherze! Wenn ich zu weit gehe, rudert sie vielleicht zurück. Sagt, dass aber alles in allem der Geburtstag letztes Jahr doch recht schön gewesen sei, die Kinder ja auch größer würden und man sich vielleicht insgesamt zu viel vom Leben erwarte.

»Einer ist keiner«, hat Volker Ludwig geschrieben, »zwei sind mehr als einer. / Sind wir aber erst zu dritt / machen alle andern mit!«

Vermutlich hat er gewusst, dass sich drei niemals finden werden, und somit die Frage, *wobei* alle anderen mitmachen sollen, auch nicht beantwortet werden muss.

Jedenfalls nicht von ihm.

Ich trinke einen Schluck Bionade.

Sie schmeckt mir nicht; wenn ich ehrlich bin, habe ich noch nie verstanden, wieso das ein tolles Getränk sein soll. Aber Bier schmeckt mir auch nicht und an irgendwas muss ich mich festhalten.

Ich denke an Volker Ludwig. Er ist der Held meiner Kindheit, aber jetzt ist er ein alter Mann und lässt mich mit der ganzen Scheiße zurück. Verändern, ja, sicher. Was denn bitte, wie denn, Volker? Wie kannst du mir das alles in den Kopf setzen und dich dann schön in die Pensionierung und auf dein Lebenswerk zurückziehen?

In all seinen Stücken gab es die bösen Erwachsenen, gegen die wir uns zu wehren hatten, die Hausbesitzer, Generäle, Vorarbeiter, fiesen Väter. Lauter alte Männer mit viel Macht und wenig Verstand, gegen die wir mit Grips und Einigkeit vorgehen sollten, um sie schließlich zu besiegen. Wo sind die alle hin, oder besser gefragt: Wer sind sie heute?

Es sind weiterhin die Vorväter. Marlies' Vater zum Beispiel, dem sie zu entkommen glaubte, indem sie alles anders gemacht hat, ihren Kindern das Paradies auf Erden errichtete –

Aber ist dieser Vater denn nicht schon längst tot? Wie lange taugt so einer als Feindbild? Über wie viele Generationen hinweg kann man ihn für das, was ist, noch verantwortlich machen?

Wolfgang hat letztes Jahr auf Tinkas Geburtstag am fein gedeckten Tisch eine Rede gehalten.

Dass seine Familie, und mit ihr ja auch Tinka, wie wir wüssten, eine Menge durchgemacht hätte, dass aber das Schöne sei, dass sie auf allen Wegen – auch den dornigen (hat er das so gesagt? fromm ist er eigentlich nicht) – treue und kluge Weggefährten gehabt hätten, von denen heute Abend ja auch wieder einige versammelt seien –

Im Grunde gefällt mir so eine Einleitung, sie verleiht den Zuhörerinnen Zugehörigkeitsgefühl und Stolz, bietet einen Rahmen, um sie einander vorzustellen – was in dem Fall ein bisschen albern war, weil wir uns schließlich alle kannten –, aber grundsätzlich finde ich Festreden prima, fast so unterhaltsam wie Gesellschaftsspiele. Und so, wie man beim Spielen die Regeln beachten muss, damit es Spaß macht, muss eine Rede pathetisch und vereinnahmend sein, sonst kann man's auch gleich lassen.

Trotzdem dachte ich damals: Was tust du da, Wolfgang? Pass lieber auf. Was beschwörst du all die Zeuginnen? Was, wenn ich mich erhebe und in Anschuldigungen ausbreche? Warum hast du keine

Angst vor unserer Runde erwachsener Kinder, vor mir im Speziellen, die ich bei mindestens der Hälfte der vierzig Geburtstage von Tinka und außerdem beim Kurzschluss und Untergang eurer Familienidylle dabeigewesen bin? Vertraust du auf meine gute Erziehung, ausgerechnet meine Kinderstube? Darauf, dass ich euch Eltern ehre und schone? Ich bin so wenig fromm wie du, und ich bin von euer eins dazu erzogen worden, nicht verängstigt zu schweigen, sondern Autoritäten frei und gerade heraus die Meinung zu sagen.

Oder vertraust du darauf, dass, falls ich tatsächlich das Wort ergreife, es auf mich zurückfallen wird? Weil sich ja auch sonst die Leute gerne von mir abwenden, von mir und meiner unangenehm herrischen, unentspannten Art, meinem besserwisserischen Spielverdertum?

Oder, und das scheint mir das Naheliegendste zu sein, vertraust du darauf, dass sich inzwischen alle damit abgefunden haben, dass es nichts bringt, einen Schuldigen zu suchen, dass ihr jedenfalls euer Bestes getan habt, du als Allererster, und es ja wohl erlaubt sein müsse, daran zu erinnern, wie viel Schönes es neben Krankheit und Tod und Verderben noch gab? Ist ja auch normal, nicht wahr: Krankheit und Tod und Verderben.

An euer Versprechen, dass wir es einmal besser haben würden, dass die Welt veränderbar sei, wenn wir nur fleißig daran arbeiteten und fest zusammenhielten, erinnern wir uns am besten alle gemeinsam und mit der nötigen historischen Distanz und einem Schuss Ironie: War eine tolle Idee, aber leider unrealistisch. Eine gerechte Welt, haha! Wer wird kindisch darauf beharren, jetzt, im Erwachsenen- beziehungsweise Rentenalter?

So, wie ihr damals unsere Freunde sein wolltet im Kinderladen, sollen wir jetzt eure Freunde sein in der Resignation.

»Hätte ja auch klappen können!«, befindet ihr, »war doch zumindest eine richtig schöne Zeit.«

Weißt du was?

Ich glaube, du hast deshalb keine Angst, weil du immer noch nicht begriffen hast, dass *du* tatsächlich der Vater bist. *Du* bist die Autorität, gegen die ich mich erheben könnte, aber das fällt dir gar nicht ein, weil du sogar jetzt, wenn du mit siebzig eine Rede auf deine vierzigjährige Tochter hältst, immer noch nicht akzeptiert hast, dass wir zwei unterschiedlichen Generationen angehören, im Gegenteil: Seit wir selbst Kinder haben, sind wir in euren Augen endgültig mit euch vereint, dabei bist du, Wolfgang, für mich ungefähr so einer, wie dein Schwiegervater es für dich war.

Na? Dämmert's?

Also einer, mit dem du *nichts* gemeinsam hattest, als dessen *Gegen*modell du angetreten bist.

Halt lieber den Mund, alter Mann, schweig schön still. Halt auf gar keinen Fall eine Rede.

Dein Schwiegervater soll – unten in der Hölle – allein darüber nachdenken, ob er sich richtig verhalten hat. Er kann sich meinetwegen Rat beim Teufel suchen, der sich den sengenden Pelz kratzt und sagt: »Was denkst du, Alter, hm? Sag mal ehrlich – wenn du dich *richtig* verhalten hättest, wärst du dann wohl *hier*?«

Du, Wolfgang, du triff dich mit deinen Kollegen vom Architekturbüro und euren zweiten Frauen in einer Kneipe im Stuttgarter Westen und trink ein paar Bier, ratlos, wie alles so gründlich schiefgehen konnte, aber gut, ja, einen Versuch war es wert.

Und wir – ach du liebes bisschen, wir feiern weiterhin Tinkas Geburtstag, und ich werde mich auch bestimmt nicht erheben, weil ich gar nicht weiß, was ich sagen soll.

Ich kann dir nichts vorwerfen, ein Kinderladen ist schließlich kein Priesterseminar und ein Wohnkollektiv nicht die Waffen-SS. Mir ist nur irgendwie nicht gut, ich schultere da was, was ich gern abwerfen würde, denn es ist nicht allein das Alter, fürchte ich, warum wir unseren Müttern immer ähnlicher werden. Es hat sich nichts, nicht das kleinste bisschen geändert.

Die Würstchen sind fertig.
Wir essen, und es schmeckt gut.
Kartoffelsalat, Mozzarella mit Tomaten, Weißbrot.
Robert zieht ein Kabel durchs Atelierfenster, um Musik anzumachen.
Nach dem Essen gehen die letzten Kinder; Franz und Edgar dürfen aufbleiben, bis sie umfallen; Ines kommt auf sehr hohen Schuhen, Privileg der kinderlosen Frauen, sie sieht schön aus.
Ich muss weinen, aber meine Augen bleiben trocken.
Der Mond geht auf in Konkurrenz zu den Lampions, die Tinka aufgehängt hat: Auch er ist so früh in der Nacht noch farbig, später dann wird er sich unabhängig machen, ganz nach oben steigen und weiß und kalt leuchten.

3

Hendrik und die Kinder schlafen, als ich nach Hause komme.
Sie sind dem Tod entgangen, mein Bann hat offenbar gewirkt.
Die Party ist ebenfalls ohne Zwischenfälle zu Ende gegangen, ich habe nichts gesagt, bin nicht negativ aufgefallen. Die Scham hat mich besiegt, die Angst, mich lächerlich zu machen mit meiner Anklage.
Jeder nach seiner Façon.

Wer weiß schon, wer recht hat, was wahr ist und was nicht.

Jeder stirbt für sich allein.

Ich gehe ins Bad und putze mir die Zähne.

Soll ich Isa nicht doch noch eine Mail schicken? Wartet sie womöglich darauf? Aber was, verdammt noch mal, schreibe ich da rein?

Im Schlafzimmer bauscht sich die Gardine. Hendrik liegt auf dem Rücken, mit aufgestellten Knien und auf dem Bauch gefalteten Händen; noch nie habe ich begriffen, wie man in so einer Haltung schlafen kann, aber er kann es.

Wir haben bodentiefe Fenster, das hat man jetzt so im Neubau.

Die bodentiefen Fenster standen nie zur Diskussion. Sie sind dreifach verglast und entsprechen unseren hohen, ökologischen Standards; für die automatische Belüftung sind sie mit Ventilatoren ausgestattet, aber heute Nacht ist es so warm, dass Hendrik sie einfach aufgerissen hat. Sieht sicher schön aus von außen, wie die Vorhänge winken. Überhaupt sieht das Haus von außen genau so aus, wie man's heutzutage haben will. Aber die bodentiefen Fenster erschweren, ehrlich gesagt, das Einrichten, zumindest, wenn man nicht schon bei der Grundrisserstellung wusste, wer wo schlafen soll und mit wie vielen Menschen und Möbeln man einzieht. Die Fenster verlangen ein schlüssiges Gesamtkonzept.

Außerdem verlangen sie nach einer Putzfrau, regelmäßigem Aufräumen und Aussortieren, aber auch das ist etwas, das man heutzutage hat und tut. Und wenn ich das nicht will, muss ich eben damit leben, dass man es von außen sieht. Muss zu mir und meinen Möglichkeiten stehen, Selbstbewusstsein haben, ein dickes Fell, eine Haut, die keine Male behält, nur weil einer zu doll draufdrückt.

»Es gibt keinen besseren Platz, um zu üben«, hat Regine gesagt – wo ist sie eigentlich, warum war sie nicht auf Tinkas Party?

Claudia, durch die wir zum Projekt gekommen sind, ist noch

während der Planungsphase wieder ausgestiegen – zu viel Streit, fand sie, über Geld und Geschmack, Transparenz und politischen Anspruch. Über alles eigentlich, außer über die Fenstergröße. Die schien von vornherein abgemacht zu sein.

Ich weiß nicht genau, wie viele der Nachbarn eine Putzfrau haben.

Unser Zusammenleben soll laut Homepage genau die richtige Mischung aus Nähe und Distanz ermöglichen, also auf der einen Seite dem anonymen Großstadtleben entgegenwirken, aber auch nicht in unangenehme Kontrolle umschlagen. Auf dem Plenum können Probleme aller Art offen besprochen werden, die Tagesordnung beinhaltet automatisch das Thema »Störungen«, weil die laut Präambel unserer Satzung stets Vorrang haben.

Das Plenum findet alle zwei Wochen im Gemeinschaftsraum statt und ist zurzeit ehrlich gesagt die einzige, regelmäßige Gemeinschaftsveranstaltung. Alle arbeiten viel und haben ja noch andere Freunde, die Kinder sind in der Ganztagsbetreuung, und die Alten treffen sich lieber reihum in ihren Wohnungen oder gehen gemeinsam aus. Dass man aber was zusammen machen *könnte,* wenn man wollte, ist auch schon sehr viel wert –

Apropos. Hendrik schläft.

Als ich mich zu ihm ins Bett lege, atmet er tief ein; ich warte, ob er sich umdreht, vielleicht noch mal kurz aufwacht. Aber das tut er nicht.

Ich wünsche mir, dass er mich fragt, wie's auf der Party noch so war, dann wüsste ich zwar keine Antwort, aber daraus würde er schließen, dass ich wohl Trost brauche und mir die Hand auf den Kopf legen.

Ich nehme seine Hand und lege sie mir selbst auf den Kopf.

Er knurrt und dreht sich um, stößt mich dabei mit dem Ellbogen.

Das habe ich davon, Erschleichung von Dienstleistung. Die kleinen Sünden straft der liebe Gott sofort.

Wir machen zurzeit wirklich nicht sehr viel zusammen, aber wie auch, wir arbeiten ständig und kümmern uns um unsere Kinder –

Unsere Freundin Claudia hat sich inzwischen von ihrem Mann Ingo getrennt.

Ich frage sie, wenn ich sie sehe, nicht genauer danach, weil ich am liebsten gar nicht mehr mit ihr rede. Bevor sie sich von Ingo getrennt hat, hatte sie nämlich einen Burn-out, und ähnlich wie Regine redet sie seither über nichts anderes mehr als über Burn-outs, sowohl ihren eigenen, als auch über die, vor denen alle anderen Mütter angeblich stehen.

»Du weißt«, sagt sie zu mir, »dass du dich auch schon *vor* dem großen Knall behandeln lassen kannst. Warum erst abwarten, bis wirklich nichts mehr geht?«

Ich nicke und schweige. Auch dann noch, als sie mir rät, endlich mal »richtig hinzuschauen«, obwohl nach meiner Einschätzung genau dieses Hinschauen der Auslöser für meinen eigenen Zusammenbruch sein wird. Den ich aber nicht als Burn-out bezeichnen werde, weil mir für einen Wiedereinstieg nach Hamburger Modell der richtige Arbeitgeber fehlt – ich bin frei, und wenn ich nicht liefere, ruft mein Redakteur beim nächsten Auftrag einfach eine andere Freie an.

Das muss man sich nämlich auch leisten können, schlappzumachen, aber das sage ich nicht, weil ich versuche, mich solidarisch zu zeigen. Ich schweige und nicke und gucke besorgt; ich weiß, wie man das macht, ich lebe im Gemeinschaftshaus.

Ich versuche, Claudia und Regine aus dem Weg zu gehen.

Was die beiden natürlich schon bemerkt haben und mir prompt als Berührungsangst auslegen, Angst vor Ansteckung beziehungsweise ein deutliches Zeichen dafür, bereits infiziert zu sein.

Regine hat einen Fragenkatalog, mit dessen Hilfe man angeblich feststellen kann, ob eine Person kurz vor dem Burn-out steht oder nicht. Das weiß ich, weil sie ihn bei einem Abendessen, zu dem sie unangemeldet dazu kam, an meinem Schweizer Freund Werner ausprobiert hat. Er hat höflich alle Fragen beantwortet, aber Denise, seine Frau, hat mir mal erzählt, dass Schweizer grundsätzlich alle Fragen höflich beantworteten – meistens mit Ja –, und man sich deshalb in der Schweiz gut überlege, welche man überhaupt stelle. Sie erwähnte das in dem Zusammenhang, dass sie unmöglich ihre Nachbarin fragen könne, ob die vielleicht die Kinder mal hüten könne, denn es sei der Nachbarin verwehrt, mit Nein zu antworten, also müsse sie, Denise, selbst überlegen, ob die Nachbarin das wohl wolle oder nicht. Und da sie das nicht beurteilen könne, fiele die Option von vornherein flach.

Ich bin jedenfalls skeptisch, ob Regines Test diese – nennen wir sie: Schweizer – Eigenart berücksichtigt, aber als ich das erwähnte, bekam Regine ein Funkeln in den Augen und ein Lächeln in den Mundwinkeln, das so viel hieß wie: »Da haben wir's. Sandra versucht mal wieder, neunmalklug auszuweichen. Sandra denkt, sie wisse alles besser. Punkt drei und vier des Diagnosekatalogs: Allmachtsphantasie und Optimierungszwang. Typischer Fall, Sandra ist krank.«

Ich verstehe ja, dass man sich Leidensgenossinnen wünscht; je mehr infiziert sind, desto weniger Schuld trifft die Einzelne und desto klarer zeichnet sich ein gesellschaftlicher Missstand ab.

»Einer ist keiner, zwei sind mehr als einer«, und auch Claudia und Regine brauchen dringend eine Dritte, die mitmacht – damit endlich mal was Grundlegendes passiert.

Aber was?

Claudia war zur Kur, und danach hat sie Ingo verlassen.

Vielleicht will ich deshalb keine Burn-out-Diagnose: weil ich Hendrik behalten will.

Regine hat Karsten behalten, aber das mag daran liegen, dass sie eben nur zwei waren, Regine und Claudia, und wenn ich mich hinreißen ließe und mich ihnen anschlösse, wäre endlich der Moment gekommen, in dem alle Frauen gemeinsam ihre Männer verlassen.

Wir hatten eine Wette, Claudia, Ingo, Hendrik und ich. Eine Wette, wessen Ehe länger halten wird.

Ein Witz aus der Zeit, als wir noch zusammen beim Wohnprojekt waren und feststellten, dass wir uns gern hatten. Passiert ja nicht so häufig, dass man sich als Paare befreundet, meistens verstehen sich einzelne besser und nehmen die Anhängsel eher billigend in Kauf. Wir aber mochten uns auch kreuz und quer, und auf dem Höhepunkt unserer Freundschaft haben Claudia und Ingo geheiratet, unaufwändig, mit Ringen aus dem Kaufhaus und ohne offizielle Zeugen, weil es ihnen auch ein bisschen peinlich war. Vor mir und Hendrik war es ihnen aber nicht peinlich, weil wir schließlich ebenfalls verheiratet waren, dennoch gab es sofort diese Wette, und dann sind sie ausgestiegen aus dem Projekt und nach Kreuzberg gezogen, Claudia hat noch ein Kind gekriegt und ihren Burn-out, und wir haben uns alle nur noch selten gesehen.

Die Wette lief aber weiter, wobei ich nicht weiß, ob außer mir noch jemand daran dachte.

Jetzt haben Hendrik und ich also gewonnen, aber nur, weil ich mich weigere, mein Burn-out-Syndrom zu akzeptieren. Wenn ich wie Claudia zur Kur ginge, würde ich feststellen, dass ich so, wie ich lebe, nicht mehr leben will. Wenn ich endlich mal richtig hinschaute – nicht bei den anderen, sondern bei mir selbst – würde ich sehen, dass ich neben einem Mann liege, der mir, statt mich zu trösten, den Ellenbogen ins Gesicht rammt.

»Ich habe festgestellt, dass ich so, wie ich gelebt habe, nicht mehr leben wollte«, hat Claudia zu mir gesagt, als wir uns das letzte Mal trafen.

»Einer musste ja schließlich geopfert werden«, hat Ingo zu mir gesagt, als wir uns das letzte Mal trafen.

»Ich bin einfach nur müde«, sagt Hendrik, wenn ich mich darüber beschwere, dass wir zu selten Sex hätten – und wieso soll er das nicht sein dürfen?

Ich bin selbst müde.

Punkt eins von Regines Diagnosekatalog: anhaltende Müdigkeit.

Schlafen kann ich trotzdem nicht. Der Vorhang knattert, vielleicht gibt's heute Nacht noch ein Gewitter.

An Tinkas Dreißigstem gab es ein mächtiges Gewitter.

Sie hat ihn draußen auf dem Land gefeiert, in der Datsche eines Freundes, und Matthias hatte irgendwelche neuen, glamourösen Bekannten mitgebracht, Kommilitoninnen aus dem Kulturwissenschaftsseminar, die sich auf Zwanzigerjahre-Gutshaus-Einladung gestylt hatten mit Riemchensandaletten und Kopfputz. Sie waren verstimmt, weil nach dem Gewitter alles nass und matschig war und man sich nirgendwo mehr hinsetzen konnte, während die älteren Freunde gleich mit Campingausrüstung und in Trekkingschuhen angereist waren und meinten: Was soll's, so ein Regen ist gut für die Landwirtschaft. Ich selbst hatte Mühe, mich unauffällig zwischen diesen beiden Polen zu bewegen, was aber zumindest meinem Outfit entsprach: weißes Polokleid und Turnschuhe.

Es riss dann auch wieder auf, und die neuen Bekannten wurden mit Tequila versöhnlich gestimmt, den Tinkas Vater in rauen Mengen gestiftet hatte. Ich habe sie weiterhin gemieden und nicht mit ihnen angestoßen; auch Jahre später noch, als ich längst hätte einsehen müssen, dass sie keine Eintagsfliegen waren, sondern inzwischen zur großen Verstrickung dazugehörten, bin ich ihnen aus dem Weg gegangen.

Neulich sah ich eine von ihnen hochschwanger auf der Straße und dachte: Sieh mal an, du jetzt also doch auch noch. Sie trug ein bodenlanges, karamellfarbenes Umstandskleid, edel und exzentrisch, aber irgendwie war ich beruhigt, so als hätte die Natur dafür gesorgt, den Graben zwischen uns zu schließen. Seltsam, denn wir werden uns nicht ähnlicher, nur weil wir beide Mütter sind; sie wird auch mit Kind das Elegante dem Praktischen vorziehen und nicht plötzlich in Jeans mit Elastananteil und Crocs aus der Drogerie rumlaufen. Was soll das auch, was ist daran so wichtig?

Es *ist* wichtig.

Es ist lebensentscheidend.

Alles muss gleich sein.

Wer sich abhebt, muss das Besondere deutlich erkennbar bezahlen: die Karamell-Bekannte ihren Modefimmel mit, sagen wir mal, chronischer Vergesslichkeit. Schon wieder keine Brotdose dabei! Und die fünf Euro für die Gruppenkasse fehlen auch noch – Na ja, kein Wunder, wo sie doch nur an ihr Aussehen denkt –

Noch besser: Ihr Kind wird blass und unauffällig. Eines, das sich in den Falten der exzentrischen Outfits seiner Mutter versteckt und sie zum Stolpern bringt, wenn sie auf Tinkas fünfzigstem Geburtstag an die Bar will: »Hoppla, Kitty (Ansgar), was machst du denn da, ich hab' dich gar nicht gesehen. Lass doch mal mein Bein los! Guck mal, da drüben spielen sie Verstecken (Hans-guck-dich-um, Völkerball), warum machst du da nicht mit?« Und irgendwann wird mir zu Ohren kommen, dass Matthias sich fragt, warum seine Karamell-Bekannte nur so ein furchtbar ödes Kind hat.

Hauen und Stechen.

Das hört niemals auf.

Alles, was ich selbst nicht kriegen kann, wird meine Tochter für mich rausholen.

Lina ist jetzt schon was Besonderes, jedenfalls lädt Matthias sie gerne zu sich ein – weil sie immer so tolle Ideen habe und man sich prima mit ihr unterhalten könne. Und Robert mag sie auch. Hält sie für begabt. »Hast *du* das gemalt?«, hat er vorhin mit Blick auf Tinkas Geburtstagskarte gefragt.

Lina nickte. Und ich fühlte mich insgeheim bestätigt.

Was für ein Irrsinn.

Es ist wie mit der Neurodermitis: Wenn ich mir Linas Erfolge und Begabungen auf die Fahnen schreibe, bin ich fortan auch für ihre Misserfolge und Defizite verantwortlich. Also wird mich nie jemand dabei erwischen, Komplimente, die ihr gelten, auf mich zu beziehen. »Was?«, sage ich stattdessen erstaunt. »Glaubt ihr im Ernst, ich definiere mich über meine Tochter?!«

Die meiste Zeit sehe ich sie lieber gar nicht an. Bloß nicht zu viel in sie reininterpretieren! Sie soll sich außerhalb meines Blickes bewegen und entfalten können.

Das ist dann aber auch wieder nicht gut, oder? Eine Mutter, die einen nie ansieht?

Also sehe ich sie an und denke mir was für sie aus.

Was dann am Ende doch wieder ich selbst bin: *Meine* Angst, *meine* Träume, meine verfluchten, bodentiefen Fenster.

Am liebsten würde ich jetzt aufstehen und Claudia anrufen, mich dafür entschuldigen, dass ich ihr in letzter Zeit ausweiche. Aber seit sie auf Kur war, geht sie früh ins Bett. Ich sollte auch besser mal schlafen.

Lina und Bo behaupten beide, sie würden gruselige Geräusche hören, wenn sie nachts allein im Bett liegen. Ich habe ihnen erklärt, dass das nur das Haus sei, die Materialien, die noch arbeiteten, Holz, das sich verziehe, Spachtelmasse, die trockne.

Lina hat mich zweifelnd angeschaut.

Wir haben einen Blitzableiter auf dem Dach; auch so was, wonach Lina mich gefragt hat, weil sie Angst hat, dass der Blitz ins Haus einschlagen könnte.

Ich hatte diese Angst früher auch und frage mich, wann sie wohl aufgehört hat.

Ich weiß noch, wie meine Schwester und ich zählten, um herauszufinden, wie weit das Gewitter noch entfernt war – jede Sekunde ein Kilometer – und dass wir trotzdem unbedingt nach draußen wollten, um uns in den Regen zu stellen, mit nackten Füßen das reißende Wasser im Rinnstein zu spüren. Das tun Lina und Bo heute nicht mehr und auch sonst keines der Kinder aus dem Haus. Angeblich sind solche Erfahrungen aber wichtig – nass geregnet zu werden, sich im Dunkeln zu fürchten, ganz alleine im Wald zu sein. Schwer erziehbaren Kindern verordnet man so etwas, um sie sowohl stärker als auch demütiger zu machen dem Leben gegenüber; das leuchtet mir ein, dass das theoretisch wirkt, nur die Verordnung verstehe ich nicht. Welches Kind ist so dumm zu vergessen, von wem und zu welchem Zweck es in die Wildnis geschickt wurde? Und ist nicht die Schwererziehbarkeit ohnehin schon die Antwort auf einen Haufen fürchterlicher Ängste, die zwar nichts mit Regen und Dunkelheit, dafür aber genug mit Verlassensein und Ohnmacht zu tun haben?

Ich fürchte mich vor meinen Gedanken.

Und vor den Kindern, mit denen meine Kinder zu tun haben.

Vor den Rezepten, die wiederum anderen Leuten einfallen, um diese Kinder auf Linie zu bringen. Davor, was alles noch passiert, wenn die gestörten und gequälten und mit Gewalt auf Linie gebrachten Kinder erwachsen sind und ich zu alt bin, um mich zu wehren, um überhaupt noch irgendwas zu verstehen –

Schon heute verstehe ich nicht, wie meine Mutter und mit ihr die Reformpädagogen glauben konnten, die Menschheit sei durch Erziehungskonzepte in den Griff zu bekommen. Wie sie es aushielten, sich tagaus tagein mit Pädagogik zu beschäftigen, woher sie ihre gottverdammte Zuversicht nahmen. Sie wussten doch, mit welchen Mächten sie es zu tun hatten! Gnade der späten Geburt, mag ja sein, aber dann doch ziemlich knapp. Und wenn sie wirklich alles anders machen wollten, warum sah dieses Andere dann in der Grundstruktur dem Alten noch so ähnlich?

Ihr eigener Alltag dem ihrer Mütter?

Warum haben sie nicht bei sich selbst angefangen mit dem Freisein, dem Wagnis, den alternativen Lebensformen?

Marlies beispielsweise, Tinkas Mutter.

Sie hatte ein heiseres Lachen, das meist mit einem Husten geendet hat.

Kam vielleicht vom Rauchen, passte aber zu ihrem leicht verschleierten Blick, aus dem hervorging, dass sie mehr gesehen hatte als dieses Haus mit den vielen Kindern, den eigenen drei, für die sie sorgte, den fremden fünfunddreißig, die sie einlud, dem doppelten Kühlschrank, den sie befüllte, den Partys, Spielenachmittagen, täglichen Gelagen, hinter denen sie unermüdlich herräumte.

Der Blick und das Lachen passten nicht zur bloßen Dienerin derjenigen, die hinaus ins Leben gehen durften; bewehrt mit diesem Blick und diesem Lachen hätte Marlies durchaus selbst hinausgehen können. Und ich wette, in diesen Blick und dieses Lachen hat meine Mutter sich verliebt, meine Mutter, die Nachmittage lang mit Marlies am Tisch auf der Veranda saß und redete. Über alles, Alltag und Kleinigkeiten, Politik und Persönliches; dazu rauchte jede eine Schachtel Lord Extra und vermutlich glaubten sie, dass darin schon der Aufbruch läge, denn geraucht hatten ihre Mütter nicht. Auch nicht so scharfsinnig analysiert, Pläne geschmiedet, wie anders alles werden sollte in der Zukunft –

Nicht sofort, nein, wir Kinder waren noch klein. Marlies und meine Mutter konnten nicht weg, mussten uns versorgen, uns ein Heim bieten, in dem wir gedeihen konnten. Darin waren sie genau wie ihre Mütter. Aber im Durchblick und Spott waren sie längst woanders, und tüchtig genug für den Aufbruch waren sie auch: Dass Marlies gestalten und was wegschaffen konnte, war bewiesen durch das große Haus und die wilden Partys, die Königinnenpastetchen für zwanzig Gäste, die zwölf verschiedenen Sorten Weihnachtsplätzchen, die selbst gestrickten Pullover und das handgetöpferte Geschirr. Wer sollte unsere Mütter jemals aufhalten?

Etwas hielt sie auf.

Vor irgendwas hatten sie Angst.

Uns Kindern brachten sie bei, wie man sich wehren sollte, wie man greifen sollte nach der Freiheit und dem selbstbestimmten Leben, aber für sie galt das seltsamerweise nicht.

Wir wurden größer, aber Marlies ging nicht raus, legte stattdessen nach: noch ein Kind und dann noch eines.

Tinkas Konfirmation, Königinnenpastetchen für dreißig Gäste.

Noch ein Kind. Ein größerer Kühlschrank. Eine Gefriertruhe, ein doppelter Backofen.

Königinnenpastetchen für fünfzig Gäste.

Marlies hat das Café nie eröffnet, in welchem sie nicht mehr alleine in der Küche gestanden hätte, sondern zusammen mit ein paar Angestellten, oder besser noch vorne am Tresen, um die Gäste ihr heiseres Lachen hören zu lassen. Das Café, das nach ihr geheißen hätte, in dem der Zigarettenqualm sich nachts unter den Lampen gesammelt hätte, anstatt weggewedelt zu werden. Das Café, in dem sie die Kekse und Pasteten an ihre Kundschaft verkauft hätte, anstatt sie an ihre Brut und deren Freunde zu verfüttern.

Einmal noch ist sie los, um zu studieren, aber das war sehr viel später, da waren Tinka und ich schon fast erwachsen, da war die Diagnose bereits gestellt. Was sie all die Jahre aufgehalten hat und auch weiterhin aufhielt, hieß von da an »Depression«, und was sie dann doch noch aufbrechen ließ war »eine manische Phase«.

In Ordnung, ja. Wer bin ich, mich über die Erkenntnisse der Psychiatrie zu erheben?

Krank war das, all die Jahre, krank.

Wach und müde: krank.

Hoffnung und Enttäuschung: krank.

Lust und Abneigung: krank.

Aufbruchsangst und Freiheitsliebe: krank.

Alles krank und übertrieben, in die eine wie die andere Richtung.

Auch der wissende Blick und das heisere Lachen waren vermutlich schon Anzeichen für ihre Krankheit gewesen: ein irres Flackern in den Augen, ein tierischer Laut in der Kehle. Was meine Mutter an Marlies liebte, war in Wahrheit Marlies' Wahnsinn.

Und ich habe das Beuteschema meiner Mutter übernommen und muss mich deshalb nicht wundern, dass auch meine Freundinnen allesamt irre sind, labil, gefangen in ihren Beziehungen, kurz vor dem Durchdrehen oder rekonvaleszent danach.

Vermutlich war auch in Isas Blick, als wir uns in der Uni trafen, schon erkennbar, dass sie nicht stark genug sein würde, um Leuten wie Tom aus dem Weg zu gehen; das hat mich an ihr fasziniert, und ihr Lachen war, wenn ich's mir recht überlege, ebenfalls unheimlich anziehend.

Was interessieren mich gesunde Leute, Schwäche bürgt für Sensibilität, und Galgenhumor funktioniert nur, wenn tatsächlich Gefahr in Verzug ist. Ich mag Menschen nicht, die ihr Leben im Griff haben, ihr Leben soll zappeln und sich gegen sie wenden und letztendlich größer sein als sie –

Manchmal kam Marlies einfach nicht aus ihrem Zimmer. Manchmal durften wir nicht in den ersten Stock, später dann in den Keller.

In den Keller? Hat sie sich im Keller eingesperrt? *Wurde* sie in den Keller gesperrt?

Nein, sie wohnte zeitweise im Keller.

Plötzlich weiß ich es wieder:

Meine Mutter kam gut gelaunt nach Hause und erzählte, dass Marlies umgezogen sei. In die Einliegerwohnung im Keller. Dort habe sie fortan ihr Atelier und ein eigenes Schlafzimmer, ohne Wolfgang, ohne die Kinder. Eine eigene Tür, durch die sie kommen und gehen könne, wo sie doch sonst nichts Eigenes besäße.

Ein paar Wochen später war meine Mutter erbost. Die Kinder hätten Marlies ein weiteres Mal verdrängt, hätten ihrerseits Anspruch auf die Einliegerwohnung erhoben. Weil es doch cool sei, eine separate Tür zu benutzen, weil der Krach des Schlagzeugs die Nachbarn dann weniger störe –

»Weil sie immer alles bekommen, verdammt noch mal!«, rief meine Mutter, und warum sie sich eigentlich den Mund fusslig rede, Marlies sei einfach nicht zu helfen, solle sie sich doch opfern, sie, meine Mutter, sage in Zukunft jedenfalls nichts mehr.

Ich weiß nicht, ob das vor oder nach der Diagnose war. Ich weiß nicht, ob das überhaupt eine Rolle spielt. Wer was entschieden hat. Wer dabei war.

Ich will zurück in diese Zeit, ich würde gerne wissen, wie es wirklich war. Doch wen soll ich fragen?

Meine Mutter ist tot, und Marlies steht seit zwanzig Jahren unter Psychopharmaka.

Ich kann nicht glauben, dass das Zufall ist. Das hat System, man will mir den Zugriff verwehren, die Sicht verstellen. So wie man schon damals, vor dreißig Jahren, dafür gesorgt hat, dass Marlies nicht aus ihrem Puppenheim rauskam, aus ihrem Wunschkindgarten, ihrer mit schwarzem noraplan ausgelegten Architektenküche.

Wer »man« ist?

Derselbe, der mich davon abhält, auf der Stelle Hendrik zu wecken, die Kinder aus dem Bett zu holen, Claudia rauszuklingeln, Kerstin anzuschreien, Alarm zu schlagen, zum Aufbruch zu rufen:

Der fehlende Dritte.
Der Anstand.
Die Angst.

»Liebe Isa. Ich weiß, ich habe dir das schon vor fünf Jahren geschrieben: dass ich denke, dass das alles fürchterlich ist. Dass du was Besseres verdient hast. Dass ich nicht mit ansehen kann, wie du leidest, wie du dich zugrunde richtest.

Du hast gesagt, es sei klar, dass kein Außenstehender verstehe, wie du dich so behandeln lassen kannst. Und ich habe gesagt, doch, ich verstehe das, ich habe auch schon jahrelang an Beziehungen festgehalten, die von außen betrachtet längst gescheitert waren und von innen heraus zerstörerisch. Ich weiß, wie sich das anfühlt und wie schwer es ist, etwas zu ändern, wie groß die Hoffnung immer noch ist, aber ich denke trotzdem, dass du schleunigst zusehen musst, dass du – «

Was?

Oh Gott, was für ein Blödsinn.

Ich lösche, was ich geschrieben habe, klappe den Rechner zu und gehe zurück ins Bett.

Hendrik seufzt im Schlaf und dreht sich um.

Wenn wir uns streiten, geht es fast immer darum, dass er sich weigert, mich zu trösten, mir zuliebe irgendwas zu tun, wovon ich denke, dass ich als seine Frau und Mutter seiner Kinder ein Recht darauf hätte.

»Wozu sind wir denn sonst zusammen?«, schreie ich, und er schreit zurück: »Weil wir uns lieben! Geh zum Psychiater, wenn du alleine nicht mehr klar kommst! Aber lass mich, verdammt noch mal, da raus!«

Ich glaube, dass er recht hat. Trotzdem fühlt es sich falsch an, so unbarmherzig und gnadenlos.

»Gnade und Barmherzigkeit«, sagt Hendrik und lacht höhnisch. »Den will ich sehen, der sie dir gibt, ohne im Gegenzug Glaube und Gehorsam zu verlangen!«

Bestimmt denkt Isa immer noch, dass Tom sich ändern wird, wenn sie ihm nur alles gibt und ihn versteht. Bestimmt weint er regelmäßig und sagt, dass es ihm leidtue, dass er aber nun mal schwach und krank sei, und wie sehr er Isa bewundere, weil sie es immer noch bei ihm aushalte und so gut für alle sorge.

Ich glaube nicht, dass er böse ist und sich heimlich ins Fäustchen lacht. Ich glaube auch, dass er krank ist und Hilfe braucht.

»Liebe Isa. Wenn du ihn wirklich liebst, dann verlass ihn. Er muss sich selbst helfen, und das wird er nicht tun, wenn du ihn immer weiter stützt, wenn du festhältst an dem, was doch für alle offensichtlich falsch ist –«

Nein.

»Liebe Isa. Ich will nichts mehr von dir und deinem furchtbaren Leben mit Tom hören, weil unsere Gespräche offenbar nur dazu da sind, dass es immer und immer so weiter geht. Hilf dir selbst. Das klingt unbarmherzig und gnadenlos, aber das ist meines Wissens nach der einzige Weg.«

Meine Mutter hat Marlies verlassen.

Ich erinnere mich, wie sie nach Hause kam und gesagt hat: »Es reicht. Ich kann da nicht mehr mitmachen. Ich kann nicht zusehen, wie sie sich zugrunde richtet, sich selbst und die Kinder gleich dazu.«

Meine Mutter hat geweint und den Urlaub abgesagt, die Freundschaft gekündigt, sich endgültig zurückgezogen.

Meine Mutter hat Marlies erst wiedergesehen, nachdem alles noch viel schlimmer gekommen war, als sie es vorausgesagt hatte: Marlies ruhig gestellt mit Psychopharmaka, ein Kind im Erziehungsheim und ein anderes tot unter der S-Bahn.

Auf der Beerdigung von Tinkas Bruder Lukas haben sich meine Mutter und Marlies zum ersten Mal nach vielen Jahren wiedergesehen, vor der Aussegnungskapelle des Friedhofs, wo die Trauergesellschaft sich versammelte, Marlies in einem weiten schwarzen Mantel am Arm von Wolfgang, und es war ungefähr das Schlimmste eingetreten, was Eltern überhaupt geschehen kann.

Meine Mutter war bleich im Gesicht, mit schuppiger, himbeerroter Haut unter den Augen – ein nervöses Ekzem, so eines habe ich jetzt übrigens auch.

Sie umarmte Marlies und weinte; Marlies nickte und lächelte und war vollkommen abwesend, schlaff wie eine Puppe. Ich habe sie ebenfalls umarmt, deshalb weiß ich, wie sie sich angefühlt hat, aber wie meine Mutter sich fühlte, das wusste ich nicht, das ahne ich erst heute.

Damals bin ich zur Seite getreten und habe daran gedacht, wie es war, Marlies zu umarmen, als ich Kind war. Damals waren ihre Umarmungen noch fest und lebendig gewesen, und ihre Ideen vom Leben waren es auch. Freiheit. Gerechtigkeit. Ein Haus voller Kinder, die sich ungehindert entfalten konnten, eine gleichberechtigte Partnerschaft, Freundinnen, mit denen man die Träume und Sorgen und den Alltag teilte –

Jetzt war das alles vorbei und sie selbst kaum wiederzuerkennen.

Krank, ja, natürlich, seit Jahren unter Psychopharmaka und zudem noch auf der Beerdigung ihres Sohnes. Tragisch, könnte man sagen, nur ließ sich das nicht so einfach wegschieben mit Begriffen, denn im Grunde war auch nur das eingetreten, wovor meine Mutter sie schon jahrelang gewarnt hatte.

Ich sah meiner Mutter ins Gesicht. Sah das Ekzem und die Angst, ihre Unsicherheit, ob es richtig gewesen war, Marlies zu verlassen, sie sitzen zu lassen in dem Elend, und ich selbst wusste auch nicht, wie ich mich dazu stellen sollte, also habe ich mich woanders hingestellt, zu Tinka und den Freunden.

Lukas hatte auch zu unserer Clique dazugehört, zumindest so lange, bis er durchgedreht war und zum ersten Mal in die Klapsmühle kam. Dann war es nicht mehr so einfach gewesen, mit ihm zusammen zu sein, krank war er, unberechenbar. Wir Freunde rieten Tinka zu, sich nicht allzu viel mit ihm zu beschäftigen; er war ihr Bruder, klar, aber sie hatte ja auch schon die kranke Mutter und den anderen Bruder im Erziehungsheim, und auf irgendeine Weise sollte sie doch auch ihr eigenes Leben führen dürfen, mit uns, ihren Freundinnen und Freunden.

Zwischen diesen Freunden fühlte ich mich damals vor der Aussegnungskapelle in Sicherheit – weil wir zumindest nicht die Eltern waren, weder die, die sich zugrunde gerichtet hatten, noch die, die das bei ihren Freunden nicht hatten verhindern können.

Damals waren wir selbst noch keine Eltern, damals glaubten wir noch, wir könnten entkommen.

Seltsam eigentlich, wo Lukas' Beispiel uns doch gerade gezeigt hatte, dass auch wir hilflos waren und einander nicht retten konnten.

Keiner kann keinem helfen, jeder muss selbst sehen, wie er davon kommt, aber das passte eben nicht zu den Slogans, mit denen wir aufgewachsen waren: »Einer ist keiner, zwei sind mehr als einer«, »Gemeinsam sind wir stark« und »Diese Welt ist veränderbar«.

Damals dachte ich noch, dass Lukas' Tod nur eine Ausnahme war, Folge seiner Krankheit, eine Verkettung unglücklicher Umstände.

Und vielleicht ist ja auch heute noch ein Teil meiner Verzweiflung darüber, dass ich Isa nicht retten kann, nur so etwas wie Abschiedsschmerz, Abschied von der Ideologie meiner Kindheit. Die unangenehme Einsicht, dass unsere Welt ganz genauso ist wie vor dreißig Jahren die unserer Mütter oder vor sechzig Jahren die unserer Großmütter; dass sie sich nicht verändert hat und sich auch niemals ändern wird; dass wir es trotz unserer freien Entfaltung kein bisschen besser machen und keinen Schritt weiter sind.

»My Mother / My Self«.

Hab' ich übrigens nie gelesen.

Nicht nötig, dachte ich, ich bin die nächste Generation, habe das alles schon mit der Muttermilch aufgesogen – wobei ich gar nicht gestillt worden bin, weil das nämlich auch aus der Mode war damals. Damals hängte man sich seine Kinder nicht mehr an den Busen, auch wenn das meines Wissens nach nicht dazu geführt hat, dass deshalb die Väter jemals nachts die Babys gefüttert hätten. Aber das ist ein anderes Thema, obwohl, vermutlich ist es dasselbe, aber das wusste ich nicht, bevor ich Kinder hatte, sondern dachte stattdessen, dass ich das, was unsere Mütter sich theoretisch draufgeschafft hatten, als kindgerechte Parole ohnehin schon längst kannte: »Wer sagt, dass Mädchen dümmer sind«, und dass man das alles nicht so ernst nehmen muss.

Im Traum treffe ich meine Mutter. Sie sitzt vor einem Café in der Kollwitzstraße, zwischen all den erwachsenen Kinder mit ihren gut erhaltenen Müttern und tausend Euro teuren Kinderwagen – dort sitzt sie, ganz alleine an einem Tischchen, und raucht.

Ich nähere mich ihr vorsichtig.

Selbst im Traum weiß ich genau, dass sie eigentlich tot ist, dass ich aufpassen muss, sie nicht zu vertreiben, keine ruckartigen Bewegungen zu machen –

Ich setze mich zu ihr, erzähle ihr die Sache mit Isa. Sie zündet sich eine weitere Lord Extra an.

»Du musst ihr sagen, dass sie aus dieser Beziehung aussteigen soll.«

Ich habe auch Lust zu rauchen, aber Angst, dass ich daran sterben könnte.

»Ich weiß«, sage ich, »das hab' ich ihr schon tausendmal gesagt.«

»Na gut. Dann musst *du* aussteigen. Ihr zeigen, dass du das, was sie tut, nicht mehr gutheißt.«

»Und dann? Sehe ich sie wieder auf der Beerdigung von Max.«

Meine Mutter schnippt missbilligend die Asche Richtung Erde. »Unsinn. Das war nicht meine Schuld.«

»Aber es hat sich nichts geändert! Ihr habt uns belogen! Diese Welt ist nicht veränderbar, diese Welt ist ein Trauerspiel mit beschissener Besetzung, das immer wieder von vorne anfängt und immer beim gleichen Punkt rauskommt!«

»Und der wäre?«

»Angst und Ohnmacht und Unfähigkeit!«

»Nein«, sagt meine Mutter bestimmt, »das ist nicht wahr. Du bist der Gegenbeweis. Du machst deine Sache gut.«

4

Als meine Mutter starb, hat Elvira, die Erzieherin, gesagt, dass sie alles in allem ein gutes Leben gehabt habe. Alles in allem das Leben, das sie hätte haben wollen, und Elvira musste es wissen, denn sie war, seit sie ihre erste Erzieherinnenstelle im Kinderladen angetreten hatte, eng mit meiner Mutter befreundet.

Wir hatten Elvira angerufen, damit sie sich am Sterbebett von der Leiche meiner Mutter verabschieden konnte, und als das passiert war, verließen wir gemeinsam das Krankenhaus, und Elvira kam noch mit und kochte in der Wohnung meiner Eltern – die ab sofort nur noch die Wohnung meines Vaters war – Pasta mit grünem Spargel in Sahnesoße. Ein wirklich Eins-a-Trostessen, warm und mild und fettig. Ich war satt und stumm hinterher, meine Schwester auch, mein Vater machte Espresso und Elvira sagte das mit dem guten Leben, und ich dachte, ja, Elvira muss es wissen, sie ist die beste Freundin meiner Mutter gewesen und kennt deshalb all ihre Geheimnisse, auch das, was sie uns Kindern aus mütterlicher Rücksichtnahme verschwiegen hat, ihre Träume und Ängste, Fluchtgedanken und Gewaltfantasien. Ich war froh, dass Elvira das mit dem guten Leben sagte, ich hörte es gern.

Ein bisschen misstrauisch wurde ich erst, als mir später am Abend einfiel, dass Elvira fast dasselbe auch schon über Lukas gesagt hatte, nach dessen Beerdigung ein paar Jahre zuvor.

Damals hatte sie schlecht behaupten können, dass Lukas das Leben gehabt habe, das er hätte haben wollen, denn dann hätte er es sich ja nicht nehmen müssen, aber sie meinte, es habe doch auch viele gute und sehr gute Zeiten in Lukas' Leben gegeben, Zeiten, in denen er glücklich war – und Elvira musste es wissen, denn sie war seine Erzieherin im Kinderladen gewesen.

Elvira besaß in meinen Augen deutlich mehr Autorität als beispielsweise der Pfarrer, der in Lukas' offizieller Totenrede verkündet hatte, Lukas habe sich am Ende seines Lebens doch noch Jesus zugewandt, und das als Zeichen der Hoffnung ausgab – obwohl sich doch spätestens zu dem Zeitpunkt, als Lukas anfing, zu irgendwelchen Erweckungscamps nach Thüringen zu trampen, alle fürchterliche Sorgen gemacht hatten. Der Pfarrer platzierte in seiner Ansprache unerlaubt Schleichwerbung für seinen eigenen Club – auf die Idee, dass Elvira etwas Ähnliches tat, indem sie Lukas' glückliche Kinderladenzeit hervorhob, kam ich damals nicht, das fiel mir erst am Abend des Todestages meiner Mutter auf.

Da lag ich dann im Bett und dachte darüber nach, dass Totenreden wohl nie für den Toten, sondern nur für die Übriggebliebenen da waren. Irgendjemand musste sich aufschwingen und den Hinterbliebenen Trost zusprechen, entweder von Amts wegen wie der Pfarrer oder in Selbstermächtigung wie Elvira – wobei sie diese Selbstermächtigungen vermutlich auch nur aus der Not heraus bezog. Vielleicht war Elvira diejenige von uns, die am meisten Trost brauchte, diejenige, die es am schlechtesten ertragen konnte, wenn der Tod einen unglücklichen Menschen holte, einen, der sein Leben verpfuscht oder verpasst hatte. Vielleicht hatte sie Angst, dass sie es selbst in Zukunft nicht mehr hinbekäme, das Leben zu führen, das sie führen wollte.

Und endlich fing ich an zu weinen, was ich all die Wochen, in denen meine Mutter krank gewesen war und auch an ihrem Sterbetag noch nicht hatte tun können. Ich weinte statt über den Tod meiner Mutter über die Sehnsucht von Elvira nach einem guten Leben, sowohl für sich selbst, als auch für ihre Freundinnen und deren Kinder.

Was Elvira wohl auf Marlies' Beerdigung sagen wird?

»Alles in allem – nun –«

Sie stockt.

Ich stehe neben ihr und halte den Atem an.

Es ist wirklich schwer zu ertragen. Irgendeinen Lichtblick wird es ja wohl gegeben haben, eine wenn auch noch so kurze, unbeschwerte Zeit. Marlies' Hochzeit vielleicht? Die kurze Phase, als sie ihrer Herkunftsfamilie entkommen und in ihrer eigenen noch nicht gefangen war? Die Geburt ihres ersten Kindes? Die Adoption ihres vierten? Der Moment, wenn die Häubchen der Pasteten sich goldgelb blähten, kurz bevor sie im Luftzug zusammenfielen, was unausweichlich passierte, sobald man die Ofentür öffnete?

Was, wenn Elvira auf Marlies' Beerdigung tatsächlich sagen wird:

»Nun. Man muss der Wahrheit ins Auge sehen. Ein Scheißleben hatte sie, ängstlich, einsam und krank.«

Die Gemeinde steht da und ist schockiert. Ab sofort redet keiner mehr mit Elvira.

Doch Elvira kneift tapfer die Lippen zusammen, nickt sich selbst Mut zu: oh ja, sie hat recht, was sie sagt, ist die Wahrheit.

Sie hat ihre Arbeit im Kinderladen hingeschmissen, es gibt ohnehin keine Kinderläden mehr.

Elvira verzichtet ab sofort darauf, Trostessen zu kochen, sie tut nichts mehr, um irgendwem irgendwas zu erleichtern.

Elvira hat erkannt, dass nur die Wahrheit, die gnadenlose, unbarmherzige Wahrheit uns Kinder davon abhalten wird, genauso zu werden wie unsere Mütter.

Elviras Totenreden werden uns daran hindern, uns die Nachmittage im Garten schönzureden, die Geburtstagspartys, die wir glauben, unseren Kindern ausrichten zu müssen, obwohl wir sie nur mit größter Mühe durchstehen; all die verdammte, mütterliche Hingabe wird Elvira uns ausreden an den Gräbern unserer Mütter, diese Hingabe, die in Wahrheit nichts ist als Größenwahn, Allmachtsfantasie, ein ständig übersehener und doch so offensichtlicher Denkfehler.

Wie kann Isa glauben, dass es für ihre Kinder das Beste ist, wenn sie sich von Tom einsperren und bestehlen lässt?

Elvira schreibt Isa eine E-Mail, Elvira legt sich zu mir ins Bett, nimmt tröstend meine Hand und sagt: »Schlaf jetzt, Sandra. Du bist nicht deine Mutter. Tinka ist nicht ihre Mutter, Isas Söhne sind nicht Lukas, und Volker Ludwig hat nichts weiter getan, als ein paar Lieder zu schreiben. Lieder, Sandra. Parolen. Du bist erwachsen, du hast zwei gesunde Beine, zwei starke Arme und einen schlauen Kopf. Lass den Ofen in Zukunft aus, hol deinen Kuchen beim Bäcker – Wozu überhaupt Kuchen? Soll'n sie doch Stulle essen alle.«

Hendrik steht mit den Kindern auf.

Ich bleibe liegen und versuche weiterzuschlafen, was schwierig ist wegen der selbstgebauten Gipskartonwände.

Diejenigen im Haus, die wenig Geld hatten, konnten während der Bauphase an unserem Projekt Selbsthilfe leisten – so heißt das wirklich, das ist der branchenübliche Begriff.

Selbsthilfe bedeutete bei uns, dass man handwerklich tätig wurde und sich das dann auf den finanziellen Eigenanteil anrechnen lassen konnte, und natürlich war es schwierig, denjenigen, die mit ihrem anderswo verdienten oder sauer ererbten Geld lieber echte Handwerker bezahlt hätten, zu vermitteln, dass die Selbsthilfe Teil unseres Gesamtkonzepts war und für die Durchmischung der Bewohnerschaft wichtig.

Am Ende haben wir uns darauf geeinigt, dass die Selbsthelfer dann aber bitte hauptsächlich in den Wohnungen, die sie auch selbst beziehen würden, die Wände stellen würden, was wiederum der Idee, dass man die Wohnungen bei Bedarf tauschen können sollte, widersprach – aber das war mit mehreren unserer Ideen im Projekt der Fall, dass sie sich gegenseitig ausschlossen, daran haben wir uns inzwischen gewöhnt.

Ich versuche, weiterzuschlafen und kein allzu schlechtes Gewissen zu haben deswegen. Ist ja Party gewesen, gestern Abend, und wenn Hendrik feiert, mache ich das Gleiche für ihn.

»Wann kamst du denn?«, hat er gefragt, als er aufgestanden ist, und ich habe was von »spät« gemurmelt, denn dass ich stundenlang nicht einschlafen konnte, hab' ich lieber nicht gesagt.

Punkt zwei aus Regines Diagnosekatalog: Schlaflosigkeit.

Ich will nicht, dass Hendrik denkt, ich breche bald zusammen.

Ich höre, wie er den Kindern Cornflakes in die Müslischalen schüttet; sonntags gibt es bei uns Cornflakes, wochentags nicht. Cola gibt es auch nur sonntags, das ist so eine hilflose Regel, um das Ungesunde von den Kindern fernzuhalten, um irgendwas antworten zu können, wenn sie quengeln, und das tun sie oft.

Dass hier im Haus die Türen offen stehen, trägt nicht gerade zum Familienfrieden bei, denn natürlich gibt es bei anderen Eltern jeden Morgen Cornflakes und außerdem Nutella und Süßigkeiten in die Brotbox und Fernsehen rund um die Uhr und für jedes Kind ein eigenes iPad.

Kurz vor dem ersten Weihnachtsfest nach unserem Einzug hat Ricarda aus dem ersten Stock im Plenum vorgeschlagen, ob die Eltern sich nicht vielleicht zusammensetzen sollten, um ein paar Richtlinien auszuhandeln für die Bescherung, vorbeugend sozusagen, um den sozialen Frieden unter den Kindern zu sichern, aber da gab es Gegenwehr. Von mir übrigens auch.

Ich glaube nicht, dass wir die Probleme unserer Gesellschaft hausintern lösen können, dann müssten wir die Kinder nämlich auch zu Hause unterrichten, dann gerieten wir über kurz oder lang in einen Zustand, wie er in der Kommune von Roberts Eltern geherrscht haben muss, wo es ein Drinnen und ein Draußen gab: drinnen die Guten, draußen das Böse.

Laut unserer Homepage und der Präambel unserer Satzung sollen bei uns im Haus aber »so viel Nähe wie möglich, so viel Distanz wie nötig« herrschen, und in diesem Fall bestehe ich auf Distanz.

Ich habe keine Lust, Ricardas schlechtes Gewissen, dass sie im Geld schwimmt, mit einer gemeinsamen Geschenkepolitik zu dämpfen. Soll sie doch Bo und Lina zu Weihnachten ebenfalls iPads kaufen, die beiden würden sich freuen.

Claudia meinte neulich, dass sie bei aller Wehmut, was sie versäume, indem sie vorzeitig aus dem Projekt ausgestiegen sei, doch über eines sehr froh sei: nur ihre eigenen Kinder erziehen zu müssen.

Ich nickte daraufhin und blieb stumm.

Ich bleibe meistens stumm, wenn jemand unsere Hausgemeinschaft kritisiert; ich habe schließlich selbst eine ganze Menge Einwände. Den von Claudia habe ich allerdings nicht ganz verstanden, denn wir erziehen hier nur unsere eigenen Kinder – wehe dem, der sich in die Erziehung der anderen einmischt!

Vielleicht meinte sie, nur mit den eigenen Kindern zu tun zu haben. Nur die eigenen Kinder zu kennen, für die Kinder der Nachbarn nicht Claudia zu sein, sondern irgendeine unbekannte Frau.

Dem anonymen Großstadtleben keine Gemeinschaft abzutrotzen, sondern schlicht und einfach sagen zu können: »Wisst ihr was? Es interessiert mich einen Dreck.«

Das gilt aber nicht nur für die Kinder, das gilt doch ebenso sehr für die Erwachsenen, wenn nicht sogar noch mehr.

Vielleicht meinte sie, nicht dabei ertappt zu werden, wie man ein Kind, das nicht das eigene ist, im Haus oder Garten zurechtweist. Ein Kind, dessen Eltern man gut kennt, an dessen Eltern einem vielleicht sogar etwas liegt, deren Kind man aber möglicherweise doof findet (darf man das denn?), oder die Eltern im Umgang mit dem Kind (kann das Kind denn dann überhaupt was dafür, dass es doof ist?), oder dessen Eltern man immer weniger versteht, stattdessen zunehmend doof findet, sie aber aus Gründen der Höflichkeit nicht zurechtweisen kann, also macht man das lieber mit dem Kind.

Und ja, das stimmt, die Gefahr ist hier größer als im anonymen Mietshaus.

Die Gefahr lauert allerdings überall, wo Freunde Kinder und diese dabei haben, auf Tinkas Geburtstag zum Beispiel, auf jeder gemeinsamen Party, ganz zu schweigen von den Urlauben, in denen man erleben muss, wie die nettesten Freunde zu Vollidioten werden, wenn sie versuchen, ihren Kinder Sonnenhüte aufzusetzen oder sie im Auto anzuschnallen.

Ich kann ein Lied davon singen, einen ganzen Liederzyklus.

Vielleicht lässt sich das Problem auf eine einfache Formel bringen:

Entweder, man bewegt sich unter Menschen, dann ist man ständig in Gefahr, etwas falsch zu machen oder blöd zu finden, jemanden anzugreifen oder angegriffen zu werden – ist aber nicht allein.

Oder aber, man entscheidet sich für ein Leben mit sich selbst, dann hat man recht und seine Ruhe, ist aber vielleicht auch sehr einsam.

So oder so. A oder B.

Ich bringe gern etwas auf Formeln. Wenn ich was gelernt habe, dann, meine Gefühle durch Denken zu besiegen. Meine Sonntagsphobie zum Beispiel: Die kommt vermutlich nur daher, dass ich die Routine des Wochentags vermisse, mich fürchte vor den vielen unterschiedlichen Möglichkeiten, diesen Tag zu verbringen – welche sich aber sogleich wieder verschließen, weil sich die Wünsche der Einzelnen gegenseitig widersprechen, weil wir zu viele sind, zu viele verschiedene Menschen, von denen einige unbedingt um sechs Uhr aufstehen wollen und dann den ganzen Tag quengeln und nicht in die Betreuung gebracht werden können.

Ich glaube, da stimmt was nicht mit meiner Formel.

Kann man sich überhaupt entscheiden? Woher weiß man, was einem besser gefällt?

Und wohin mit den Menschen, die man selbst in die Welt gesetzt hat, falls man im Verlauf des Lebens noch einmal von A nach B wechseln will?

Wir wollten die Kinder.

Wir hätten gewusst, wie man verhütet, wir haben »Darüber spricht man nicht« im Theater gesehen und später »Was heißt hier Liebe?«.

Meine Mutter hat mich schon mit elf zu pro familia mitgenommen, damit ich mir was gegen das Kinderkriegen verschreiben lassen konnte. Wir hätten kinderlos bleiben und uns den ganzen Ärger ersparen können; aber nein: Wir dachten, die Welt sei veränderbar, wir könnten alles schaffen, wer, wenn nicht wir.

Außerdem haben uns unsere Mütter unter Druck gesetzt.

Nicht nach dem Motto: »Mutterschaft ist das Einzige, was dem Leben Sinn verleiht«, das wäre Verrat an der Frauenbewegung gewesen, Verrat an der Idee unterschiedlicher und dennoch gleichberechtigter Lebensentwürfe, Verrat an dem, was an Marlies' Verandatisch und im Frauencafé Sarah besprochen wurde. Aber auf der emotionalen Ebene haben sie ordentlich Druck gemacht. Ohne, dass es je zur Sprache gekommen wäre, haben sie uns das Gefühl vermittelt, dass ein tatsächlicher Verzicht auf Kinder Kritik bedeutet hätte, Zweifel daran, wie *sie* es gemacht haben, und sie haben es doch gut gemacht, siehe unsere Kindheit. Die Entscheidung gegen Kinder hätte uns getrennt, und das Wichtigste war, dass wir zusammengehörten, einander verstanden, in allem möglichst einig waren.

Ich habe meiner Mutter versprochen, dass ich Kinder bekomme.

Nicht erst am Totenbett habe ich dieses Versprechen gegeben, sondern schon ein paar Jahre früher, als sie mich während des Studiums besucht hat.

Der Typ, mit dem ich damals zusammen war, hatte mir am Abend vorher eröffnet, dass er sich mit einer anderen träfe, rein körperlich, wie er meinte, was ich total bescheuert fand als Formulierung, allein das schon ein Grund, um mit ihm Schluss zu machen.

Er selbst wollte nicht Schluss machen.

»Kann ich doch nicht«, sagte er, »bei allem, was wir durch haben.«

Einen Tag später kam meine Mutter, ungelegen, weil ich unglücklich war und sie doch immer wollte, dass es mir gut ging und ich sie an meinem jungen, aufregenden Leben teilhaben ließ – so wie früher, als ich noch zu Hause gewohnt hatte und sie alle meine Freunde und Lehrer und Erlebnisse in- und auswendig kannte.

Eigentlich hätte ich ihr zu diesem Zeitpunkt also die neue, körperliche Beziehung meines damaligen Freundes vorstellen müssen, und wir wären zu viert ins Kino gegangen. Das klingt vielleicht komisch, aber das hätte ich tatsächlich getan, hätte ich mir nicht vorgenommen, mein Verhalten grundsätzlich zu ändern.

Mit Matthias' neuer, körperlicher Beziehung war ich damals selbst noch im Bett und drei Wochen lang im Urlaub gewesen. Ich war es gewohnt, nein: es war mein Programm gewesen, locker zu bleiben und genau zu studieren, warum und worin ich denn nun abgelöst werden sollte – unter anderem deshalb, um die Ergebnisse dieser Studien dann baldmöglichst mit meiner Mutter zu besprechen, was sie natürlich spannender fand, wenn sie die neuen Beziehungen ebenfalls kannte. Ich hatte bis dahin wirklich einiges getan, um den Wunsch meiner Mutter nach Nähe zu erfüllen, aber diesmal wollte ich darauf verzichten, wollte mich endlich aus alten Verhaltensmustern lösen.

Sie kam also zu mir zu Besuch, und wir gingen Schuhe kaufen – nicht für mich, sondern für sie, worüber ich schon mal froh war –, und als wir dann erschöpft mit der Tüte unterm Tisch im Café saßen und der Teil des Nachmittags beginnen sollte, an dem ich allerhand Intimes und die neuesten Erkenntnisse aus meinem Leben mit ihr teilen würde, fing ich stattdessen an, grundsätzlich zu werden:

Dass ich schon wüsste, dass sie sich inzwischen wohl nicht mehr zu fragen traute, ob das mit den Enkeln noch was würde, und dass ich ihre Zurückhaltung wirklich sehr schätzte.

Meine Mutter musste schlucken und aus dem Fenster sehen, so genau hatte ich mit meinem Lob ins Schwarze getroffen.

»Ja, das stimmt«, sagte sie, »und ich bin froh, dass dir das aufgefallen ist.«

Ich war berauscht davon, so leicht so viel Nähe hergestellt zu haben, also ging ich weiter und meinte, dass ich aber sehr wohl einen

Plan hätte, denn wenn eines für mich feststünde, dann, dass ich mein Leben nicht kinderlos verbringen wollte. Wie genau ich das in dem Wirrwarr, in dem ich mit meinen Männern jeweils steckte, wohl bewerkstelligen sollte, wäre mir zwar nicht klar – an dieser Stelle lachten wir beide – aber eines könnte ich ihr versprechen: Sie würde Enkel haben, noch bevor sie sechzig wäre.

Das war wirklich albern, aber es befriedigte uns für diesen Nachmittag und noch lange darüber hinaus. Mein Versprechen verlieh dem Besuch meiner Mutter eine fast historische Bedeutung, und mich entband es von der Pflicht, ihr den aktuellen Wirrwarr zu erklären.

Gleichzeitig tröstete es mich über den Verrat meines Freundes hinweg, denn *er* würde ganz gewiss nicht der Vater dieser Enkel sein.

Pech gehabt, ja. Das hatte er davon.

Keine Ahnung, was passiert wäre, hätte ich das Versprechen, das ich damals gegeben habe, nicht gehalten. Ich glaube kaum, dass meine Mutter mich daran erinnert hätte: »Hör mal, Sandra, was ist denn jetzt eigentlich mit den Enkeln? Nächstes Jahr ist es dann so weit, ich werde sechzig!«

Sie wäre weiterhin diskret geblieben, mit dem obersten Ziel, mich glücklich zu sehen: »Ach, weißt du, du machst es einfach so, wie du es denkst.«

Und außerdem wäre sie schon tot gewesen.

Sie ist gestorben, bevor sie sechzig war.

Bei Tinka sah es nicht so aus, als ob sie jemals Kinder bekommen würde. Sie war zehn Jahre lang Single, und dann nahm sich Lukas das Leben, und sie hatte weitere fünf damit zu tun, sich davon halbwegs zu erholen. Ich sage halbwegs, denn auch dieser Weg ist noch nicht zu Ende. Nach Franz' Geburt meinte sie zu mir, wie verletzlich sie sich mit einem Mal wieder fühle. Schon die Beziehung zu Robert sei vielleicht ein zu großes Wagnis gewesen und jetzt noch das Kind? Was, wenn einem der beiden etwas zustieße?

Und als Wolfgang neulich bei ihr zu Besuch war und mit den Kindern unten im Hof, ist Edgar mit dem Kopf voran vom Trampolin gefallen, und Tinka meinte, sie könne ihrem Vater so was nicht mehr zumuten – die Verantwortung und den Schrecken, die Fahrt in die Kinderklinik – nicht nach allem, was in ihrer Familie bereits an Unglück geschehen sei.

Okay, denke ich, zu spät. Hätte sie wohl besser mal aufs Kinderkriegen verzichtet. Denn wenn ich ehrlich bin, dann sehe ich in Franz' Blick, den er Tinka zuwirft, wenn sie ihm verbietet, ohne Schwimmflügel ins tiefe Becken zu springen, exakt den Blick von Lukas – ausdruckslos, nicht mal trotzig. Einfach nur überzeugt davon, dass alle Verbote Unsinn seien, nur so dahergesagt, nicht ernst gemeint. Wie auch? Kinder dürfen tun und lassen, was sie wollen. Und dann rennt Franz los, und Tinka rennt hinterher, um ihn einzufangen, und ich weiß nicht, wie lange sie wohl noch schneller ist als er. Nicht mehr allzu lange, fürchte ich.

Ihre einzige Chance wäre, sich vom Ideal ihrer eigenen Mutter zu verabschieden, einzusehen, dass Franz' Freiheit am Schwimmerbecken endet. Tinka müsste ihn zwingen, Schwimmflügel zu tragen, aber das kann sie nicht, das ist gegen ihre eigene Erziehung. Erwachsene sind doof, Verbote sind doof, alles darf, alles *muss* hinterfragt werden.

Tinka kann es nicht besser machen, nicht anders – das hat ihre Mutter schon für sie getan, und uns fehlt die Idee, fehlt ein schlüssiges Gesamtkonzept.

Hier im Haus streiten wir viel darüber, wie die Kinder am besten zu beschützen seien.

Jörn und Ricarda sind freiwillig in den ersten Stock gezogen, weil sie Angst haben, dass ihre Kinder vom Balkon in den Tod stürzen. Hendrik und ich hingegen wohnen ganz oben. Also lassen Jörn und Ricarda ihre Kinder nicht zu uns. Gemeinschaftswohnen ja, aber noch mehr zählt das Überleben.

Ich sage: »Wer sein Kind mit dem Auto zur Schule bringt, damit es auf dem Weg dorthin nicht überfahren wird, handelt bigott.«

Jörn versteht nicht, was ich damit meine. Ich verstehe nicht, dass er das nicht versteht und versuche immer wieder aufs Neue, ihm meinen Standpunkt zu erklären. Ohne Resultat. Für ihn ist sein Auto ein Schutzraum, keine Mordwaffe. Morden tun die anderen, und sein eigenes Kind ist ihm das nächste.

Ich denke darüber nach, ob ich Lina und Bo opfern würde, nur um Jörn zu beweisen, dass er unrecht hat.

Ich habe Angst, dass Bo vom Balkon stürzt, zur Strafe für mich, weil ich mich weigere, ihn rund um die Uhr zu beaufsichtigen. Vom Baumhaus ist er schon gefallen, diesem Baumhaus, gegen dessen Errichtung Jörn im Plenum gestimmt hat und auf das seine Kinder, bis sie fünf waren, nicht hinauf durften.

Jörn ist auch jetzt noch immer dabei, wenn sie im Garten spielen. Jörn ist außerdem Arzt.

»Vielleicht bin ich es ja vorsorglich geworden, in Vorbereitung auf meine Vaterrolle«, sagt er augenzwinkernd, und ich nicke ergeben und halte den Mund.

Tinka ist gelernte Krankenschwester, und sie sagt, dass ihr das in Bezug auf die eigenen Kinder überhaupt nichts helfe. Jeder anderen Mutter könne sie raten in Fällen von Fieber oder Hautausschlag, Atemgeräuschen und Durchfall. Sich selbst leider nicht. Sie sei jedes Mal verwirrt und haltlos.

Vermutlich ist es mit Jörns Beruf genau wie mit seinem Auto. Er kann sich nicht vorstellen, seinerseits etwas falsch zu machen.

Schuldig zu werden trotz allerbester Absicht. Das Gute zu wollen, aber Böses zu tun.

Ich gebe auf und stehe auf.

In der Küche ist niemand mehr. Vielleicht sind sie bei irgendwelchen Nachbarn und essen dort ein zweites Frühstück mit Nutellatoast, allerdings würde mich das wundern, denn die Euphorie, was gemeinsames Essen betrifft, ist schon seit Längerem verflogen, die Zeit der Arglosigkeit endgültig vorbei.

Wir wissen inzwischen zu viel voneinander und sind gleichzeitig immer noch peinlich darauf bedacht, das Bild, das wir von uns selbst haben, gegenüber den anderen aufrechtzuerhalten – was nicht so leicht ist innerhalb der eigenen vier Wände, also sperren wir einander wieder aus. Unauffällig, durch ausbleibende Einladungen und ungefähres Vertagen: »Vielleicht schaffen wir's ja bald mal, nach dem Urlaub, okay?«

Doch das nutzt alles nicht mehr viel; jeder weiß inzwischen genau, wie die anderen sind, alles passt, alles fügt sich – und zwar nicht mehr in das Bild, das man selbst erzeugen möchte, sondern nur noch in das feste Bild in den Köpfen der anderen.

Erster Stock: Ricarda und Jörn.

Sie ist empfindsam, er beschützt sie. Sie ist die Prinzessin, er ihr Ritter, der auf sie aufpasst, und außerdem noch darauf, dass die Kinder überleben – nicht nur das Baumhaus und den Straßenverkehr, sondern auch ihre Mutter, Ricarda, die Labile. Eine Frau, die weiß, dass ihre Geduld Grenzen hat, die versucht, daran zu arbeiten.

Ricarda benutzt diese Geste, sich mit gespreizten Händen an die Schläfen zu fassen; dann bringt Jörn die Kinder ins Bett, und im Plenum hält die Runde den Mund, damit Ricarda keine Kopfschmerzen bekommt. Sie ist es gewohnt, dass man auf sie achtgibt. Außerdem hat sie Jörn. Jörn regelt das Ganze. Jörn fasst den Willen der Gruppe zusammen, ruhig, mit sanfter Stimme. Jörn geht einkaufen und lässt sich zum Elternsprecher wählen, Jörn vermittelt, Jörn ebnet, Jörn geht abends müde, aber zufrieden über den von ihm geebneten Pfad ins Bett.

Zweiter Stock: Maren und Stefan.

Stefan geht auswärts arbeiten, in ein richtiges Büro; Maren ist zu Hause und hat zudem noch eine Putzfrau, ihre Eltern und ihre Schwiegereltern zur Unterstützung. Maren schämt sich nicht dafür, Wellnesswochenenden und wechselnde Diäten zu machen, sie muss nichts verbergen, sie kann delegieren. Laut Regine ist sie die einzige Mutter im Haus, die nicht kurz vor dem Zusammenbruch steht; Maren ist im Reinen mit sich und ihrem Leben, und was sie nicht mag, das geht sie tatkräftig an. Stefan genau so. Stefan redet gern von »sich und seinen drei Frauen«, und am Wochenende stecken Stefan und Maren die Mädchen in den Fahrradanhänger und sich selbst in funktionale Kleidung und fahren hinaus in die Uckermark, um »mal ein bisschen Luft zu tanken«.

Dritter Stock: Berit und Tobias.

Sie versorgt das Kind, er ist unterwegs. Was er genau macht, weiß keiner, irgendwas Wichtiges, Zeitintensives. Berit ist das recht, so kann sie sich als alleinerziehend stilisieren – das gibt Punkte bei den Nachbarn: »Oh je, du Arme, wie schaffst du das bloß, Vollzeitjob und Kind und Tobi dauernd weg –« Sie kann alles allein entscheiden, hat aber dennoch zwei Stimmen im Plenum: »Tobi ist auch dafür, ich hab' ihn gestern Nacht gefragt.« Und *wenn* er dann mal da ist, freuen sich die Nachbarn: »Wow, Tobi, du hier heute Abend?«, und Berit und Tobias werfen sich bedeutungsvolle Blicke zu, denn anders als bei den Nachbarn, die sich dauernd sehen und über ihre Kinder reden, ist bei Berit und Tobias noch was da, dem sie jetzt, nach dem Plenum, im Bett mal wieder so richtig freien Lauf lassen werden.

Vierter Stock links: Heide und Dieter.

Das Seniorenpaar. Keiner will werden wie sie, alle sind auf dem besten Wege dahin.

Heide beklagt, dass Dieter sich nicht genug wasche, nicht regelmäßig zum Arzt gehe, nie daran denke, sich die Fingernägel zu schneiden. »Aber so sind Männer eben«, sagt Heide. »Männer haben Visionen, anstatt auf das Naheliegende zu achten. Männer konstruieren, Frauen bewahren.«

Heide mahnt zu sparsamem Wasserverbrauch, bewahrt die Tradition des Holundersirupkochens, und Dieter hockt vor dem Computer und baut Armeen auf, und wenn die langen Nägel beginnen, auf der Tastatur zu klackern, schneidet Heide sie ihm, und wir jüngeren fragen uns, wer das übernimmt, wenn Heide mal nicht mehr da ist. »Ich mach' das gerne«, sage ich, »warum denn nicht, mir graust vor nichts.«

Vierter Stock rechts:

Regine und Karsten.

Karsten wohnt nicht wirklich hier, Regine hat ihn erst während der Bauphase kennengelernt. Aber als sie wegen ihres Burn-outs nicht mehr aufstehen konnte, hat Karsten öfter bei ihr übernachtet und ihren Sohn morgens in die Schule gebracht. Karsten hilft Regine, Distanz zu wahren, Karsten lacht über die Leute und den Anspruch hier im Haus und vor allem über das zweiwöchige Plenum – wie ernst wir die dort gefassten Beschlüsse nähmen, dass wir über alles so lange diskutierten. Nie im Leben würde Karsten in einem Haus wie unserem wohnen, oder wenn, dann richtig, behauptet er, mit nur einer Küche für alle und ohne jede Gütertrennung.

Fünfter Stock: Sabine und Thomas.

Niemand weiß genau, ob die beiden überhaupt noch ein Paar sind oder je eines waren, aber keiner traut sich zu fragen. Ist ja vielleicht auch nicht so wichtig, sondern nur ein Zwangsgedanke, Ausdruck tief verinnerlichter Heteronormativität – Sie haben drei Kinder, tun aber alles dafür, möglichst unabhängig zu wirken, und weil das nicht so einfach ist, sieht man sie nicht oft. Und wenn, dann nicht zusammen.

Was Thomas in Gesprächen von sich gibt, ist stets durchtränkt von Ironie, und wenn Sabine sich unterhält und ihre Kinder in der Nähe sind, wechselt sie häufig ins Englische. Was inzwischen dazu geführt hat, dass ihre Kinder auch dann, wenn Sabine und Thomas Deutsch oder ironiefrei mit ihnen sprechen, nicht mehr hören, was gesagt wird.

Sechster Stock: Hendrik und ich.

Was soll ich sagen – ich habe die Aufträge meiner Mutter erfüllt. Finanziell bin ich unabhängig von Hendrik, was keine Kunst ist, er hat nämlich kein Geld. Er macht Musik und gibt hin und wieder Kurse, und obwohl ich mit meinen Artikeln und Radiofeatures auch kaum was verdiene, ist es immer noch mehr als bei ihm. Also werfen wir alles zusammen, und auch meine emotionalen Bedürfnisse splitte ich auf, um ihn so wenig wie möglich damit zu belasten. Ich habe Freundinnen ohne Ende und für alle ein offenes Ohr; ich sehe zu, dass ich mich unauffällig unentbehrlich mache, um für schlechte Zeiten gewappnet zu sein: irgendwer wird mir schon helfen, wenn alles zusammenbricht, denn schließlich bin auch ich immer nett und zur Stelle. Was Hendrik wiederum albern findet. Er denkt, indem wir einfach nur hier wohnten, hätten wir genug Vorsorge getroffen: weil man sich auf die Satzung verlassen könne, auf den Wortlaut der schriftlichen Verträge.

Soweit zu den Paaren. Und dann gibt es natürlich noch die Alleinlebenden, Roland und Uta, Ulrike, Magdalena und Klaus, wobei die den Vorteil haben, dass sie nicht nur für ihr Leben, sondern auch für das Bild, das sie abgeben, erst mal allein verantwortlich sind – ohne Kinder und Partner, deren Verhalten auf sie zurückfällt.

Schon höre ich Widerspruch von Ulrike, fünfter Stock links, die mich gern auf meine eingeschränkte Perspektive hinweist: »Was weißt denn du, bitteschön, vom Alleinleben?«

»Richtig«, lenke ich ein, »du hast natürlich recht.«

Ich werde den Teufel tun und mich mit Ulrike streiten.

Ich streite mich nach Möglichkeit mit niemandem, deshalb bleibe ich jetzt auch hier in der Wohnung und löffle zum Frühstück Bos aufgeweichte Cornflakes, die noch auf dem Tisch stehen, anstatt mich bei Ulrike oder sonst einem meiner Nachbarn einzuladen.

Es wird anstrengend genug, wenn wir uns später alle im Garten treffen.

Heute feiert Finn, der Sohn von Berit, dort seinen sechsten Geburtstag, und auch wenn von meinen Kindern keines eingeladen ist – Lina zu alt, Bo zu klein – sollen zum Grillen am frühen Abend natürlich alle dazu kommen. Wenn Finns Kitafreunde von ihren Eltern abgeholt werden, werden wir ihnen demonstrieren, was es heißt, im Gemeinschaftshaus zu wohnen. Wie schön das ist, wie offen, wie anders, wie gewagt. Ohne Publikum von außen schonen wir lieber unsere Nerven, bleibt an einem Sonntag wie heute besser jeder für sich.

Apropos, wo ist meine Familie?

Wenn sie da sind, gehen sie mir auf die Nerven, aber alleine will ich auch nicht sein. Ich ganz allein mit meiner Sonntagsphobie, frei, das zu tun, worauf nur *ich* Lust habe! Lust?

Zurück ins Bett und es mir ungezwungen selbst besorgen. Ein Buch lesen, wieder eindösen. Lange duschen, nein, baden! – direkt nach dem Aufstehen. Damit mein Kreislauf so richtig schön runterkommt. Und dann raus aus der Wanne und in Ohnmacht fallen, bumm.

Ich muss Hendrik anrufen.

Sie sind im Mauerpark, so wie alle, die noch kein Wochenendhäuschen im Grünen haben – und kein Gemeinschaftshaus mehr in der Aufbauphase. Nichts zu bauen, nichts zu pflanzen, zu entscheiden oder zu planen. Nichts, womit man sich am Samstag und Sonntag sinnvoll beschäftigen kann –
»Soll ich kommen?«, frage ich Hendrik am Telefon.
»Klar. Wenn du willst?«
»Willst *du* denn, dass ich komme?«
»Doch natürlich, mach doch.«
»Ich weiß nicht so recht, was macht ihr denn da?«

Der Park ist voll mit grillenden Grüppchen und Frisbee werfenden Paaren. Bo kickt mit Steinen, und Lina sitzt neben Hendrik auf der Bank und starrt vor sich hin. Hendrik liest die Zeitung. Bo kommt angerannt und hüpft auf Linas Schoß.
»Geh weg«, sagt sie, »lass mich in Ruhe.«
»Sei doch nicht so fies zu ihm«, sage ich und stelle mein Rad ab. Ganz nah neben ihres, dann ist es nicht so allein. »Warum seid ihr denn nicht auf dem Spielplatz?«
»Was soll'n wir denn da?«
»Du kannst Bo auf der Schaukel anschubsen.«
»Mach doch selber.«
»*Mir* ist nicht langweilig.«
»Schön für dich«, sagt Lina. »Ich hab' Hunger.«
»Das kommt davon, wenn man Cornflakes zum Frühstück isst. Leere Kalorien, das hält nicht lange vor.«
»Ich will Eis.«
Hendrik zieht, ohne den Blick von der Zeitung zu lösen, sein Portemonnaie aus der Hosentasche und reicht es Lina. Lina beißt sich auf die Lippe; sie will nicht alleine zum Eisladen. Sie hat immer Angst, einkaufen zu gehen, dabei irgendetwas falsch zu machen,

sich in den Augen der anderen seltsam zu benehmen. Sie denkt ständig darüber nach, was andere von ihr denken könnten; ich kann es ihr nicht ausreden. Seit sie einmal bei Kaiser's nicht genügend Geld dabei hatte, geht sie nicht mehr hin, weil sie überzeugt ist, dass die Kassiererin sich daran erinnert. »Das tut sie nicht«, sage ich, »was glaubst du, wie oft so was im Supermarkt passiert?« »Trotzdem.« »Und selbst wenn sie sich erinnert, ist's ihr wirklich scheißegal.« »Aber mir nicht.« »Dann geh doch zu 'ner anderen Kasse.« »Das ist noch peinlicher.« Und so weiter. Sie ist davon besessen, alles richtig zu machen.

»Was kann passieren, wenn du jetzt mit Bo ein Eis kaufst?«

»Weiß ich nicht.«

»Du stellst dich an, und wenn du dran bist, sagst du einfach, was du willst.«

»Und wenn's das nicht gibt, was ich will?«

»Dann guckst du, was du sonst willst.«

»Dann wird der Verkäufer ungeduldig. Oder die Leute hinter mir in der Schlange.«

Ich gebe auf und gehe mit ihnen zur Eisdiele.

Als wir nach Hause kommen, hat Finns Party bereits begonnen. Sie sind bei der Schatzsuche, Finn rennt voraus durch den Garten, seine Gäste hinter ihm her. Tobias versucht, die wilde Jagd zu dirigieren; ich winke Berit zu, aber sie sieht mich nicht, steht am Gartentisch und beschriftet halbvolle Trinkbecher.

Hendrik hebt Bo aus dem Fahrradsitz, und Bo will natürlich rübergehen und mitmachen.

»Nein«, sagt Lina, »bleib hier, du bist nicht eingeladen.«

Sie nimmt Bo an die Hand, und Bo windet sich und brüllt.

»Wir gehen nachher runter«, sage ich, »zum Grillen.«

»Ich will Fanta trinken! Lass mich!«

Ich nehme Bo auf den Arm; Hendrik ist bereits im Hausflur verschwunden.

Den ganzen Nachmittag habe ich Mühe, Bo am Runtergehen zu hindern. Ich versuche, ihn mit Uno-Spielen abzulenken, aber Bo lässt sich nicht ablenken.

Er geht auf den Balkon und beobachtet die Schatzsuche, die Stockkämpfe, das Ballspielen. Er bewundert Finn, den wildesten aller Krieger, den Anführer. Das Kind, das alle im Haus fürchten.

Wenn Finn sich wehtut oder ungerecht behandelt fühlt, schreit er wie am Spieß. Er schreit so laut, so unkontrolliert und gleichzeitig künstlich übersteuert, dass man nur die Flucht ergreifen kann. Schreie ungebremster Ichbezogenheit sind das in meinen Ohren, und ich verspüre jedes Mal, wenn ich sie höre, den ebenso unkontrollierbaren und ichbezogenen Impuls, Finn zu töten, um ihn damit zum Schweigen zu bringen. Ich habe keine Ahnung, wie Berit diese Schreie aushält, wie sie sich Finn unter diesen Umständen nähern und ihn gar trösten kann, aber sie tut es, sie ist seine Mutter.

Keiner im Haus hat Finn gerne bei sich zu Gast, außer vielleicht Uta, die selbst keine Kinder hat und eine Schwäche für Sozialfälle. Uta wollte auch die Gewerbefläche im Erdgeschoss nicht an ein Gewerbe vermieten, sondern sie den Trinkern vor Kaiser's als Treffpunkt und Wärmestube zur Verfügung stellen, konnte sich aber damit im Plenum nicht durchsetzen. Wir haben stattdessen an einen Biobäcker vermietet, das ist auch irgendwie links und sozial.

Uta sagt, sie fühle eine gewisse Nähe zu Finns verletzter Außenseiterseele, aber das sagt sie nicht in Berits Beisein.

In Berits Beisein sagt niemand ein Wort über Finn, schon gar nicht die Eltern der anderen Kinder, die sich untereinander aber darüber einig sind, dass Finn furchtbar ist und als Freund für die eigenen Kinder ungeeignet. Und das nicht nur wegen seines Geschreis und Chefgehabes, weil er nicht verlieren kann und immer die anderen schuld sind, wenn bei ihm etwas nicht klappt, sondern auch wegen der Unmengen an Spielzeug, die Berit ihm kauft und die die eigenen Kinder dann ebenfalls haben wollen.

Wir sind selbst schuld, hätten wir doch auf Ricardas Vorschlag zur freiwilligen Selbstkontrolle gehört oder uns vorher überlegt, was es heißt, einander so nahe zu sein. Dass vielleicht auch Mistkerle in der Gemeinschaft mit dabei sein würden, ungebremste, ichbezogene kleine Teufel, die in der Gründungsphase des Projektes noch gar nicht geboren waren.

Ich stehe mit Bo auf dem Balkon und tröste ihn, dass er nicht mitmachen darf bei Finns Geburtstag. Schräg unten im ersten Stock sehe ich Ricarda mit Aaron ebenfalls auf dem Balkon stehen und Joshua, der bei der Party dabei ist, unauffällig im Auge behalten. Ich winke ihr zu, aber sie bemerkt mich nicht, ist vollauf damit beschäftigt, aufzupassen, dass Joshua nichts passiert.

Später dann, beim Grillen, sitzen alle traut beieinander.

Die Kinder rasen weiter durch den Garten, jetzt mit den Kleinen im Gefolge; die Erwachsenen trinken Bier und plaudern mit den externen Eltern darüber, »wie es sich denn so lebt in der Gemeinschaft«, »dass das wirklich toll ist mit den Fenstern bis zum Boden«, und vor allem für die Kinder, »für die Kinder ist das hier doch wirklich ideal«.

Vom Müllhäuschen her ist Geschrei zu hören.

Ricarda wirft Jörn einen Blick zu; Jörn steht auf, um nachschauen zu gehen.

Finn kommt mit seinem Gewehr unterm Arm und schnappt sich im Vorbeigehen ein Brötchen.

»Ihr sollt doch warten, bis die Würstchen fertig sind!«, mahnt Berit halbherzig.

Finn wirft das angebissene Brötchen zurück in den Korb.

Jörn kommt mit dem weinenden Aaron auf der Hüfte zurück.

»Ich habe ihnen gesagt, sie sollen nicht auf Menschen zielen.«

»Aaron war ein Hase!«, ruft Finn, und alles lacht.

»Auf Tiere zielen wir auch nicht«, sagt Jörn; sein Ton ist freundlich, aber voller Ablehnung.

Jörn setzt Aaron Ricarda auf den Schoß.

Ricarda vergräbt ihr Gesicht in Aarons Nacken.

»Tja, dann wollen wir mal sehen, wem die Würstchen hier so schmecken!«

Tobias balanciert den Grillteller, die Kinder kommen angelaufen, die Erwachsenen machen Platz am Tisch, beobachten wohlwollend, wie Berit Brötchen verteilt, Apfelsaft ausschenkt, das Chaos bewältigt.

Finn steht auf der Bierbank, um zu beweisen, dass er auch von da oben mit dem Ketchupstrahl den Teller trifft.

»Ich will auch Pepschapp!«, ruft Aaron.

»Mir wär's wahrscheinlich zu eng«, sagt eine der Kitamütter, und Dieter erwidert, dass nicht alle am Gruppenprozess teilnähmen: »Wer nicht will, muss nicht.«

»Na? Vegetarier?«, sagt Tobias zu Jörn und grinst.

Jörn versteht nicht, worauf Tobias anspielt.

»Nein«, antwortet er ernst, »ich lasse nur den Kindern den Vortritt.«

Tobias grinst noch breiter.

Ricarda: »Er meint, weil du nicht auf Tiere schießen willst.«

Jörn kapiert den Witz immer noch nicht.

Berit sagt zu Ricarda: »Nimm doch noch ein Bier.«

Finn ist aufgestanden und erschießt mit vorgehaltener Ketchupflasche alle Kinder ihm gegenüber.

»Ratatatam! Jetzt seid ihr alle tot!«

Ricarda steht ebenfalls auf. Sie macht einen Schritt auf Finn zu, nimmt ihm die Ketchupflasche weg und drückt ab.

»So«, sagt sie laut, »jetzt bist *du* tot.«

Es wird still unter den Erwachsenen. Finn sieht Ricarda mit großen Augen an, dann rennt er zu Berit und vergräbt weinend den Kopf in ihrem Schoß.

»Was sollte *das* denn bitte?«, fragt Berit entgeistert.

»Ich wollte nur, dass er mal merkt, wie das ist.«

Ricarda setzt sich wieder hin.

Berit geht mit Finn auf dem Arm ein Stück zur Seite, ins Dunkle.

Ricarda sieht mit hochgezogenen Augenbrauen und schmalen Lippen nach unten, zupft am Etikett ihrer Bierflasche.

Jörn sagt: »Aaron? Joshi? Ich denke, es ist langsam mal Zeit fürs Bett.«

Jörn bringt Aaron und Joshua ins Bett, Ricarda bleibt noch ein bisschen sitzen, um nicht so zu wirken, als sei sie auf der Flucht.

Doch auch die externen Eltern machen sich jetzt langsam auf den Heimweg; »Also, es war schön bei euch, vielen Dank für die tolle Feier«, und in deren Windschatten verschwindet auch Ricarda – zurück bleibt nur die volle Bierflasche, die Berit in die Forsythiensträucher leert und dann mit Schwung zurück in den Kasten stellt.

Wir schweigen.

Lina und ich helfen beim Aufräumen, und ich spüre Linas nachdenklichen Blick.

»Was war das? Was kommt jetzt?«, will sie vermutlich fragen, aber sie fragt nicht, sie ist Teil unserer Gemeinschaft, und wir reden nicht offen miteinander, nie.

Wenn, dann wird in kleineren Gruppen geredet, unter Gleichgesinnten.

Wobei ich nicht mal weiß, mit wem ich in diesem Fall wohl die

Gesinnung teile. Ich weiß nicht, was ich denke, ich bin ein Fähnchen im Wind.

Berit wird sagen, Ricarda habe ja wohl eine Vollmeise, habe sich selbst nicht mehr im Griff, gehöre langsam aber sicher in die Klapsmühle. Könne ohnehin schon nicht mehr unterscheiden zwischen sich und ihren Kindern, glaube, wenn sie Finn mit der Ketchupflasche erschieße, sei es dasselbe, wie wenn Finn das tue, mit gerade mal sechs Jahren.

Und ich nicke.

Ich finde, dass Berit recht hat. Mich erinnert Ricarda an meine Schwester, die auch ständig mit einem ihrer Kinder auf dem Schoß dasitzt, sich von ihren eigenen Kindern alles gefallen lässt, deren Verhalten bis zur Selbstaufgabe entschuldigt, aber dann, zum Ausgleich für ihre überstrapazierten Nerven, die Kinder anderer Leute zurechtweist, meine zum Beispiel oder fremde auf dem Spielplatz. Sie zusammenstaucht beim kleinsten Vergehen.

»Ja, klar«, antwortet Ricarda aber jetzt in meinem Kopf, »mag schon sein, dass ich ein bisschen überreagiert habe, aber besser mal überreagieren, als diesem furchtbaren Jungen nie etwas entgegenzusetzen. Der hat Berit doch völlig im Griff, tyrannisiert das ganze Haus, und wer, bitteschön, hat den Mumm, Berit einfach mal darauf anzusprechen?«

Niemand. Stimmt schon. Ich nicke.

Ich bin Ricarda dankbar, dass sie keine Angst hat vor Berit und ihrem fürchterlichen Kind. Dass sie es wagt, sich einfach mal gehen zu lassen. Und sicher: So eine Reaktion ist nie frei von allen möglichen äußeren und inneren Einflüssen. Kann sein, dass Ricarda geduldiger wäre, wenn sie keine eigenen Kinder hätte, wenn nicht Sonntag wäre, wenn sie nicht ständig und den ganzen Tag über schon ihre Grenzen hätte missachten und ihre eigenen Kinder vor sich selbst hätte beschützen müssen, aber Pech gehabt, leider, so ist das nun mal. Sie ist nicht die einzige Verrückte, der Finn in seinem Leben noch begegnen wird, und dann hat sie ihn ja immerhin nicht wirklich erschossen.

Ich stelle mir vor, wie wir im Plenum offen über alles reden.

Lina benutzt neuerdings die Formel: »Das ist jetzt nichts gegen dich.«

Ich glaube, die hat sie im Klassenrat gelernt, einem Gremium, das freitagmittags nach der Schulwoche tagt und in dem die Konflikte, die sich die Woche über angesammelt haben, konstruktiv besprochen werden.

Ich muss jedes Mal lachen, wenn sie die Formel zu Hause benutzt.

»Warum lachst du so?«

»Weil du lügst. Das ist wohl gegen mich, wenn du mir sagst, dass ich stinke.«

»Aber ich muss es dir doch sagen.«

»Ja natürlich. Tut mir leid, dass ich gelacht habe.«

Ich habe keine bessere Idee. Ich kenne keine Methode, wie man die Wahrheit sagt, ohne sich gleichzeitig eventuell zu verletzen. Das Einzige, was mir einfällt, ist Liebe, allumfassende, unvergängliche Liebe, Liebe und Sicherheit als weicher Boden für harte Worte. Für die Wahrheit, die uns davor bewahrt, in die Klapsmühle zu gehen.

Ein großer Kreis, oben, im Gemeinschaftsraum.

Wir sitzen nicht auf Stühlen, sondern stehen und halten uns an den Händen, besser noch fest um die Schultern. Wir schwingen im selben Atem, summen denselben Ton.

»Herr, wir bitten, komm und segne uns! Lege auf uns deinen Frieden – «

Verdammt, das geht nicht, wir sind keine religiöse Gemeinschaft. Und doch ist so ein Liebesversprechen das Einzige, was mir einfällt, um endlich offen reden zu können. Reihum, wie im Fürbittegebet.

»Herr, wir bitten für die Mütter von Neunjährigen! Putzt euch die Zähne und gurgelt mit Mundwasser, bevor ihr sie morgens mit einem Küsschen überfallt – «

»Herr, wir bitten für die Mütter von Kampfkindern! Lasst ihnen ihre Waffen, denn sie sind nicht geladen, sie verletzen nichts als euer merkwürdiges Bild vom ›kindlich-harmlosen Spiel‹ – «

»Herr, wir bitten für diejenigen, die alle Ursachen kennen! Mag sein, dass ihr recht habt, doch der Weg zur Veränderung ist weit – «

Und dann lachen wir erleichtert, weil wir wissen, dass auch unsere schlimmsten Verhaltensweisen menschlich sind und niemals dazu führen werden, nicht mehr geliebt oder gar aus der Gemeinschaft ausgestoßen zu werden –

Aber so läuft kein Plenum ab.

Auch die Plena sind Kampfarenen, in denen der, der jeweils spricht, sich seiner Gegner sowie seiner Verbündeten im Vorfeld schon sicher ist, sonst würde er sich nicht hinauswagen. Wir besprechen in kleinen Grüppchen vor, wir erörtern nichts offen, wir lassen vorgefasste Meinungen gegeneinander antreten.

»Diskussion« nennt sich das, und ist in Wahrheit nur ein Machtkampf. Wir sind gut darin, Offenheit zu suggerieren. Verletzlichkeit. Ehrlichkeit.

Wir sagen vier zu vier, aber in Wahrheit steht es eins zu sieben.

5

Wie gesagt: Ich bringe gern etwas auf Formeln.

»Wir sagen vier zu vier – « – diesen Satz habe ich vor vielen Jahren erfunden, um mein Unbehagen auszudrücken gegenüber der alten Formel, die da hieß: »Alle Menschen sind gleich.« Mit diesem Satz sind wir aufgewachsen und haben uns doch schon als Kinder unentwegt miteinander verglichen, uns gemessen, die Punkte gezählt und uns gewundert.

»Stimmt doch überhaupt nicht«, haben wir festgestellt, um dann erneut gesagt zu bekommen: »Oh doch. Alle Menschen sind gleich. Und in jedem von uns steckt etwas Besonderes.«

Das war nicht leicht zu verstehen.

Zu verstehen war, dass die Erwachsenen es gerne hörten, wenn wir Kinder die Formel verwendeten, also taten wir es fortan. Sagten vier zu vier, auch wenn es in Wahrheit eins zu sieben stand.

»Alle Menschen sind gleich«, sagten wir. »Manuela ist genau wie wir anderen, auch wenn sie selbst gestrickte Unterhosen trägt.«

»Richtig«, bestätigten die Eltern, Elvira, die Erzieherin, Hannelore, die Grundschullehrerin, Gertrud, die Theaterpädagogin.

»Und weißt du«, erklärte meine Mutter noch zusätzlich, »das mit den Unterhosen kommt nur daher, dass Manuela fünf Geschwister und eine alte, kranke Mutter hat.«

Ich war nie bei Manuela zu Hause, aber ich kannte solche Verhältnisse aus Grimms Märchen und der Serie »Unsere kleine Farm«. Also wählte ich beim Völkerball Manuela in meine Mannschaft, und wenn Manuela auch nicht wirklich hart werfen konnte, so zielte sie doch skrupellos mitten ins Gesicht und brachte uns damit einige Punkte. Vier zu vier – nein: eins zu sieben. Im Sport durfte man zählen, im Sport wurde geschossen, um die Wette gelaufen, gefoult.

Kompliziert wurde es dann wieder, als Manuela nicht mit uns anderen aufs Gymnasium wechseln durfte. Was natürlich *nicht* an ihren selbst gestrickten Unterhosen lag! Aber woran dann?

»Alle Menschen sind gleich, und in jedem von uns steckt etwas Besonderes.«

Bestimmt trug Manuela ihre selbst gestrickten Unterhosen nur aus Trotz oder Stolz, hatte in Wahrheit genau wie wir anderen einen

Stapel Baumwollschlüpfer von C&A im Schrank, wollte aber das Erbe ihrer Großmutter in Ehren halten oder sich sogar bewusst von den anderen Kindern abgrenzen –

Vielleicht wollte sie auch gar nicht aufs Gymnasium.

Bestimmt war sie handwerklich begabt, und man konnte schließlich auch ohne Abitur glücklich werden, einen schönen, bodenständigen Beruf erlernen –

All so was kann man sagen, damit es weiterhin vier zu vier steht.

Ich habe Manuela seit dem Abschied von der vierten Klasse nicht mehr gesehen. Nur manchmal, wenn ich nachts nicht schlafen kann, sehe ich sie vor mir, wie sie sich fürs Turnen umzieht, sehe ihre langen, knochigen, stets ein wenig blau gefrorenen Schenkel, das weiße Garn ihrer Unterhose – kraus rechts gestrickt, oben eine Lochkante, durch die eine rosafarbene Kordel gezogen ist. Die Hose liegt nicht an, ist dick und knautscht. Die Hose schließt an den Schenkeln nicht ab; wer will, kann Manuelas Möse sehen. Durch die dünne, blasse Haut ihrer Schenkel ist ein Netz von Blutgefäßen zu erkennen; braun war Manuela nie, wer fährt schon mit sechs Kindern in Urlaub, und selbst wenn. Manuela wird nicht braun. Die kriegt blaue Flecke, wenn man sie tritt, ihr die Schenkel auseinanderbiegt.

Einen Beruf hat sie nicht gelernt, ein Kind hatte sie, bevor sie erwachsen war.

Auch gut, was soll's, Manuelas jüngster Bruder ist erst zehn, das Kind kommt zur Oma, die es nimmt als ihr siebtes.

Ich wusste das von meiner Mutter, die es mir mit ernster Miene erzählte, wenn ich Weihnachten nach Hause kam.

»Manuela putzt bei Greiners im Büro.«

»Manuela stand neulich vor mir an der Kasse.«

»Manuela macht sich, das Kind ist jetzt neun.«

»Manuela ist tot, ich hab' die Hannelore getroffen.«

In ihrer Duschwanne sei sie ertrunken. Ich weiß nicht, woher ich die Bilder dazu habe, aber sie stehen mir klar vor Augen:

Manuela in ihrem Badezimmer, einem mit Fenster, genau so einem, wie meine Mutter es sich immer gewünscht hat – nicht mit einer röhrenden Lüftung, die nach drei Minuten anspringt, sondern mit einem Fenster, einem Fenster zum Aufmachen. Durch dieses Fenster dringt Licht in Manuelas Bad, und Kondenswasser rinnt daran herunter wie Tränen; das hölzerne Fensterbrett ist bereits aufgequollen, der Kitt schwarz von Schimmel. Schimmel sitzt auch in den Fugen zwischen den Fliesen und rund um die Duschwanne, die Wanne, in der Manuelas Kopf liegt, zur Seite gedreht, starr. Feuchte Haarsträhnen kleben an ihrer Schläfe, durch die Haut erkennt man die Blutgefäße, jetzt nicht mehr, jetzt hat der Blutkreislauf endgültig angehalten, das Herz schlägt nicht mehr, sie ist tot.

Vier zu vier, vier zu vier – eins zu sieben?

Wie das passieren konnte, versteht keiner.

War sie krank? War sie süchtig? Hat ein Krampf sie umgeworfen, ein Anfall sie ereilt?

Niemand war da außer ihr, fünf Zentimeter tief nur das Wasser, das Kind bei der Oma, Manuela alleine.

Manuelas lange, blau gefrorene Schenkel auf den Fliesen ihres Badezimmers. Darunter, zerknautscht, ein weißer Badvorleger mit rosafarbener Paspel.

Ich gucke ihr nicht zwischen die Beine, ich will das alles nicht sehen – die einsame Flasche Scheuermilch mit Zitronenduft, das gräuliche Handtuch, dünn gewaschen.

Ich habe Manuela hinter mir gelassen, ich bin lebendig, bin in Sicherheit.

Und selbst wenn mir was passiert, haben meine Kinder immer noch Hendrik, Hendrik und die Hausgemeinschaft, in der es zwar nicht gerecht zugeht, aber immerhin so getan wird als ob.

Vier zu vier, sagen wir, immerzu.

Auch wenn wir uns zwischenzeitlich gegenseitig erschießen.

Hendrik: »Warum gehst du überhaupt zu diesen Kindergeburtstagen, sag's mir!«

Ich: »Weil wir eingeladen waren, ganz einfach.«

Hendrik: »Stimmt doch nicht. Wer will, kann dazukommen, stand in Berits Mail.«

Ich: »Aber wenn man nicht kommt, dann wird das bemerkt.«

Hendrik: »Na und?«

Ich: »Dann denkt Berit, dass ich sie nicht mag.«

Hendrik: »– –«

Ich: »Guck nicht so. Ich hab' nichts gegen sie.«

Hendrik: »Aber gegen Finn.«

Ich: »Ja genau. Wer weiß, was Finn Bo tut, wenn ich nicht dabei bin.«

Hendrik: »Da waren genug erwachsene Aufpasser im Garten.«

Ich: »Und du weißt doch, die machen's nur noch schlimmer.«

Hendrik lacht. Ich werde wütend.

Ich: »Ich weiß nicht, wie ich's machen soll! Bo ist noch zu klein, um sich da alleine durchzufinden!«

Hendrik: »Hör auf, Bo vorzuschieben. Du sagst gerade selbst, dass du's nicht besser weißt als er.«

Ich: »Wenn wir hier bei nichts mehr mitmachen, fliegen wir hier raus!«

Hendrik: »Quatsch. Das will ich erst mal sehen, dass uns jemand hier rausschmeißt.«

Er hat recht. Es ist schwer zu ertragen, wie recht er dauernd hat.

Am Montagmorgen sind wir zu spät dran. Bo muss vor halb zehn in der Kita sein, zum Morgenkreis; die Erzieherinnen legen Wert darauf, den Tag gemeinsam zu beginnen. Die Erzieherinnen sind überzeugt, dass jemand, der sein Kind erst nach neun bringt, ohnehin nicht ernsthaft arbeitet, sondern nur zu faul sei, es zu Hause zu betreuen. Oder *ich* denke, dass sie das denken. Weil ich es selbst denke.

Bo will Gummistiefel anziehen, obwohl draußen schon fünfundzwanzig Grad sind und keine Wolke zu sehen ist. Mir könnte das egal sein, aber mir graut vor den Blicken der Erzieherinnen. Ich will nicht, dass sie denken, ich sei so eine, die sich nicht gegen ihren Dreijährigen behaupten kann, eine, die alles mit ihm diskutiert und ihn am Ende selbst entscheiden lässt, was er anzieht, aus Angst, dass er sonst schreit oder tritt oder in seiner freien Entfaltung behindert wird. Ich weiß gar nicht, ob die Erzieherinnen das denken, aber ich weiß, dass *ich* das denke und solche Angstmütter nicht mehr ertragen kann; sie umzingeln mich und machen mich wahnsinnig; und deshalb packe ich Bo und stopfe ihn unbarmherzig in die Sandalen.

Er schreit.

»Halt den Mund jetzt«, sage ich und ziehe ihn am Arm die Treppe hinunter.

Es ist mir recht, wenn die Nachbarn uns jetzt sehen, mal eine Mutter zu Gesicht kriegen, die ihrem Kind ganz direkt Gewalt antut. Glaubt nicht, dass ihr besser seid, pocht es in meinem Kopf, »Kinder brauchen Grenzen«, »Lob der Disziplin«.

Ich werde ihn schlagen, ich werde ihn im Gemeinschaftsraum auspeitschen und den Termin dafür unten ans Schwarze Brett hängen, damit alle kommen und zusehen können.

Vielleicht ist es wirklich besser, wir ziehen wieder weg. Weg aus dem Gemeinschaftshaus, weg aus dem Bezirk. Das ist nicht unser Traum, es ist der Traum unserer Mütter, und die sind tot oder in der Klapsmühle, die denken immer noch, dass es sinnvoll sei, mit den Kindern zu diskutieren, wo sie doch allesamt sterben davon. Wo das doch offensichtlich nicht der richtige Weg ist.

Meine Schwester ist auch so eine ewig diskutierende Angstmutter.

Als sie uns das letzte Mal besucht hat, war Winter, minus zwanzig Grad, aber trotz dieser Temperatur hat sie sich nicht getraut, ihrer dreijährigen Tochter gegen deren Willen die Stiefel anzuziehen und ihr eine Mütze aufzusetzen. Strumpfsockig und mit rot geränderten Ohrmuscheln saß meine Nichte im Buggy und hat geschrien, vor Kälte, nehme ich an, aber sie wollte den Zusammenhang immer noch nicht einsehen, und meine Schwester wollte ihr nichts abverlangen, das ihr nicht unmittelbar einleuchtete. Ich ging neben den beiden her und durfte nichts sagen, denn das Mal zuvor, als ich sie im Sommer getroffen hatte, hatte ich was gesagt, und meine Schwester hatte sich jede Einmischung verbeten.

Im Sommer hatte meine Nichte grundsätzlich gar nichts angehabt, was von den Temperaturen her okay war; trotzdem hatte meine Schwester ziemlich viel auf sie eingeredet: »Zieh dir doch bitte was an, Liebling, ja? Wenigstens die Windel, das wäre doch was, oder?« Weil es ihr natürlich peinlich war, ein splitternacktes Kind dabeizuhaben, etwa im Supermarkt, und richtig trocken und sauber war meine Nichte auch noch nicht und hat häufig irgendwo hingepinkelt.

Dann waren wir auf einem Spielplatz, und meine Nichte wollte quer über die Wiese, die voller Disteln und Brennnesseln stand.

»Also, ich an deiner Stelle würde hier die Schuhe jetzt doch lieber mal anziehen, was meinst du, Süße?«, hat meine Schwester gesagt, aber meine Nichte meinte, nein, Schuhe sind doof, Mama ist doof, und was Disteln sind, wusste sie erst, nachdem sie in die Wiese gerannt und reingetreten war.

Da habe ich gesagt, dass ich das Gefühl hätte, meine Schwester würde Konflikte vermeiden wollen, ohne dass es irgendetwas nutze, denn am Ende gäbe es trotzdem Geschrei – zwar nicht aus Ärger, dafür aber vor Schmerz. Und in meinen Augen müsse sie sich auch echt nicht dafür schämen, dass sie manche Dinge eben besser wisse als ihre zweieinhalbjährige Tochter.

Aber genau das sah meine Schwester anders. Sie meinte, sie zwinge ihr Kind nicht, anderer Leute Ansichten unbesehen zu übernehmen, und überhaupt solle ich mich mit meinen klugen Ratschlägen zurückhalten, die würden auch nur dazu dienen, mich über sie, meine Schwester, zu erheben. Ich sollte lieber mal ein bisschen Solidarität zeigen, schließlich habe sie es nicht leicht mit einem dickköpfigen Kind wie meiner Nichte.

Als das gilt meine Nichte jetzt nämlich, dickköpfig, was ich ziemlich brutal finde, angesichts dessen, dass sie seit ihrer Geburt genötigt wird, alles selbst zu entscheiden.

Jedenfalls habe ich, als ich bei minus zwanzig Grad neben meiner verärgerten und verängstigten Schwester und meiner schreienden, ihre Fehlentscheidung schmerzhaft bereuenden Nichte hergehen musste und mich nicht einmischen durfte, beschlossen, dass ich meine Schwester in Zukunft lieber ohne ihre Kinder treffe. Was schwierig ist, denn sie wohnt weit weg, die Kinder sind klein, also sehen wir uns praktisch überhaupt nicht mehr.

Als wir aus der Haustür sind, hat Bo aufgehört zu schreien.

Wenn wir schnell sind, schaffen wir es noch rechtzeitig zum Morgenkreis; Bo lässt sich zu einem Wettrennen den Gehweg entlang herausfordern, es ist nämlich nicht so, dass ich nicht auch meine Mutti-Tricks parat hätte.

»Auf die Plätze, fertig, los!«

Wenn Mütter rennen und toben und voller Elan und Lebenslust auf ihre dreijährigen Söhne mit den strubbeligen Haaren und verschmierten Mündern eingehen, sehen die Passanten das gerne. Ich werfe die Arme hoch und knicke mit dem Knöchel um. Ich lache trotzdem. Bo strahlt.

Um kurz vor halb zehn sind wir in der Garderobe. Ich lausche nach drinnen in den Gruppenraum; das Morgenkreislied hat noch nicht begonnen. Ich ziehe Bo die Sandalen aus und die Hausschuhe an; er tritt, aber nicht sehr gezielt, mehr aus Prinzip oder Gewohnheit. Ich schiebe Bo durch die Tür. Sylvie, die Erzieherin, geht in die Hocke und gibt ihm die Hand, dann sieht sie zu mir hoch.

»Die Gesundschreibung«, sagt sie, und ihr Blick verrät, dass sie *wusste*, dass ich die vergessen würde. Oder wusste ich es selbst?

Freitagmittag hatte Sylvie angerufen und gesagt, dass Bo Fieber hätte; Hendrik hat ihn abgeholt, und ich habe den gesamten Vorgang längst vergessen, auch weil Bo schon am Samstag früh kein Fieber mehr hatte. Aber wenn sie ein Kind, das krank ist, aus der Kita wegschicken, nehmen sie es nur mit Gesundschreibung zurück, das ist die Regel.

Warum, kann Sylvie nicht erklären.

»Da ziehen wir die Linie«, hat sie beim letzten Elternabend gesagt.

Jetzt wiegt sie den Kopf hin und her und schneidet eine Grimasse des Bedauerns.

»Oh je«, sage ich, »wenn ich nur wüsste, wo ich mein Gehirn habe –«

Ich habe mir angewöhnt, mich ein bisschen trottelig darzustellen; ich bilde mir ein, dass die Erzieherinnen das mögen. Es hat ohnehin keinen Zweck zu diskutieren. Ich werde mit Bo zum Arzt gehen, auch wenn ich, wenn er den Freitag noch durchgehalten hätte und erst am Samstagfrüh mit wer weiß was, Pest oder Cholera oder Lepra, erwacht wäre, jetzt keine Gesundschreibung bräuchte. Macht nichts. Ich bin froh, dass sie eine Linie ziehen, auch wenn sie mir nicht einleuchtet und Sylvie sie nicht erklären kann.

Hierarchien, Befehle, Gehorsam.

Sie werden schon wissen, was sie tun.

»Zieh die Schuhe wieder an, wir gehen zu Frau Krömer«, sage ich.

»Scheißschuhe«, sagt Bo.

Frau Krömer ist dünn und sehnig und schätzungsweise siebzig. Sie guckt einen über den Rand ihrer Lesebrille skeptisch an und will, dass es schnell geht – eine Eigenschaft, die ich bei Ärzten eigentlich nicht besonders mag, schon gar nicht, wenn ich vorher zwei Stunden in ihrem Wartezimmer verbracht habe. Bei Frau Krömer aber passt sie zur Erscheinung, zum Charakter, wenn man so will. Sie ist schnell. Sie gibt einem das Gefühl, dass alles, was ihr vor die Brille, auf den Schreibtisch oder die Untersuchungsliege kommt, rasch bearbeitet und beseitigt werden kann, und das ist mir sehr recht. Ihre Sprechstundenhilfen sind auch dünn und zackig, und eine davon liest Bos Versichertenkarte ein und bittet uns, doch noch kurz Platz zu nehmen. Nicht im Wartezimmer, sondern auf dem Flur, was heißt, wir werden »dazwischengeschoben«.

Keine Ahnung, wie das mit den Viren und Bakterien genau funktioniert, aber wie immer wundere ich mich, dass die Vorräume der Praxis mit Teppichboden ausgelegt sind und überall uralte, ranzige Plüschtiere herumliegen. Bo rutscht vom Stuhl und geht in die Spielecke.

Der Kinderarzt, der Lina die Neurodermitis angedichtet hat, besitzt Extraräume für die gesunden Kinder, die nur zur Vorsorge oder Routineuntersuchung kommen, zwei Blocks von seiner normalen Praxis entfernt. Ich will trotzdem nicht zu ihm zurück. Bei Frau Krömer habe ich den Eindruck, sie glaubt eben so wenig daran, dass Kinder ernsthaft krank werden können, wie ich.

Im Winter hatten Hendrik und ich Streit, weil Bo wieder ständig das Ohr lief, grünlich-gelb, so wie bei anderen Kindern die Nase.

Ich fand das erst mal nicht so schlimm, eher interessant, weil ich's bei Lina nie erlebt habe, und außerdem mag ich eigentlich alles, was aus den Kindern rauskommt. Ich putze und pule ganz gerne an ihnen herum, und das Zeug trocknete auch genauso wie Rotz und ließ sich dann leicht abkratzen. Hendrik aber meinte, Ohrenentzündungen seien gefährlicher als Schnupfen, und wir sollten das ernst nehmen. Ich wiederum hatte gelesen, dass Ohrenentzündungen nur dann gefährlich seien, wenn der sogenannte Paukenerguss nicht ablaufe, sondern sich sammele und sich irgendwann der Knochen hinterm Ohr auch entzünde und am Schluss das Gehirn. Nun lief das Zeug aber ab, und Hendrik wollte trotzdem zur Hals-Nasen-Ohren-Spezialistin. Mit mir gemeinsam, damit wir uns als Eltern ein Bild machen und verantwortungsbewusst entscheiden könnten.

Wir sprachen schon im Wartezimmer nicht mehr miteinander, weil ich zu den Sprechstundenhilfen gegangen war, um zu fragen, wann wir endlich mal dran wären, nachdem wir schon über eine Stunde gewartet hätten, trotz Termin. Das könne sie mir nicht sagen, meinte die Schwester schnippisch, und ich meinte, ob sie mich vielleicht mal ansehen könnte, wenn sie mit mir spreche, und vielleicht sogar Entschuldigung sagen, Entschuldigung dafür, dass sie ihre Praxis nicht besser im Griff habe, das sei nämlich ihr Job verdammt noch mal.

Hendrik mag nicht, wenn ich so rede, dabei redet er selbst so, zwar nicht in Arztpraxen, aber auf dem Amt. Bei Ärzten lässt er sich alles gefallen.

»Man sieht hier nichts, das Sekret muss erst mal weg«, hat die Ärztin dann gesagt, als wir endlich bei ihr drinnen waren, und sie hat Bo ein Antibiotikum verschrieben und mir, ohne mich anzusehen, das Rezept hingehalten; dreißig Sekunden insgesamt hat dieser Vorgang gedauert.

»Tut mir leid«, sagte ich, »aber dieses Antibiotikum hat schon letztes Jahr nicht geholfen«, was stimmte.

Damals war Hendrik alleine bei der HNO-Ärztin gewesen, und sie hatte gesagt, im Zweifelsfall müsse sie operieren, aber erst wenn das Kind zwei sei, weil die Polypen – oder was immer sie rausschneiden wollte – sonst sofort wieder nachwüchsen.

»Das kann nicht sein«, sagte sie jetzt und sah mich endlich an, »das ist ein Breitbandantibiotikum, das hilft gegen alles.«

Und Hendrik sagte: »Vielen Dank, ja, dann bis nächste Woche«, und hat mich ebenfalls angeschaut, sehr wütend, und wir sind raus.

Auf der Straße haben wir uns gestritten.

Warum sie nicht wenigstens einen Abstrich gemacht habe, wollte ich von Hendrik wissen, das sei doch längst bekannt, dass das schaden würde, immer mit Breitband auf alles drauf. Dass man davon resistent werde.

Unsinn, meinte Hendrik, die Antibiotikaresistenz käme von der Fleischproduktion, von der Massentierhaltung und von nichts sonst.

»Ich kauf' nur bio«, habe ich gesagt, und Hendrik hat auf diese spezielle Art zur Seite geschaut – als ob dort jemand stünde, der nicht mitkriegen soll, wie doof seine Frau ist.

»Was?!«, habe ich geschrien, »ist irgendwas falsch daran?«

»Nein«, hat er gesagt, »aber umso eher kannst du Bo jetzt mal ein Antibiotikum gönnen, damit er nicht taub wird oder an Hirnhautentzündung krepiert.«

»Aber es – hat! – nichts! – geholfen!«

»*Du* musst es ja wissen«, sagte Hendrik, »*du* hast ja Medizin studiert«, süffisant, und mir wurde ganz schlecht vor Wut, weil er ja dabei gewesen war, weil er selbst gesehen hatte, das es nichts half, damals, im vergangenen Jahr.

»Es – HAT! – NICHT! – GEHOLFEN!«

»Aber vielleicht hilft es ja JETZT!«, schrie Hendrik zurück. »Jedenfalls hat die Ärztin das verschrieben, und SIE ist die Ärztin und DU bist eine unsympathische, möchtegernmündige Patientin, die ihr Halbwissen aus dem Internet bezieht!«

Es hat damit geendet, dass ich Bo das Antibiotikum gegeben habe.

Es hat wieder nichts geholfen, aber ich habe nicht gesagt: »Siehst du«, obwohl Hendrik das sicherlich behaupten würde, aber ich *weiß*, dass ich es nicht gesagt habe, denn natürlich hätte ich es sehr gerne gesagt. Ich habe nur darauf verzichtet, weil das dann so geklungen hätte, als sei ich irgendwie befriedigt: Hauptsache, ich habe Recht behalten, auch wenn Bo dabei taub wird und stirbt.

Ich bin dann mit ihm zu Frau Krömer und habe ihr von der Sache erzählt.

»Ein innerlich anzuwendendes Antibiotikum?«, hat sie gesagt und mich über ihren Brillenrand hinweg angesehen. »Das ist doch vollkommener Blödsinn, das *kann* doch gar nicht helfen.«

»Nein?«, habe ich mit piepsiger Stimme gefragt, und sie hat antibiotische Tropfen verschrieben, die wir Bo dreimal am Tag ins Ohr träufeln sollten, und nach zwei Tagen war das Sekret verschwunden und Bo hat nie wieder was mit den Ohren gehabt.

Hendrik und ich haben diesen Fall nicht mehr abschließend ausgewertet.

Das war vermutlich besser so, für alle Beteiligten, auch für mich, denn mein Triumph war keiner. Das nicht ausgesprochene »Siehst du« hatte von vornherein einen schlechten Beigeschmack von Feigheit gehabt, schließlich hatte Bo das Antibiotikum trotz alledem bekommen: weil ich mir zwar sicher gewesen war, dass es vollkommen unsinnig war, aber nicht sicher genug, um mich durchzusetzen und es wegzulassen.

Bo ist in der Spielecke und schmust mit einem dieser Kuscheltiere, die aussehen, als hätte Frau Krömer oder eines ihrer Kinder sie vor rund vierzig Jahren auf dem Jahrmarkt gewonnen, im Plänterwald an der Losbude. Gab's so was überhaupt im Osten? Wenn nicht, sind sie eben nur zwanzig Jahre alt, aber Bakterienträger allemal. Genau deshalb will ich hierher. Hier beherrschen Mütterängste nicht die Praxiseinrichtung, sonst gäbe es diesen Teppich und diese Kuscheltiere nicht. Bei Frau Krömer kann ich relativ sicher sein, dass sie nicht mir zuliebe etwas verschreibt oder eine dubiose Krankheit diagnostiziert, nur damit *ich* keine Angst mehr habe oder für meine Überforderung endlich einen lateinischen Namen.

Die Kinder meiner Schwester haben alle Krankheiten, die man sich nur vorstellen kann: Neurodermitis oder zumindest die Anlage dazu, Nabelbruch oder zumindest eine Vorform davon, Hüftdysidingsbums, Kurzsichtigkeit, Karies, Laktoseunverträglichkeit.

Wenn meine Schwester mir davon am Telefon erzählt, klingt ihre Stimme wie die von Tante Elke, der Schwester meiner Mutter, über die wir uns früher immer lustig gemacht haben, weil Krankheiten ihr Hobby waren. Damals schien uns das lächerlich, jetzt hat meine Schwester sich unmerklich in Tante Elke verwandelt, in eine ewige Pflegeperson: besorgt, aber auch seltsam eifrig, wohl informiert klagend, doch im Grundton zufrieden und schicksalsergeben. Krusten pulend, Wickel wechselnd. Globuli zählend. Allein.

Ich bin froh, dass ich sie zumindest nicht ansehen muss dabei.

Wir haben beide die Mimik unserer Tante geerbt, Augenbrauen, die sich schräg stellen lassen und dadurch die Sorgenfalten auf der Stirn verlängern; unsere Mutter konnte das auch, hat es aber nicht ganz so oft angewandt wie Tante Elke.

Hendrik sagt, ich solle großzügig sein mit meiner Schwester, sie sei überfordert, und da tue es gut, einen Grund dafür zu haben, einen greifbaren, für alle Welt nachvollziehbaren Grund. *Kranke Kinder*, statt nur Kinder an und für sich.

Hendrik meinte das schon damals, als ich selbst es noch gar nicht bemerkt hatte, an dem Weihnachtsfest, das wir zusammen mit meiner Schwester und meinem Schwager verbrachten.

Wir waren bei ihnen zu Besuch, meine Nichte war noch nicht geboren und mein Neffe erst anderthalb.

Meine Schwester fütterte ihn unentwegt mit Mandarinen, weil er die so gerne mochte, und gleichzeitig erzählte sie ihm, jetzt müsse aber mal Schluss sein, er bekäme sonst einen wunden Po. »Zu viel Säure, weißt du, Zitronensäure. Ja, ich seh' schon, du möchtest gerne noch welche, aber das ist nicht gut für dich, Liebling, wirklich, glaub' mir.«

Doch ähnlich wie meine Nichte ein paar Jahre später wollte auch mein Neffe den Zusammenhang nicht einsehen und immer noch mehr Mandarinenschnitze essen. Er war, wie gesagt, anderthalb.

»Lass sie«, sagte Hendrik, als wir abends im Arbeitszimmer meines Schwagers im Bett lagen, »sie merkt es nicht. Oder sie will es so. Oder beides.«

Ich war nicht so rational und großzügig wie Hendrik; ich war meinerseits mit Lina überfordert und fand meine Schwester einfach nur bescheuert. Ich hätte mich so viel lieber offen mit ihr verbündet, anstatt hinter ihrem Rücken ihre Strategien zu entschlüsseln; ich hätte mir gerne jetzt, wo wir beide Mütter waren, gemeinsam mit ihr etwas ausgedacht, wie wir unsere schlechte Laune und die Kinder und den Irrsinn der Elternschaft in den Griff bekämen – ohne so werden zu müssen wie Tante Elke.

Das kann nämlich auch ausarten, habe ich gelesen. Dass Mütter ihren Kindern nicht nur Mandarinenschnitze, sondern Medikamente geben, chemische Substanzen, die sie vergiften. Dass sie ihnen alle möglichen Krankheiten andichten, um dann im Krankenhaus eine Behandlung zu erzwingen. Dass sie ihre Kinder selbst unentwegt behandeln, gegen nicht vorhandene oder erst durch die Mütter selbst hervorgerufene Symptome, um endlich Anlass für ihre ewigen Sorgen zu haben und ehrliche Anerkennung von der Gesellschaft zu bekommen.

Münchhausen-by-proxy-Syndrom nennt man das.

Ich glaube nicht, dass Tante Elke so etwas getan hat, und ich bin mir ziemlich sicher, dass meine Schwester so etwas nicht tut.

Aber warum eigentlich? Weil es immer die anderen sind, die vollends durchdrehen, während sich der Wahnsinn bei den Müttern in meinem Bekanntenkreis auf ein paar Mandarinenschnitze zu viel und ein Paar Winterstiefel zu wenig beschränkt?

Wohl kaum.

Aber ich traue mich nicht, meine Schwester darauf anzusprechen, schon gar nicht, nachdem sie es sich damals bei den Disteln auf dem Spielplatz ausdrücklich verbeten hat.

»Ich mache mir Sorgen um dich«, habe ich damals gesagt, »ich sehe doch, dass du völlig fertig bist.«

»Ach«, hat sie geantwortet, »und du glaubst, dass es besser wird, wenn du noch zusätzlich Druck auf mich ausübst?«

»Ich will keinen Druck auf dich ausüben, ich will dir helfen. Dir sagen, was ich sehe, damit du – also weil doch – «

»Danke nein«, hat sie mein Ringen nach den richtigen Worten unterbrochen. »Du bist nicht die Person, von der ich gute Ratschläge gebrauchen kann.«

Ich nicht. Aber wer dann?

Meine Mutter hat, so viel ich weiß, nie etwas zu Tante Elke gesagt.

Bei Marlies hat sie es geschafft, sie zu warnen und letztlich zu verlassen, aber bei Tante Elke hat sie schweigend zugesehen und dann eher beiläufig den Kontakt zu ihr einschlafen lassen. Jeder nach seiner Façon. Auch, nein: gerade wenn es die eigene Schwester ist, die durchdreht, die eigenen Neffen und Nichten, die sterben.

»Es nützt nichts«, sagt auch Hendrik, »vergiss es, du bist zu nah dran.«

Heißt das, dass ich meine Schwester machen lassen und meiner Nichte wohl oder übel beim Verrecken zusehen muss? Wem, der ihnen *nicht* nahesteht, liegt gleichzeitig genug an ihnen, um einzugreifen? Dem Staat? Der empfiehlt regelmäßige Vorsorgeuntersuchungen, dokumentiert im gelben Heft, das jedes Kind zur Geburt bekommt. Ein Fest für alle Tante Elkes, eine Inspirationsquelle, eine Fundgrube für die Fantasie der Befunde!

»Abnorme Stühle«, »Krampfanfälle«, »Schrilles Schreien«, »Apathie«.

Wir werden ins Sprechzimmer gerufen.

Frau Krömer wirft einen Blick auf Bo, der seinerseits einen Blick auf das Gummibärchenglas wirft.

»Welche Farbe?«, fragt Frau Krömer und mustert ihn stirnrunzelnd über den Brillenrand hinweg; weiter kein Befund, als dass die meisten Kinder ein rotes wollen.

Die Sprechstundenhilfe gibt mir den Zettel mit der Gesundschreibung. »Schönen Tach noch!«, und damit sind wir raus.

Ich liefere Bo im Garten der Kita ab. Er klammert sich an mein Bein, hat vermutlich geglaubt, er müsse heute nicht mehr hin, hätte statt der Gesund- eine Krankschreibung erhalten, könne weiter mit mir Besorgungen machen oder mit mir nach Hause kommen und fernsehen.

»Nein, das geht nicht«, sage ich, aber natürlich ist das gelogen, klar ginge das, wenn ich wollte. Wenn ich es wollte, könnte ich ihn auch gänzlich zu Hause versorgen, ihn von der Kita abmelden; Bo könnte Tag und Nacht bei mir sein, bis er sechs oder sieben ist und die Schulpflicht ihn wegholt.

Dass ich arbeiten muss, habe ich mir selbst ausgedacht; wir könnten ja versuchen, nur von Hendriks Geld zu leben oder Hartz IV beantragen. Ich habe mir alles, mein komplettes Leben, selbst ausgedacht – und mit ihm das von Bo. Ich habe mir Bo ausgedacht, ich hätte ihn weiß Gott nicht bekommen müssen. Ich hätte keines meiner Kinder bekommen müssen, ich habe sie *unbedingt gewollt*. Und jetzt will ich, dass Bo mein Bein loslässt und ich abhauen kann.

»Komm jetzt, Bo, Mutti muss arbeiten.«

Sylvies Stimme, aber ich hätte es auch selbst sagen können.

Viele Mütter reden von sich in der dritten Person, ich könnte ausrasten, wenn ich es höre.

Für wie beschränkt halten sie ihre Kinder, dass die nicht wissen, wer gemeint ist, wenn ihre Mütter »ich« sagen?

Aber vielleicht tut es ja auch gut, sich von sich selbst zu distanzieren, diese seltsame »Mutti« zu erfinden, die zwar genauso aussieht wie »ich«, aber nicht ich ist. Ich bin woanders! Ganz gewiss nicht in diesem Kitagarten mit seinen Baumstumpfstühlchen und Rutscheautos; niemals käme ich freiwillig in so eine bekloppte Situation: Kind am Bein, Erzieherinnenblicke im Nacken, Hilflosigkeit und jetzt auch noch Lügen und Ausflüchte.

»Mutti muss arbeiten.«

Vielleicht sollte ich das auch mal probieren. Vielleicht sollte ich einfach aufhören, so viel über alles nachzudenken und mich dem allgemeinen Mutti-Sprech ergeben – wer bin ich denn, mir und den anderen irgendwelche Fragen aufzudrängen, auf die ich dann doch keine Antworten weiß?

Wenn ich meiner Schwester ein Münchhausen-by-proxy-Syndrom andichte, nur weil sie ein paar Mandarinen schält, bin ich selbst krank.

Punkt fünf von Regines Diagnosekatalog: Schwarzseherei.

Ich *will*, dass meine Schwester krank ist! In Wahrheit bin nämlich *ich* die Wiedergängerin von Tante Elke; ich will, dass alle Mütter krank sind, damit ich eine Entschuldigung dafür habe, warum sie mir so auf die Nerven gehen.

Ich sollte sie einfach in Ruhe lassen und akzeptieren, dass ich selbst krank bin. Oder sagen wir: überfordert. Ausgebrannt. Intolerant, nicht anpassungsfähig genug für das Leben, das ich mir selbst ausgesucht habe.

»Mutti muss zur Arbeit«, warum sage ich das nicht einfach?

Und vorne am Tor könnte ich noch ein bisschen mit Anselms Mutter darüber plaudern, dass Anselm auch so eine Phase gehabt habe, aber klar, man wisse nie, was sie ausbrüteten, vielleicht sei Bo doch auch noch ein bisschen angeschlagen, war er nicht am Freitag erst krank gewesen? Ja, sicher, und vielleicht kämen auch neue Zähne, na ja, was auch immer. Irgendwas ist immer! Ergebenes Lachen. Aber auch das gehe irgendwann vorbei, sie jedenfalls, Anselms Eltern, seien übernächste Woche in Urlaub, wie gut, wenn man noch keine Schulkinder habe und die Nachsaison nutzen könne, nicht? Wo *wir* denn gewesen seien, Hendrik und ich? Oh wow, das klinge doch toll. Ganz genau. Und den Rest der Zeit ist es halt Scheiße.

Wer bin ich, dass ich Anselms Mutter oder sonst wem andere Fragen aufdränge als die nach Urlaubszielen und Milchzähnen?

Ich gehe jetzt nach Hause und lege mich ein Stündchen hin.

Ich bringe ohnehin nichts Gescheites mehr zustande; wenn ich jetzt noch ins Büro gehe, ist es für die Katz; ich bin viel zu spät, und dann ist es ja auch kein richtiges Büro, sondern nur einer dieser Schreibtische, auf denen ein Rechner steht und ein Stuhl davor; ein Stuhl, auf dem ich jeden Tag sitze und versuche, den richtigen Ton zu treffen, den Zeitgeist. Der aber heute garantiert an mir vorbeifliegen wird, ich bin müde, ich weiß nicht mehr, was angesagt ist;

und ob ich heute oder morgen mit meinem Beitrag fertig werde, interessiert auch niemanden, weil es ohnehin zu viele von diesen Beiträgen gibt. Der Redakteur wird froh sein, noch einen Tag länger von mir verschont zu bleiben.

Vielleicht kann ich einfach den Balkon neu bepflanzen, die Kapuzinerkresse rausreißen, die schon seit Wochen schwarz vor Blattläusen und zudem inzwischen vertrocknet ist. Es wird höchste Zeit, dass die mal wegkommt, und in der Erde zu wühlen, wird mir gut tun, das beruhigt den Geist, und ich kann hinterher sehen, was ich geschafft habe.

Keine anderen Fragen als die nach dem Wetter, der Balkonbegrünung und danach, was es später zum Abendbrot gibt.

Tagsüber fällt es mir leichter zu schlafen als nachts.

Das Haus ist fast leer, bis auf die Senioren und Maren. Maren ist mit Lea zu Hause, aber Maren kommt nie zu uns hoch. Maren gehört auch zu denen, die finden, dass Hendrik und ich nicht gut auf unsere Kinder aufpassen würden. Maren lässt ihre Mädchen niemals aus den Augen und bestimmt nicht alleine zu uns. Und die Mädchen hören auf sie, zumindest jetzt noch.

Ich liege da und höre auf meinen Atem, folge ihm bis hinunter in den Bauch.

Ich weiß, wie man das macht, ich habe Entspannungstechniken gelernt.

Mein rechter Arm wird schwer.

Mein rechter Arm wird ganz, ganz schwer.

Heute Abend ist Plenum.

Außenstehende wundern sich, woher wir jetzt, da das Haus steht, noch die Themen für unser Plenum nehmen. Ich antworte daraufhin immer: »Selbstverwaltung. Weißt du? Wir machen die Verwaltung selbst.«

Das ist nicht direkt gelogen, aber im Plenum geht es weniger um Verwaltungsfragen als darum, wer zu diesen Fragen welche Einstellung hat. Ob es zum Beispiel spießig sei, auf die Einhaltung der Feuerschutzverordnung zu bestehen, wer warum wie viel heize und wie oft dusche, und weshalb, wenn diese Details Privatsache seien, nicht auch der Wasserverbrauch im Sandkasten Privatsache sei.

Jörn moderiert.

Jörn ist gut darin, seine persönliche Meinung so klingen zu lassen, als sei sie ausschließlich sachbezogen, Ausdruck gesunden Menschenverstandes und ohnehin der Wille der Gruppe. Er wird selten heftig, außer wenn es gegen das eindeutig Böse geht, körperliche Gewalt beispielsweise oder anonyme Kommentare auf gut gemeinten Aushängen. Ansonsten ist Jörn ruhig und vor allem großzügig und hilfsbereit. Er hat einen Haufen Geld, weil er nicht nur gut verdient, sondern auch noch eine Menge von seinen Eltern bekommen hat – und erben wird, wenn sie mal tot sind. Er teilt gerne und ohne Gegenleistungen zu erwarten; er ist groß und gut aussehend, wirkt aber mit seinen Locken und den runden Augen harmlos. Alle mögen ihn.

Die Moderation wechselt eigentlich dem Alphabet nach, doch Jörn moderiert auch, wenn er nicht an der Reihe ist. Es gilt bei uns – ähnlich wie in der Grundschule – die Stopp-Regel, nach der sich jeder in den Plenumsablauf einschalten darf, wenn er eine Störung wahrnimmt oder der jeweilige Moderator versagt. Jörn tut das oft. Er ruft dann zwar nicht »Stopp!«, aber er fasst mit seiner angenehm ruhigen Stimme die Diskussion zusammen und schlägt vor, wie man sie abkürzen könnte.

Mein rechter Arm wird schwer.

Mein rechter Arm wird ganz, ganz schwer.

Mein rechter Arm wird so schwer, dass ich ihn nicht mehr heben kann; ich muss mich niemals wieder zu Wort melden, außerdem wissen die anderen ohnehin schon längst, was ich sagen will.

»Eine Art von Dorfleben mitten in der Stadt«, steht auf unserer Homepage, und jetzt, nach knapp drei Jahren Wohnphase, sind wir endgültig Dörfler geworden, wissen alles voneinander, hören schon am Schritt, wer durchs Treppenhaus geht, und am Einatmen, was der andere gleich sagen wird. Und reden nur mehr hinter vorgehaltener Hand.

Wir kämpfen. Wir vergleichen.

Jedes Fehlverhalten der Kinder legen wir aus und legen es uns selbst zur Last.

Spiegeln nicht die Kinder unser eigenes Verhalten? Bekommt man nicht genau das Kind, das man verdient?

Wer zu viel auf sie aufpasst, behindert sie in ihrer motorischen Entwicklung, ist schuld an ihrer Unselbstständigkeit, ihren Unfällen, ihrem Tod.

Wer ihnen zu viele Freiheiten lässt, riskiert, dass sie nicht Maß halten, ist schuld an ihren Süchten, ihren Wunden, ihrem Tod.

Wer sie anschreit, ist schuld, wenn sie schreien.

Wer sie schlägt, ist schuld, wenn sie schlagen.

Wer sich zusammenreißt, ist schuld an ihrer Verunsicherung; wer nur so tut als ob, ist schuld an ihrer Hinterhältigkeit.

Wer geht, ist schuld an ihren Bindungsängsten.

Und wer bleibt, muss in einem fort entscheiden, was das kleinere Übel ist – und das dann irgendwie in Kauf nehmen. Unter den erbarmungslosen, abschätzigen Blicken der anderen.

Ich weiß nicht, wie ich das noch aushalten soll auf die Dauer. Das wird immer schlimmer werden, wenn die Kinder älter sind, wenn sich nach und nach rausstellt, aus welchem was wird –

Wir haben sie bekommen, wie unsere Mütter uns bekommen

haben: zur Verstärkung, zur Verteidigung, zur Verwirklichung unserer Ideale. Sie sollen all das tun, was wir selbst nicht hinbekommen, sie werden es mal besser haben, sie werden es mal besser *machen*.

Wir selbst machen es derweil ungefähr genauso wie unsere Mütter: weil wir nicht wissen, wie wir es sonst machen sollen.

Wer weiß, was passiert, wenn ich nicht zum Elternabend gehe? Oder zum Plenum? Wenn ich nicht mehr mitspiele?

Dann fliegen wir hier raus.

Ich muss achtgeben und dafür sorgen, dass wir allgemein beliebt bleiben; ich muss Hendrik behalten sowie meine Nerven.

Meine Mutter hat sich auch immer wieder eingekriegt, oder?

Immerhin herrschte kein Krieg, es gab eine Menge ungeahnter Chancen, Vollbeschäftigung, Gesamtschulen, das Frauencafé Sarah und Kindertheater auf Schallplatte.

Niemand musste meiner Mutter anmerken, wo sie herkam, sie konnte sich selbst alles beibringen und Selbsthilfe leisten an den eigenen zwei Töchtern, so wie ich Selbsthilfe geleistet habe am Bau. Es ist das, was ich kenne, und eine bessere Idee habe ich nicht.

Ich muss zusehen, dass Bo und Lina eine Gymnasialempfehlung bekommen, dass wir das Dach überm Kopf behalten, dass ich nicht krank werde wie Manuelas Mutter.

Die Zeiten des Aufstiegs sind vorbei; ich kann froh sein, wenn meine Kinder überleben.

Warum noch so tun, als ginge es um irgend etwas anderes?

Ich stehe auf und gehe auf den Balkon, stopfe die Kapuzinerkresse mitsamt dem Kasten in einen blauen Müllsack. Den werde ich so, wie er ist, in die Restmülltonne werfen, entgegen unseres Beschlusses, den Müll ordentlich zu trennen.

Denn ich glaube nicht mehr an Mülltrennung, Achtsamkeit und kleine Schritte.

Erst wenn alles kaputt ist, wenn die letzten Rohstoffe verbraucht sind, wird sich irgendetwas ändern.

Als ich unten bin, habe ich's mir allerdings schon wieder anders überlegt.

Ich werfe die Kapuzinerkresse auf den Kompost und den Kasten in die gelbe Tonne. Trotz ist albern und Wut ein schlechter Ratgeber.

Ruhig bleiben, Sandra. Nachvollziehbar.

Heute Abend im Plenum werde ich mich zu Wort melden und erklären, wieso es nicht mehr so weitergehe mit diesen rechtschaffenen Beschlüssen, überhaupt mit dieser ganzen Rechtschaffenheit, die in Wahrheit nur das bestehende System schütze: Mülltrennung, was für ein Irrsinn, der ganze Müll ist Irrsinn, unsere ganze Lebensweise.

Wenn ich genug gute Beispiele finde, wird man mir zuhören; wenn ich freundlich bleibe und niemanden direkt angreife, dann –

Dann –

Hendrik hat das Plenum aufgegeben. Geht nicht mehr hin, behauptet, die Kinder hüten zu müssen, dabei schlafen sie längst und fürs Kino lässt er sie auch oft alleine.

Er grinst.

Er weiß, dass die Nachbarn ihn durchschauen, dass sie ihrerseits oft genug den Kinderdienst vorschieben, um das Plenum zu schwänzen. Ich kann nicht so zynisch sein.

Punkt sechs und sieben aus Regines Diagnosekatalog: Zynismus und tief empfundene Vergeblichkeit.

Ich kann nicht glauben, dass unsere Hausgemeinschaft, die doch bis hierher, bis ins eigenhändig gebaute, selbstverwaltete Haus gekommen ist, nicht mehr gemeinsam weitergehen will. Dass wir auch untereinander nur noch so reden wie mit den Kitamüttern am Tor: keine Fragen als die nach dem Wetter, dem letzten Urlaub und dem oberflächlichen Gedeihen der Kinder.

Heute Abend werde ich das ändern. Ich werde alles ins Plenum tragen: die enttäuschte Liebe, die unerfüllten Erwartungen, die fehlende Anerkennung, den Stolz, die Scham. Ich werde nicht mehr zulassen, dass wir die Offenheit nur vorgeben, und uns mit allem, was entscheidend ist, hinter unseren Wohnungstüren und hinter unserem Lächeln verschanzen.

Ich werde meine Gruppe aufrütteln.

6

Beim Abholen treffe ich Ricarda in der Kitagarderobe.

»Hi«, sagt sie und fährt Bo durch die Haare, »seid ihr gleich im Garten? Maren hat ein neues Planschbecken gekauft.«

Ein Planschbecken. Auch das noch.

Ja, sicher, die Sonne scheint. Die Sonne scheint und wir treffen uns im Garten!

Es wird fürchterlich werden.

Finn wird auf die Idee kommen, Stöcke und Steine ins Planschbecken zu werfen, nur um mal zu sehen, was das Becken wohl so aushält. Weil er schlau ist, wird er das aber nicht selbst machen, sondern Aaron dazu anstiften, es seinerseits zu tun. Joshua wird daneben stehen und nicht wissen, ob und wie er den perfiden Plan vereiteln soll. Er wird sich nicht entscheiden können, was er schlimmer findet: den Ärger mit den Erwachsenen oder den Ärger mit Finn.

Berit wird nicht da sein, um Finn in Schach zu halten. Sie geht davon aus, dass er groß genug ist, um allein im Garten zu spielen, und falls sie doch runterkommt, dann mit einer schönen Tasse Kaffee und ihrer Zeitung, während Maren mit freundlicher Stimme versucht, Aaron am Steineschmeißen zu hindern.

In Marens Rücken wird derweil Sabines Tochter Marens Tochter die Windel ausziehen, woraufhin Sabine sie mit freundlicher Stimme dazu auffordert, das doch bitte sein zu lassen.

Sabines Mutterstimme ist überhaupt die schlimmste aller Mütterstimmen.

In Sabines Stimme ist das Scheitern bereits eingebaut, Sabines Stimme hat diesen leiernden Ton absoluter Vergeblichkeit – und ihre Tochter tut, was sie will. (Was sie muss?)

Sabines Tochter jedenfalls zieht Marens Tochter die Windel aus, wirft die Windel ins Planschbecken, hebt Marens Tochter hoch, die noch nicht laufen kann, setzt sie ins Planschbecken, tunkt ihr den Kopf unter Wasser – »Haare waschen, Lea muss Haare waschen« – und das alles unter den nicht abbrechenden Hinderungsversuchen von Sabine, die selbst nicht anwesend zu sein scheint.

Anwesend ist nur ihre milde leiernde Stimme: »Nein, Liebling, lass das doch, sieh mal, ja? Lea möchte das nicht. Nein, Liebling, nein, nicht die Windel. Du, das ist nicht gut, dass du Lea trägst, sie kann selbst laufen, nein, schau doch Schatz, sie schleift über den Boden. Nein, Liebling, nein, nicht ins Wasser, nein, hör doch, hör doch mal, Schätzchen, Lea, sie weint!«

Den Teufel werde ich tun und in den Garten gehen; es reicht mir, Sabines Stimme später im Plenum zu hören.

»Ich weiß nicht«, sage ich zu Ricarda, »ich glaube, wir müssen noch einkaufen gehen.«

Ich warte, dass Bo sich die Sandalen anzieht.

Wieder muss ich an meine Schwester denken, an letzten Sommer, unseren letzten gemeinsamen Ausflug mit den Kindern.

Wir saßen nebeneinander auf der Bank am Spielplatz; es wäre schön gewesen, sich zu unterhalten, aber Wiebke übte sich in Vergeblichkeit.

»Lass die Schuhe bitte an«, sagte sie, und meine Nichte zog die Schuhe aus.

»Dann wenigstens die Socken, ja?«

Ich betrachtete Wiebke von der Seite.

»Lieber strümpfig als erkältet«, erklärte sie, »ich muss sowieso neue Socken für sie kaufen.«

Ich nickte. Ich war solidarisch.

Meine Nichte zog die Socken aus.

Und so ging das weiter: Pulli, Hose, Schuhe, Socken, Hemdchen, Schlüpfer, Windel. Meine Schwester bat, meine Nichte zog sich aus, bis sie nackt war, und ich versuchte, solidarisch an etwas anderes zu denken.

Plötzlich sprang Wiebke auf und schrie: »Was fällt dir ein, hier mit Sand zu werfen? Das darf ja wohl nicht wahr sein, was hat deine Mutter dir eigentlich beigebracht?!«

Ein fremdes Kind hinterm Spielhäuschen. Es duckte sich. Ich duckte mich auch.

Meine Nichte überlegte einen Augenblick, musterte meine Schwester nachdenklich, dann nahm sie eine Schippe und warf versuchsweise mit Sand.

Ich kann nicht mehr. Ich muss aus der Schusslinie.

Wie kann ich meine Schwester zurückweisen, und mir dann doch täglich dieselbe Scheiße antun?

»Ich kann nicht mit dir in den Garten gehen«, sage ich zu Ricarda. »Ich halte es dort nicht mehr aus. Erst gestern hast du Finn mit der Ketchupflasche erschossen, weißt du das nicht mehr? Ich kann diese unterdrückten Aggressionen nicht mehr ertragen, außerdem kann ich dich nicht leiden, wenn du mit den Kindern zusammen bist, ich treffe schon meine Schwester nicht mehr wegen dieser fürchterlichen Vergeblichkeit – hast du mal mit geschlossenen Augen Sabines Stimme zugehört?«

Ricarda ist allerdings schon weg.

Bo betrachtet seine Füße, irgendwas stimmt nicht. Er hat den rechten Schuh am linken Fuß und umgekehrt.

Ricarda, Sabine, meine Schwester.

All diese Angstmütter, die nicht nur ihre Kinder ständig im Auge behalten müssen, sondern umgekehrt auch von ihnen nicht aus den Augen gelassen werden: »Was wird als nächstes passieren?«, scheinen die Kinder sich zu fragen. »Wird Mama wüten oder weinen? Wozu sind wir gebeten? Was sollen wir nur tun?!«

Ein ewiges, gegenseitiges Belauern. Die Mütter geben vor, ihre Kinder behüten zu müssen, doch in Wahrheit lassen sie sich von *ihnen* behüten.

Meine Mutter hat das offen zugegeben: dass sie mich nur bekommen hat, um nicht mehr mit meiner Schwester alleine zu sein.

Das sagen ja nun viele, dass Geschwisterkinder als Spielkameraden für die ersten Kinder gezeugt worden seien, aber meine Mutter meinte das anders. Sie hat gerne von dem Tag erzählt, als sie im Garten stand und die Wäsche aufhängte und meine Schwester angerannt kam und ihr ohne Vorwarnung kräftig in die Wade biss. Dass genau das der Moment gewesen sei, in dem sie gedacht habe: »So, meine Liebe: *Jetzt* bekommst du ein Geschwisterchen!«

Ich bin als Leibwache meiner Mutter gezeugt, ihr zum Schutz bin ich geboren worden. Kein Wunder, dass Wiebke das Gefühl hat, ich sei nicht solidarisch. Bin ich auch nicht. Ich werde aggressiv von ihrer doppelzüngigen mütterlichen Machtausübung, ihrem Hin und Her, dieser Unberechenbarkeit: Meine nackte Nichte kommt zu ihr gelaufen, kuschelt sich in ihren Schoß, greift ihr unters T-Shirt, und Wiebke stößt sie zurück: »Fass mich nicht an, lass mich in Ruhe«, nur um sie gleich darauf voll schlechten Gewissens wieder an sich zu ziehen, sie zu streicheln und ihr letzten Endes doch die Brust zu überlassen.

Ich sehe sie vor mir, Wiebke, als Kind: mit wütenden Augen und wirrem, verschwitztem Haar, die Lippen fest zusammengepresst. Keinen Ton wird sie meiner Mutter erzählen, egal, womit diese droht oder lockt, keinen Ton.

Warum tust du das?, dachte ich schon damals, warum gibst du ihr nicht einfach das, was sie will? Wo es doch so leicht war, unserer Mutter zu gefallen: einfach alles erzählen, sie teilhaben lassen an dem, was man fühlte.

»Lass mich in Ruhe«, sagte Wiebke stattdessen zu unserer Mutter, »Fass mich nicht an« und: »Schau nicht so blöd«.

Warum sagst du das?, fragte ich mich damals, wenn du dich doch eigentlich nach ihr sehnst? Und wonach sehnst du dich, wenn du nicht willst, dass sie irgendwas von dir weiß?

Kurzschluss, Verwirrung, Rinderwahnsinn, Tod.

Wer bist du, wer ist sie und warum stillst du dein Kind nicht einfach ab?

Nichts ist einfach, nicht für uns.

Wir sagen vier zu vier, doch in Wahrheit steht es eins zu sieben.

Ich bin nicht so wie meine Schwester, doch das darf keiner wissen, das allein ist schon Verrat.

Wiebke weiß es natürlich. Und sagt, ich ließe sie es spüren, eins zu sieben, jedes Mal. Also wird sie lieber sterben, als jemals noch einen Ratschlag von mir anzunehmen; wer bin ich, dass ich mich über sie erhebe?

Manuela ist tot, ich lebe. Obwohl wir doch die gleichen Chancen hatten, unsere Klasse ganz fest zusammenhielt –

Ich weiß, ich hatte Glück, dass meine Mutter nicht krank war, nur zwei Kinder hatte statt sechs.

Meine Mutter hat alles dafür getan, um zu verbergen, wo sie eigentlich herkam, dass sie kein Abitur und kein Geld hatte. Meine Mutter hat dafür gesorgt, dass Wiebke und ich aufs Gymnasium durften, mithalten konnten; meine Mutter hat ganz genau beobachtet, was dafür nötig war, wo die reichen Kinder ihre Schlüpfer herhatten und wie man sich beim Elternabend benahm. Meine Mutter war schlauer als Manuelas Mutter, und ich bin genau wie sie.

Ich weiß über alles Bescheid, schlängele mich durch. Ich gebe vor, aus rein ökologischen Gründen nicht auf die Kanaren zu fliegen, investiere unser Geld in ausgesuchte Unterwäsche, denn was man drüber trägt, kann ruhig vom Flohmarkt stammen, das ist dann keine Geldnot, sondern Lifestyle! Hier im Projekt bin ich die kluge und verständnisvolle Sandra, wo ich doch in Wahrheit alle hasse und verachte. Aber ich muss mich einschmeicheln, unersetzbar machen, denn wo landen wir sonst? Ohne dieses Haus können wir uns den Bezirk nicht mehr leisten, also sind wir nützlich, garantieren die lustige, lebendige Mischung, sind die Bedürftigen, die Leuten wie Jörn und Ricarda das Gefühl vermitteln, dass sie nicht abheben mit all ihrem Geld. Vier zu vier, ja, das sind wir!

Wenn ich abends erschöpft vom Versteckspiel im Bett liege, schiebt sich das Bild von Manuelas bleichen Beinen vor mein inneres Auge, dann steige ich zu ihr in die Duschwanne, lege meine Lippen an ihre: »Komm, Manuela, steh auf!«, und gebe ihr eine Mund-zu-Mund-Beatmung.

Ich kann das, ich habe den Rotkreuzkurs besucht. »Fit für die Elternschaft«, hieß es in der Anzeige.

Wenn ich abends erschöpft vom Mund-zu-Mund-Beatmen im

Bett liege, verschwimmt in meinem Kopf das Bild von Manuela mit dem meiner Schwester.

Wie kann es sein, dass sie so viel mehr gelitten hat als ich? Sind wir nicht beide aus ein und demselben Stall?

Ja, das sind wir. Ich bin unsere Mutter, und Wiebke ist Tante Elke.

Und ich kann sie nicht retten, ich bin zu nah dran.

Bo will Eis kaufen gehen beim Kiosk.

»Dann müssen wir für die andern aber auch eins mitbringen.«

Er sieht mich mürrisch an.

»Wir kaufen eine Zwölferpackung bei Kaiser's.«

Das ist nicht das, was Bo sich vorgestellt hat.

»Du darfst es verteilen.«

Er willigt ein.

Wir kaufen eine Zwölferpackung A&P-Pseudo-Magnums; Bo sichert sich eines mit Mandelsplittern, bevor er den Rest im Garten verteilt.

Keine Stöcke und Steine bislang im Planschbecken, vielleicht hat Finn Training oder ein neues Computerspiel bekommen und sitzt deshalb oben; oh nein, da kommt er, grinst ein bisschen unsicher, wirft mir einen raschen Blick zu, nähert sich Bo, der noch genau *ein* Eis mit weißer Glasur übrig hat – und seines. Finn will das mit Mandeln, natürlich, wer nicht. Finn wirft mir erneut einen Blick zu, ich schaue weg.

»Darf ich deins?«, fragt Finn Bo.

Ich sehe wieder hin.

Bos Augen sind auf Finn gerichtet, sein Mund steht leicht offen; er überlegt.

Ich liebe Bo.

In seinem Kopf arbeitet es, sein Gesicht spiegelt sein Dilemma.

Stünde ein anderer vor ihm als ausgerechnet Finn, wäre die Antwort klar – niemals würde Bo sein Eis hergeben, warum auch? Aber es ist Finn.

Ich liebe Bos Augen, Bos Stirn, Bos Gedanken. Alles ist offen, alles ist im Fluss.

Ich denke: »Wie kommt Finn überhaupt dazu, ihn zu fragen? Natürlich darf er Bos Eis *nicht*, es ist Bos Eis, und ist es nicht unanständig, diesen Druck auf ihn auszuüben?«

Ich bin still. Es ist Bos Entscheidung. Was weiß denn ich? Vielleicht kann er sich Finns Zuneigung erkaufen, vielleicht ist Bo dieses Eis gar nicht so wichtig – jetzt nicht mehr, wo es um etwas anderes, um etwas Größeres geht. Und wäre es nicht schön ihn zu sehen, wie er selbstlos und freigebig ist? »Ja, bitte, nimm nur!« Wenn's nur nicht Finn wäre!

Denn natürlich ist Bo das Eis wichtig. Niemals würde er es hergeben, aber vielleicht ist ihm Finns Freude noch wichtiger, ganz egal, wie kurz sie währt und ob sie tatsächlich dazu führt, dass Finn ihn dann auch mitspielen lässt beim Steine-ins-Planschbecken-Werfen.

Ich kann es nicht mehr aushalten.

Ich stehe auf und gehe weg.

Ich will nicht wissen, wie Bo sich entscheidet.

Ich hätte keine Kinder in die Welt setzen dürfen, ich werde mit den simpelsten Situationen nicht fertig, die Liebe zu ihnen zerreißt mir das Herz, ihre Gesichter sehen zu müssen in Momenten wie diesen. Was erst, wenn sie vor noch weitreichenderen Entscheidungen stehen? Wie soll ich jemals die nötige Distanz aufbringen und ihnen beistehen?

Mit vierzehn habe ich mitbekommen, dass meine Schwester in einen Jungen verliebt war, der seinerseits nichts von ihr wollte. Auf dem Schulfest habe ich sehen können, wie sie darauf hoffte, mit ihm zu tanzen. Ich wusste von ihr selbst, dass der Typ sie bereits geküsst hatte, sie aber offiziell nicht zu seiner Freundin machen wollte, und ich fand, dass dieser Umstand etwas mehr Stolz von ihr gefordert hätte. Jedenfalls nicht dieses Gesicht, in dem ich unter der zur Schau gestellten Gleichmut die enorme Anstrengung und die wahren Sehnsüchte erkennen konnte. Ich war überzeugt, dass alle anderen das auch konnten, und meine Schwester tat mir leid, und ich schämte mich.

Schließlich ging sie so weit, den Typen ihrerseits zum Tanzen aufzufordern, und wenn ich heute darüber nachdenke, weiß ich immer noch nicht, wie ich das finden soll. Ich könnte denken, prima, das war doch offensiv und unerschrocken; damals dachte ich: »Warum? Warum holt sie sich freiwillig eine neue Runde Demütigung ab und lässt die gesamte Oberstufe daran teilhaben?«

Er tanzte mit ihr und hielt sie gleichzeitig auf Abstand, indem er sich dabei zerstreut im Raum umsah; ich hasste ihn, obwohl ich durchaus einsah, was meine Schwester an ihm fand. Und wer weiß: Vielleicht hat sie während dieses Tanzes ja wieder gespürt, dass er sie eigentlich *doch* wollte, küssen zumindest, wenn sie auch sonst nicht infrage kam wegen ihrer offensiven Art.

Eine Schlampe war sie, meine Schwester, mit wütenden Augen und wirrem, verschwitztem Haar. Eine, die Leute ohne Vorwarnung in die Wade biss und dann schwieg, statt zu sagen, warum genau.

Sie hatte einen festen Freund, Töffi, der sich, während sie mit dem anderen tanzte, mit dem aufsichtsführenden Deutschlehrer unterhielt; Töffi gehörte zu den »Intis«, den Intellektuellen, den Einserschülern, die sich ab der zehnten Klasse mit den Lehrern duzten oder zumindest nicht mehr einseitig von ihnen duzen ließen. Töffi scherzte also mit dem Deutschlehrer und störte sich nicht daran, dass seine Freundin in einen anderen Jungen verliebt war; vielleicht wusste er es auch nicht, oder er wusste, dass das nichts ändern würde, weil der Typ sowieso nichts von ihr wollte.

Töffi hatte meine Schwester trotz oder sogar wegen ihrer offensiven Art zur Freundin genommen, die genauen Umstände kannte ich nicht, die hatte sie mir nicht erzählt.

Erst jetzt fällt mir auf, dass ich mehr über die aussichtslose Liebe meiner Schwester zu diesem Typen auf der Tanzfläche wusste als darüber, wie sie mit ihrem echten Freund Töffi zusammengekommen war.

Ich fürchte fast, es geschah unserer Mutter zuliebe.

Jedenfalls war die ihrerseits vernarrt in Töffi, weil man sich so gut mit ihm unterhalten konnte; und Töffi saß dementsprechend oft noch mit unserer Mutter zusammen und rauchte und redete, während meine Schwester schon ins Bett gegangen war. Irgendwann kam er dann auch zu Besuch, wenn meine Schwester nicht da war, aß mit uns zu Abend, und irgendwann brachte meine Schwester wiederum den Typen von der Tanzfläche dazu, doch noch mit ihr zu schlafen, aber wie genau, das weiß ich nicht.

Ich weiß auch nicht, woher ich's weiß, aber ich bin mir sicher: Sie war erlöst und der Typ kein Thema mehr – ein gut aussehender Schnösel, weiter nichts.

Ich selbst hatte inzwischen angefangen, mich mit Töffi zu küssen, was irrsinnig Spaß machte, weil er gut roch und schmeckte und drei Jahre älter war und keine sonstigen Verpflichtungen damit für mich einhergingen.

Wenn ich es mir jetzt überlege, war das wirklich nett von meiner Schwester: wie sie mich und auch unsere Mutter versorgte mit diesem unverbindlichen, erfreulichen Kontakt. Aber vielleicht war sie ja ihrerseits auch einfach froh, sich nicht so viel mit ihm unterhalten und ihn nicht so oft küssen zu müssen, weil meine Mutter und ich einen Großteil des Pensums erledigten.

»Was bedeutet das?«, hat sie jedenfalls gefragt, als sie Töffi und mich beim Küssen erwischte.

Er sah mich an, ob ich wohl böse wäre, wenn er antwortete: »Nichts«, und ich zuckte mit den Achseln, also sagte er: »Nichts.«

Tatsächlich wäre es übertrieben gewesen, daraus eine große Sache zu machen; sie war ihm ihrerseits nicht treu und ich drei Jahre jünger. Keine echte Konkurrenz.

Trotzdem erscheint mir das Ganze inzwischen merkwürdig, und ich frage mich, wie es gewesen wäre, wenn meine Mutter ihn geküsst und ich mit ihm geredet hätte, oder wenn ich statt Töffi den Tanzflächentypen geküsst hätte. Ob sie dann vielleicht wütend geworden wäre?

Aber im Grunde glaube ich, dass wir immer nur so weit gingen, wie es gerade noch okay war, meine Schwester, unsere Mutter und ich. Und ich frage mich jetzt, woher wir das wussten, und ob es überhaupt stimmt.

Es sieht so aus für mich, rückblickend.

Und ich wünsche mir diese Sicherheit zurück, dieses Vertrauen, dass nichts wirklich Schlimmes passiert. Ausrutscher, ja, und die ein oder andere Sache, die das Leben bunt und aufregend macht, aber nichts wirklich Schlimmes, nichts existenziell Bedrohliches. Genau das richtige Maß an Wagnis, Exotik, Exaltiertheit.

Vielleicht eine kleine Affäre. Ein halbes Jahr in Indien, eine WG, in der nicht ganz klar ist, wer eigentlich mit wem – all das hilft, den Alltag und das Älterwerden besser zu ertragen, ist ein As im Ärmel gegen die Leute, die einen zu kennen glauben: Ha!, wenn die wüssten, was ich so treibe nebenher. Wenn die ahnten, dass ich eigentlich ganz anders bin, anders als sie, meine Nachbarinnen, die Kitamütter und Elternvertreter, die Richtigmacher und Rezeptverteiler, all jene, mit denen ich mich messe und vor denen ich glaube, mich rechtfertigen zu müssen. Ich bin besser und vor allem: interessanter als sie.

Sie bezahlen ihre Sicherheit mit Uniformität; ich breche aus, und das tut auch den Kindern gut, sie werden so wie ich, werden unangepasst und frei.

Gesetzt den Fall, dass sie überhaupt mitbekommen, dass ich so frei bin.

Ich bin wie meine Mutter. Wie Marlies.

Ich bilde mir ein, dass allein der Gedanke, in Wirklichkeit ganz anders zu sein, schon reichen würde, aber das stimmt nicht, es besteht ein Zusammenhang zwischen der Existenz und dem existenziell Bedrohlichen, ein Ausbruch ohne Verlust von Sicherheit ist keiner, stattdessen ist die Affäre irgendwann vorbei, die Reise nach Indien zu Ende.

Wenn, dann richtig.

Und das wäre?

Meine Schwester hat ihren Mann an ein lesbisches Pärchen ausgeliehen, Freundinnen von ihr, als Samenspender. Das ist anders, das macht ihr so schnell keine nach.

»Geht das denn gut, sag mal?«, fragen die Freundinnen, die Kitamütter, die Nachbarinnen. »Geht das gut?«, fragte auch ich, überrascht und voyeuristisch.

Erst mal nicht. Erst mal klappte sie nicht, also: die Becherchen-Methode.

Die Frauenärztin riet, es auf normalem Weg zu versuchen.

»Auf normalem Weg?!« Uns anderen Frauen blieb die Luft weg.

»Na ja«, antwortete Wiebke gelassen. »Das ist immer noch am aussichtsreichsten.«

»Aber geht das denn gut? Das ist doch – also –«

Ja, das geht gut. Das vertieft das Geheimnis, die Exotik, Exaltiertheit. Fügt ein Hotelzimmer hinzu, in dem zwar nicht meine Schwester, dafür aber ihr Mann und die lesbische Freundin zusammen sind.

Ein Hotelzimmer wie im Film, das Hotelzimmer, nach dem alle sich sehnen, die in Ehebetten liegen, in denen nichts mehr passiert, in Schlafzimmern, die nur noch zum Schlafen da sind.

In diesem Hotelzimmer treffen sich von nun an einmal im Monat mein Schwager und die lesbische Freundin, Nummer 204, zweiter Stock – klein, schlicht, aber vollkommen ausreichend. Das Bett eins achtzig breit mit durchgehender Matratze, sonst nur noch ein kleiner Schreibtisch, auf den die lesbische Freundin ihre Tasche stellt, und zwei Stühle, rechts und links, für die Kleider.

Meine Schwester liegt daheim im Ehebett neben ihrer Tochter und wartet, dass sie einschläft; seit meine Nichte auf der Welt ist, muss meine Schwester abends mit ihr ins Bett gehen, singen, wachen und warten, muss versuchen, ihrerseits nicht einzuschlafen, ihre Ungeduld zu zügeln, die sich, je länger das Einschlafen dauert, immer mehr in Hass verwandeln will –

Wiebke liegt da und blickt auf den Wäscheständer, der woanders keinen Platz findet, sowie die vielen Kartons mit Babykleidern, die irgendwann auf dem Flohmarkt verkauft werden sollen – oder vielleicht doch für das neue Baby aufbewahrt? Wiebke liegt da und hat nun endlich was, woran sie denken kann in der elend langen Zeit, in der sie das Einschlafen ihrer Tochter überwacht, »begleitet«, wie gute Eltern das nennen.

Sie denkt an das, was im Hotelzimmer passiert, im Hotel und auf dem Weg dorthin, und fast ist es so, als ob es ihr selbst passieren würde.

Nach acht noch auf der Straße zu sein, allein das ist schon eine große Verheißung, wenn man seit Jahren die Abendstunden nur noch im verdunkelten Schlafzimmer verbringt; die Luft ist lau, es herrscht kein Berufsverkehr mehr; wer jetzt unterwegs ist, bewegt sich anders als die Menschen, die man zu früheren Uhrzeiten trifft. Langsamer. Genießerisch. Frei –

Das Hotel hat eine Drehtür, einen Teppich in der Lobby, einen Fahrstuhl, der so rasch und lautlos nach oben fährt, als würde er das Geheimnis kennen.

Das Bett im Hotelzimmer ist hart, frisch bezogen mit weißer, gestärkter Bettwäsche, die nichts zu tun hat mit den faltigen, abgeschabten Frotteelaken und fröhlich gemusterten Flanellbezügen, zwischen denen meine Schwester und meine Nichte liegen; ein leichter, chemischer Reinigungsgeruch geht von dieser Hotelbettwäsche aus, und die Tür zur Dusche steht offen.

In der Dusche werden die Körper zum Beischlaf hergerichtet, abgeseift, abgespült und eingecremt, und dann folgt auf dem Bett, dessen Decken kurzerhand zur Seite gefegt werden, eine konzentrierte, kontrollierte Choreografie mit abschließender Ekstase.

Daran denkt meine Schwester, was wiederum meiner Nichte das Einschlafen erleichtert – wer kann schon schlafen, wenn ein anderer so dringend danach giert?

Alles ist irgendwie leichter, denkt meine Schwester, das Leben ist wieder spannend und schön.

Wenn mein Schwager nach einer solchen Nacht am Morgen nach Hause kommt – am Morgen erst, weil nach der Ekstase noch liegen geblieben werden muss, damit das Sperma in Ruhe seinen Weg finden kann – wenn er also am Morgen nach Hause kommt, ist er ein bisschen verlegen, aber Wiebke macht das nichts aus, im Gegenteil.

Mein Schwager umarmt sie, die derweil den Kindern das Frühstück hinstellt, von hinten, küsst kurz und zärtlich ihren Nacken, und sie weiß, wer das Urpaar des Universums ist: sie beide, niemand sonst. Sie sind diejenigen, die über Tod und Leben, Wohl und Wehe, Empfängnis und Verhütung entscheiden, sie können freigiebig sein, großzügig, selbstlos.

Ich meinerseits bin skeptisch, aber froh bin ich auch: dass die beiden einen Weg gefunden haben, um das Schlimmste zu verhindern: dass Wiebke meiner Nichte den Hals umdreht vor Verzweiflung, in der sich nach und nach durchsetzenden Gewissheit, dass dieses Kind niemals einschlafen wird.

Vorher, vor diesem Ausweg, hatten Wiebke und ich uns nämlich gestritten.

Ich hatte ihr dieses Buch empfohlen, »Jedes Kind kann schlafen lernen«, aber sie lehnte die darin beschriebene Trainingsmethode ab. Das ginge mit ihren Kindern nicht, sagte sie, die schrien so lange, bis sie am Ende käme und sich doch wieder zu ihnen legte.

»Ja«, sagte ich, »es ist furchtbar.«

»Nein«, sagte sie, »es *geht* einfach nicht.«

»Doch«, sagte ich, »ich hab' es so gemacht.«

Hatte mit dem Wecker in der Küche gesessen und gewartet, dass jeweils zehn Minuten vergangen waren. War dann rein zu dem weinenden Kind, um zu behaupten, es wäre alles in Ordnung. Stundenlang. Heiser hatte Lina sich geschrien, zwei bis drei Nächte, danach war's vorbei.

Ich kannte die Einwände gegen die Methode, aber dass sie von Wiebke kamen, wunderte mich doch, Wiebke ist Verhaltenstherapeutin und zwingt Leute mit Höhenangst auf Aussichtstürme, dreht Leuten mit Waschzwang die Wasserzufuhr ab.

Warum konnte sie nicht einfach sagen, dass sie für sich die Methode ablehnte, nur für sich selbst, ganz egal, was sonst davon zu halten sei?

»Mag ja sein, dass andere das können«, hätte sie sagen können, »die Theorie mag funktionieren, aber praktisch schaff' ich's einfach nicht. Ich halte das nicht durch. Ich weiß nicht, wie das gehen soll.«

Niemand hätte größeres Verständnis dafür gehabt als ich. Ich hätte ihr tröstend und abwägend zur Seite gestanden, hätte mit ihr gemeinsam auf all die wohlfeilen, gut verkäuflichen Ratschläge geschimpft, die in der Praxis dann viel zu schwierig umzusetzen sind.

Aber dass nun schon wieder ihre Kinder schuld sein sollten? Meine dickköpfige Nichte, mit der niemals etwas nach Plan verlief?

Ich schwieg. Und hoffte inständig, sie möge einen anderen Weg finden.

Auf die Sache mit der Samenspende wäre ich tatsächlich nicht gekommen.

Ich höre durchs bodentiefe Fenster, wie Bo Stöcke ins Planschbecken wirft.

»Lass das bitte«, sagt Sabine, und es bringt nichts, Bo macht weiter, weil er stark ist, unbesiegbar. Kanonen, Granaten. Springflut und Blut.

Das war es nicht, was Maren mit dem Planschbecken im Sinn hatte.

Maren dachte, es könne doch *schön* sein, heute Nachmittag ein bisschen Zeit im Garten zu verbringen, behaglich, friedlich, die Kinder lustig planschend unterm Sonnenschirm.

Die Kinder hüpfen umher, gießen fleißig die Blumen, spritzen mal ein bisschen, aber nur solange bis es heißt: »Vorsicht, mein Süßer, nicht so wild, Liebling, ja?«

Stattdessen trägt jetzt wieder sinnlose Zerstörung den Sieg davon. Gewalt, Aggression. Und wer ist nicht da, um das zu verhindern?

Ich.

Ich sitze oben und verstecke mich. »Sorry«, muss ich sagen. »Mach es selbst. Verteidige dein Planschbecken, deinen Nachmittag, deinen Traum. Ich kann dir dabei nicht mehr helfen.«

Doch natürlich werde ich das nicht durchhalten.

Bei nächster Gelegenheit werde ich wortreich versuchen, Maren meine Sicht der Dinge zu erklären.

Dass die Erwartung an Dreijährige, sich in Vierzigjährige und deren Traum von einem gelungenen Nachmittag hineinzuversetzen, zu hoch ist. Um nicht zu sagen: *auch* eine Form der Aggression.

Maren wird mich nicht verstehen, wird denken, ich wolle mich nur rausreden. Und vielleicht hat sie recht: Vielleicht ist jede Reflexion bereits der Anfang einer Ausrede.

Formeln. Theorien.

Ich habe Angst, dass gleich mein Handy klingelt, Maren mich anruft, runterruft, zur Verantwortung.

Also gut, Maren, hier meine Formel:

Es ist tatsächlich nicht *möglich,* mit ein paar Jungs im Kleinkind- und Vorschulalter einen sanften, konfliktfreien Nachmittag am Planschbecken zu verbringen. Das widerspricht nämlich ihren Interessen. Ich kann nur eines sagen, Maren: Kämpfe! Verteidige *deine* Interessen. Du wirst dich ja wohl noch gegen ein paar Drei- bis Siebenjährige durchsetzen können! Töte sie! Stell sie ruhig!

Attestiere ihnen ein Aufmerksamkeitsdefizit-Syndrom, verabreiche ihnen Beruhigungstabletten!

Und mir, Maren, mir gleich dazu.

Ich kann nicht schweigen. Wir reden miteinander, deshalb sind wir hier.

»Das ist es doch, was unsere Gruppe ausmacht«, meinte Jörn vor ein paar Wochen, »dass wir so viel miteinander reden.«

Es war der Vorschlag gekommen, die regelmäßigen Treffen jetzt, da das Haus fertig sei, vielleicht zu reduzieren.

Jörn sprach sich dagegen aus. Im Plenum, meinte er, konstituiere sich unsere Gemeinschaft. Im Reden. Im immerwährenden Meinungsaustausch.

»Und du hast nicht das Gefühl, dass das manchmal vielleicht wirklich nur noch Reden um des Redens willen ist?«

»Mich interessiert, was meine Mitmenschen zu sagen haben. Für mich ist der Austausch bereichernd.«

»Genau«, sagte Ulrike, und dass sie sich das auch nicht nehmen lasse. Wozu lebe sie denn sonst in einem Wohnprojekt?

Der Vorschlag wurde abgelehnt, das Plenum besteht weiter.

Wer nicht will, muss ja nicht hingehen.

7

Als mein Vater, Wiebke und ich die Sachen meiner Mutter aussortierten, habe ich nicht nur ein Regalbrett voll feministischer Literatur der Siebziger- und Achtzigerjahre, sondern auch einen dicken roten Plastikordner mit den Plenumsprotokollen des Kinderladens an mich genommen.

Manchmal versuche ich darin zu lesen, was tatsächlich nicht leicht ist: Die Matrizen sind vergilbt, die lilafarbene Schrift darauf ist verblasst. Oft sind die Protokolle handschriftlich verfasst, aber was das Schwierigste ist – ich schäme mich. Für den Eifer und die ungelenken Formulierungen, für das Ausweichen und die immer wiederkehrenden Appelle.

»Wir sollten versuchen, nicht immer nur auf der Seite des geschlagenen Kindes zu stehen, sondern auch auf der des schlagenden.«

»Jeder sollte sich grundsätzlich mal überlegen und sich kontrollieren, ob und wie er sein Kind rollenspezifisch erzieht.«

»Wir sollten verstärkt Ausflüge unternehmen.«

»Bitte nicht ohne Staubbeutel saugen.«

In einem der Protokolle steht, dass »Ich kann pfeifen« von

Volker Ludwig aus dem Liedbestand des Kinderladens entfernt werden solle. Es sei nicht gut, wenn die Kinder lernten, auf die Meinung und Bedürfnisse anderer und das Unrecht in der Welt zu pfeifen. Vorgeschlagen wird, das Lied doch gemeinsam umzudichten auf »Ich kann reden«.

Auf der Tagesordnung des heutigen Plenums steht: »Brandschutz im Treppenhaus«.

Wir sind nicht viele, aber Jörn ist natürlich da, und Ulrike.

Wir treffen uns wie immer im Gemeinschaftsraum, knapp fünfzig Quadratmeter gemeinsam finanzierter Fläche. Er ist unser Aushängeschild, der Beweis dafür, dass uns mehr verbindet als nur ökonomische Interessen, dass wir uns begegnen wollen, unser Leben gemeinsam bestreiten –

Heide, die Hausälteste, wischt demonstrativ über das Sesselpolster, bevor sie sich hinsetzt.

»Hier muss man mal putzen«, wird sie später unter »Sonstiges« bemerken.

Jörn lächelt jedem, der kommt, freundlich zu, obwohl es ihn, wie er gleich einleiten wird, »doch ziemlich nervt, als Einziger jedes Mal pünktlich zu sein«.

Ins Protokoll kommt: »Wir beginnen in Zukunft wieder pünktlich um acht.«

»Also«, sagt Jörn, »unser Thema ist ›Brandschutz im Treppenhaus‹. Ist ja schon ein Weilchen her, dass wir das ausführlich diskutiert haben.«

Er zwinkert, einige lachen. Jörn bleibt ernst, hebt mahnend die Hand.

»Was meiner Ansicht nach gut klappt, ist das Abschließen nach einundzwanzig Uhr, aber vielleicht muss auch nur *ich* ständig runterlaufen –«

Erneutes Lachen.

Clevere Einleitung: Jetzt wissen alle, dass Jörn Besuch von außerhalb bekommt, haufenweise Freunde hat, die ewig lange bleiben.

»Also gut. Diesmal kam der Antrag für das Thema von Maren, also sag doch mal, Maren, was genau du heute besprechen willst.«

Maren räuspert sich.

»Das mit der Tür ist schon okay, aber vielleicht habt ihr auch in der Zeitung gelesen, dass es im Bezirk wieder häufiger zu Brandstiftung kommt, und zwar auch tagsüber. Und ich hab' schon das Gefühl, dass manche einfach auf den Summer drücken, ohne vorher nachzufragen, wer überhaupt unten ist. Und zweimal hab' ich jetzt auch schon was auf der Türschwelle gefunden, sodass die Tür gar nicht mehr zufallen konnte. Ich würde halt bitten, dass alle darauf achten, und vielleicht sollten wir doch auch noch mal überlegen, wie wir das mit den Kinderwagen und Schuhen und dem ganzen Zeug so machen.«

Heide nickt während Marens Vortrag beifällig und scheinbar gedankenverloren Richtung Fußboden. Würde man sie darauf ansprechen, täte sie so, als sei das kein Kommentar.

»Geht's dir jetzt tatsächlich um Brandschutz, oder vielleicht doch eher um die Frage einer Hausordnung?« Berits Stimme klingt sachlich.

Maren überlegt. Berit lächelt aufmunternd.

»Das hängt in meinen Augen zusammen«, sagt Maren und geht Berit damit in die Falle.

»Na ja«, sagt Berit, als fiele ihr das eben erst ein, »vielleicht sollten wir das aber trennen. Ich hab nämlich das Gefühl, dass ›Brandschutz‹« – sie malt mit den Fingerspitzen Gänsefüßchen in die Luft – »gerne erwähnt wird, wenn's eigentlich um Sauberkeit und Ordnung geht, kann das sein?«

Maren guckt auf ihre Füße und überlegt vermutlich, ob sie den Angriff abwehren oder einfach an sich abperlen lassen soll.

Jörn schlägt vor, Berits Unterscheidung aufzugreifen und erst mal zu diskutieren, wie groß die Gefahr von Brandstiftung denn nun tatsächlich sei. Er für seinen Teil habe gelesen, dass sie zwei der üblen Burschen unlängst gefasst hätten –

Während er spricht, hat Maren sich gesammelt.

»Mir geht es um Rücksicht«, sagt sie, »so oder so. Wenn es brennt und jemand kommt nicht raus, weil die Fluchtwege versperrt sind, dann ist das eine echte Gefahr. Und zwar keine, die ich persönlich riskieren will. Andererseits versteh' ich tatsächlich nicht, warum man seine Schuhe und sein Altglas und das ganze Zeug nicht bei sich in der Wohnung haben kann. Damit muss man doch nicht die Allgemeinheit belasten!«

Berit hebt die Augenbrauen.

»Ui-jui-jui«, kommt es aus irgendeiner Ecke.

»Was?!« – Maren schluckt wütend.

»Ich weiß nicht«, sagt Thorsten. »Vielleicht muss man es auch nicht so bitter ernst nehmen.«

Thomas: »Ich mag solche sterilen Treppenhäuser gar nicht. Mir gefällt es, wenn's ein bisschen bunt ist.«

Heide: »Bunt? Du meinst: dreckig.«

»Moment, Leute«, sagt Jörn, »redet nicht alle durcheinander. Uta meldet sich. Uta bitte.«

»Ich finde«, sagt Uta, »es sollte eigentlich reichen, wenn jemand sagt: ›Das stört mich.‹ Dass die anderen das dann akzeptieren und entsprechend Rücksicht nehmen.«

Berit lächelt. »Und du bist sicher, dass in jedem Fall der, den was stört, im Recht ist?«

Uta weiß so schnell nichts zu erwidern, sie schweigt.

»Ich hätte nicht gedacht, dass das Kehrwochen-Thema mich bis hierher verfolgt«, sagt Roland, der aus Reutlingen stammt, und alle lachen beifällig.

»Genau«, sagt Uta. »Ich find's echt mühsam, das immer wieder zu diskutieren. Räumt man das Zeug halt schnell weg.«

»Ich glaube, Roland meint das eher umgekehrt – dass wir über solche Formen nachbarschaftlicher Kriegsführung doch eigentlich hinaus sind.« Berit mustert Uta. Uta sagt nichts mehr.

»Vielleicht kommen wir doch nicht drumherum, uns eine Hausordnung zu geben«, sagt Jörn. »Das klingt zwar erst mal spießig, aber es liegt ja an uns, was wir genau reinschreiben.«

»Was den Brandschutz betrifft, ist keine Hausordnung nötig. Da gilt das Bürgerliche Gesetzbuch.« Dieter versucht, mit sonorer Stimme ein paar Tatsachen einzubringen, um die Diskussion zu beenden. Das schafft er nicht, das darf höchstens Jörn.

»Oh Gott, worum geht's denn hier?«, sagt Berit. »Um ein Paar Schuhe oder um ein Kapitalverbrechen?«

Ich weiß nicht, was ich tun soll.

Es geht um unterschiedliche Toleranzschwellen, sicher. Alle haben recht. Es geht nicht um Entscheidungen, es geht darum, zu reden. Sich im Reden zu erleben. Recht zu bekommen, angezweifelt zu werden, sich blöd zu finden, sich lächerlich zu machen.

»Egal«, meinte Hendrik, als er mir erklärt hat, warum er nicht mehr am Plenum teilnimmt, »was dabei herauskommt, ist egal.«

Ich halte das nicht aus.

Ich habe gelernt, dass es *eine* Wahrheit gibt. Und dass man redet, um diese Wahrheit gemeinsam herauszufinden.

Aber Hendrik hat recht, und Jörn vermutlich auch. Das Reden passiert hier um des Redens willen – und es ist das Einzige, was uns miteinander verbindet. Reden vor anderen zur Selbstvergewisserung. Wer nichts sagt, ist nicht hier. Wer sich hört, nimmt sich wahr.

Etwas anderes machen wir nicht zusammen. Was auch?

»Einer ist keiner / zwei sind mehr als einer. / Noch reden uns die Großen rein und sagen, was wir soll'n. / Bald werden wir ganz viele sein und machen, was wir woll'n!«

Aber was wollen wir denn?

Ich sehe mich in der Runde um.

Geliebt und gelobt werden. Maren dafür, dass sie ordentlich ist und Arbeit nicht scheut. Berit dafür, dass sie Prioritäten setzt und weiterdenkt. Uta dafür, dass sie Schwächere in Schutz nimmt. Jörn dafür, dass er stets nüchtern bleibt und konstruktiv.

Ich liebe euch alle, ihr seid toll!

Ich verstehe, was euch bewegt.

Ich fühle mit euch.

Ich bin absolut solidarisch.

Ja, wirklich! Wer, wenn nicht ich?

Das Einzige, was ich dazu brauche, ist Ehrlichkeit. Gib zu, du willst geliebt werden, und du wirst von mir geliebt. Versprochen!

Womit ich Schwierigkeiten habe, ist Solidarität in der Leugnung. So zu tun, als wüsste ich nicht, dass du weißt, dass ich weiß, dass wir im Grunde beide wissen, aber –

Vorsicht! Halt! Sag es nicht! Wehe, du lässt erkennen, dass du weißt, dass du's weißt.

Wenn das der Verrat ist, dann bin ich eine Verräterin.

Nächster Tagesordnungspunkt: »Nutzung der Gemeinschaftsflächen.« Das Thema hat Jörn sich gewünscht. Jörn findet, man solle einen Zettel ans Schwarze Brett hängen und eine E-Mail schreiben, wenn man was vorhabe. Damit alle Bescheid wüssten und niemand sich ausgeschlossen fühle.

Ich: »Wenn ich was im Garten oder im Gemeinschaftsraum mache, ist doch klar, dass es offen für alle ist.«

Uta: »Wieso ist das klar?«

Ich: »Es sind doch die Gemeinschaftsflächen. Wenn ich was alleine machen will, mache ich's in der Wohnung oder schreib' in den Kalender: ›Am Sonntag brauche ich den Gemeinschaftsraum für mich allein.‹«

Jörn: »Und was spricht dagegen, eine Gemeinschaftsaktion vorher anzukündigen?«

Ich: »Ich weiß nicht – Spontaneität? Vielleicht will ich nicht ausdrücklich einladen. Vielleicht hab' ich einfach Lust, was zu machen, zu jäten, ein Baumhaus zu bauen, einen Film zu schauen. Fertig. Wenn gleich 'ne Aktion mit Einladung daraus wird, bin ich die Verantwortliche. Die Chefin. Und zudem enttäuscht, wenn keiner kommt.«

Jörn: »Man muss es halt *rechtzeitig* ankündigen.«

Ich: »Ja genau. Das meine ich. Das kann ich vielleicht nicht. Oder will ich nicht. Weil ich einfach nur so jetzt was machen will.«

Jörn: »Also willst du *doch* nicht, dass jemand mitmacht.«

Ich: »Doch! Wer mag, soll runter- oder raufkommen und mitmachen!«

Uta: »Das traut man sich aber nicht, weil man denkt, du willst was alleine machen – wo du's schließlich nicht mal angekündigt hast.«

Ich: »Also, Moment mal. Konkret jetzt, okay? Ich bin mit Lina im Garten und baue Baumhaus –«

Jörn: »Gutes Beispiel. Da hätten vielleicht auch andere Leute Lust zu. Ich zum Beispiel.«

Ich: »Und warum kommst du dann nicht runter?«

Jörn: »Ich hab' halt im Moment was anderes zu tun.«

Ich: »Gut. Dann hätte aber auch ein Zettel nichts gebracht. Dann müsste ich zwei bis drei Wochen vorher 'ne Doodle-Liste zur Terminfindung machen. Will ich aber nicht. Weil ich gar nicht weiß, wann ich Zeit und Lust habe, mit Lina zu bauen.«

Uta: »Also doch nur du und Lina!«

Ich: »Nein! Aber *ich* will bauen dürfen, wenn *ich* Lust und Zeit habe! Und wer keine Lust oder Zeit hat, den schließe *ich* doch nicht aus! Der hat einfach keine Lust oder keine Zeit!«

Uta: »Du gibst Jörn ja keine Chance, Zeit zu haben.«

Maren: »Finn hat zu Helene gesagt, sie dürfe nicht aufs Baumhaus, das sei Linas.«

Ich: »Das ist doch Quatsch.«

Maren: »Hat Finn aber gesagt. Und das muss er doch irgendwo herhaben, nicht?«

Berit: »Von mir hat er's nicht.«

Jörn: »Also, meiner Ansicht nach passiert genau das. Dass unklar ist, um was es sich handelt. Beim Baumhaus, zum Beispiel. Ist das jetzt für alle?«

Ich: »Meint ihr im Ernst, ich baue da unten Linas privates Baumhaus?! An dem keiner mitbauen darf und in das keiner rein soll?!«

Dieter: »Was ist denn so schlimm daran, einen Zettel aufzuhängen?«

Ich: »Das *ist* schlimm! Ich weiß nicht, wer so ein schwaches Selbstbewusstsein hat, dass er sich nicht traut, einfach runterzukommen und mitzumachen! Oder hochzukommen, wenn hier jemand im Gemeinschaftsraum 'nen Film schaut! Wir sind doch eine *Gemeinschaft!* Da braucht es doch keine ausdrückliche Einladung!«

Maren: »Aber Helene hat sich nicht getraut, aufs Baumhaus raufzugehen.«

Ich: »Helene muss zu Finn sagen: ›Hör mal, das ist Quatsch. Das Baumhaus gehört allen!‹«

Jörn: »Wenn du einen Zettel aufgehängt hättest, hätte Helene vielleicht sogar mitbauen können.«

Ich: »Helene hätte mitbauen können, wenn sie Zeit und Lust gehabt hätte und runtergekommen wäre! Wer glaubt im Ernst, ich hätte zu Helene gesagt: ›Nein, du darfst nicht mitmachen, das hier ist Linas Baumhaus‹?!«

Jörn: »Aber du kannst doch gar nicht alle Kinder, die mitbauen wollen, ausreichend beaufsichtigen. Das muss man doch vorher absprechen und einen Termin finden, an dem genügend Erwachsene, am besten noch welche mit Bauerfahrung, Zeit haben und mitmachen wollen.«

Ich: »Genau. Und wenn wir darauf warten, auf diesen Termin, dann wird niemals was auf den Gemeinschaftsflächen stattfinden. Dann hätten wir bis heute kein Baumhaus.«

Uta: »Moment mal, das stimmt doch nicht. Wir hatten schon sehr viele schöne, gemeinsame Aktionen.«

Ich: »Ich will nicht so leben. Mit so viel Bürokratie und Misstrauen.«

Jörn: »Jetzt werd' mal nicht dramatisch.«

Dieter: »Ist das denn schon Bürokratie? Eine E-Mail zu schreiben?«

Es gelingt mir nicht.

Im *Reden* konstituiert sich unsere Gemeinschaft. Wer was tut, wird automatisch verdächtig.

Wer vorangeht, lässt andere zurück. Wer seine Idee umsetzt, hat die der anderen nicht mitberücksichtigt.

Ja, das ist wohl so. Lieber nichts tun, bevor sich jemand (wer eigentlich noch mal genau?) übergangen und ausgegrenzt fühlt.

Jetzt bin ich daran schuld, dass Helene nicht am Baumhaus bauen durfte! Obwohl Maren sie nie aus den Augen, geschweige denn einen Akkuschrauber anfassen lässt!

Das ist Neid, ja, klar, nichts weiter.

Missgünstig spähen die Nachbarn durch ihre bodentiefen Fenster.

Warum darf Lina einen Akkuschrauber benutzen? Warum kann

Sandra einfach so ein Baumhaus bauen? Warum hat sie keine Angst, dass Lina sich verletzt, warum hat sie überhaupt Zeit, und woher nimmt sie wohl die Energie?

Neid und Missgunst.

Ich soll lieber ängstlich, müde, misstrauisch und ideenlos sein, ebenso meine Kinder, damit wir uns bloß nicht abheben, hervortun, dem Rest der Bewohnerschaft vor Augen führen, dass er vielleicht ängstlich, müde, misstrauisch und ideenlos ist.

Mir war bislang tatsächlich nicht in den Sinn gekommen, dass es so sein könnte. Ich dachte immer, es sei schön, wenn jemand aktiv wird. Jeder macht das, worauf er Lust hat, dafür sind wir eine Gruppe: damit sich das ausgleicht und immer was los ist. Damit mal der eine, mal der andere was macht, die unterschiedlichsten Aktionen, und die Kinder profitieren davon, können sich überall und jederzeit einklinken.

Aber klar, dazu muss man sie auch lassen.

Nicht nur aus den Augen und den Akkuschrauber anfassen, sondern auch in Ruhe. Damit sie merken können, ob sie überhaupt Lust haben.

Oh Gott.

Jörn hat schon recht, das Ganze ist äußerst dramatisch. Was sich hier herauskristallisiert, bedroht meine Utopie, kratzt an meinem Menschenbild. Wieso fühlen sich alle so klein und bedroht, was hat sie sich selbst und ihren Wünschen derart entfremdet?

»Wenn du wütend bist, dann stampfe mit dem Fuß!« Gerhard Schöne, 1986.

Und wenn du keine Lust hast, ein Baumhaus zu bauen, dann lass es. Du bist deshalb kein schlechterer Mensch, und du darfst auch trotzdem ins Baumhaus mit hinein, und ich, ich baue es nicht, um dir vor Augen zu führen, wie toll ich bin und wie doof du bist, sondern einfach nur, weil ich Lust dazu habe. Dass ich mit dem Fuß stampfe, heißt nicht, dass du nicht mit den Ohren wackeln darfst oder gefälligst auf den Händen laufen musst.

Ich fange an zu weinen.

Uta: »Das versteh' ich jetzt nicht.«

Alle sehen ratlos zu Boden.

Jörn schlägt vor, dass ich erklären solle, was genau mich jetzt so traurig mache.

Ich schniefe und schüttele den Kopf.

Jede braucht ihr kleines Geheimnis.

Während ich weine, sehe ich sie an mir vorbeidefilieren, die ungeliebten, zu selten gelobten Nachbarinnen, die alten Freundinnen und ihre Mütter, die Kitatanten, Grundschullehrerinnen, Kaiser's-Kassiererinnen, meine Schwester.

Sie halten das Kinn oben, ziehen den Bauch tapfer ein.

Schön sind sie, unerschütterlich. Machen weiter, was auch kommt.

Zwischendurch vergewissern sie sich, dass alles noch viel schlimmer sein könnte: Krieg, Hungersnot, Obdachlosigkeit, Tod –

»Wir können nicht klagen!«, sagen sie und klagen dann doch, über Kleinigkeiten, den Alltag. Doch auch das dient nur der Vergewisserung.

Alles ist in Ordnung. Alles kann genau so bleiben, wie es ist, sie müssen nichts ändern. Ihr Leben ist nun mal so: es findet in großen Teilen ohne sie statt. Sie selbst sind woanders, in der kleinen Nische, die sie sich eingerichtet haben, die ein bisschen so ist wie im Film, unerhört, tragisch, köstlich. Diese Nische wird hin und wieder angedeutet, hauptsächlich, um die anderen neidisch zu machen. Damit sich das eigene Geheimnis in deren Gedanken ein wenig ausbreitet, größer wird, wirklicher.

Die Gesichter, wenn meine Schwester erzählt, dass ihre Kinder noch ein Halbgeschwisterchen haben!

»Wie bitte? Was?«

»Oh ja, wir wollten helfen. Wir müssen uns nicht abschotten, wieso sollte so eine Samenspende unsere Familie belasten? Jeder Mensch gehört sich selbst, unabhängig davon, wer ihn gezeugt oder geboren hat. ›Deine Kinder sind nicht deine Kinder‹, sagt Kahlil Gibran.«

Die Gesichter, wenn Ricarda von ihrem afrikanischen Ex-Mann erzählt, der sie stalkt!

»Nein ehrlich? Du warst schon mal verheiratet?«

»Oh ja, ich war jung. Ich war verliebt, ich war naiv – Schön ist er, ja sicher. Und *sehr* besitzergreifend, nun, Afrikaner eben. Betrachtet mich immer noch als sein Eigentum, und ja: Es kann schon sein, dass ich seinetwegen Jörn geheiratet habe. Weil der mich zuverlässig vor ihm beschützt –«

Ich sehe, was ihr treibt, ich ahne, wo das endet.

»I wear my sunglasses at night / So I can watch you weave then breathe your story lines.« Corey Hart, 1982.

Ich trage meine Sonnenbrille, auch nachts, damit ich zusehen kann, wie ihr eure Geschichten spinnt und sie dann ausatmet.

Ich weiß, was euch bewegt, doch ich schaffe es nicht, das Richtige zu sagen, meine Gruppe aufzurütteln.

Meine Gruppe ist nicht meine Gruppe, wir haben keine gemeinsame Utopie, wir haben ein Haus mit bodentiefen Fenstern, und das Einzige, was von den Slogans meiner Kindheit übrig bleibt, ist die Behauptung, dass »Gemeinschaft« etwas Positives sei, dabei hindert sie uns daran, überhaupt etwas zu tun. Weil wir uns niemals darauf einigen werden, was genau, und es unfair ist, wenn Einzelne vorpreschen.

Wir sind auf den Begriff »generationenübergreifend« reingefallen und werden sie also niemals loswerden, die Lebenslügen unserer

Mütter, ihre unheilvollen Strategien, sich Selbstverwirklichung einzureden.

Wir werden aufgeben und Heide zustimmen, die jetzt zusammenfassend sagt:

»Ist doch auch einfach nicht schön, so ein vollgestelltes Treppenhaus. Und eine E-Mail zu schreiben hat noch niemanden umgebracht.«

Sagt's, schlägt sich mit den flachen Händen auf die Knie – so, Schlusswort! – und die Sache ist für sie erledigt.

Das Plenum ist es auch.

Während ich mich schnäuze, löst Jörn die Versammlung auf.

Ich sehe niemanden mehr an und kehre zurück in meine Wohnung.

8

Die Lampe über dem Küchentisch brennt, sonst ist alles dunkel. Kann es sein, dass Hendrik schon ins Bett gegangen ist? Wie spät ist es, halb elf?

»Sag mal, schläfst du schon?«

»Fast.«

»Es ist doch erst halb elf!«

Hendrik seufzt.

»Bitte, Hendrik, du musst mit mir reden.«

Hendrik seufzt noch tiefer, rutscht ein Stück zur Seite und räuspert sich: »Was gibt's?«

»Ich werd' wahnsinnig!«
»Dann geh doch nicht mehr hin.«
»Aber das kann ich nicht.«
»Gut, dann werd' wahnsinnig.«

Er meint das nicht so. Er will nur, dass ich mir Mühe gebe, wenn ich ihn schon wecke. Ihm genauer erkläre, was jetzt schon wieder so schlimm für mich ist.

Hendrik ist seinerseits nicht das, was man ausgeglichen nennt. Jörn würde ihm niemals vorwerfen zu dramatisieren, aber nur deshalb nicht, weil Hendrik ein Mann ist – und nicht mehr beim Plenum erscheint, das natürlich auch.

»Wie kannst du schlafen, während wir von Zombies umgeben sind?«

Hendrik hat den Begriff »Zombie-Modus« geprägt, damals, als wir mit meiner Schwester und meinem Schwager Weihnachten gefeiert haben.

»Lass sie«, sagte er nach einem dieser Abende, an dem ich versucht hatte, das Mandarinenfüttern und Säuseln und Reden in der dritten Person zum Thema zu machen, und Wiebke mich angesehen hatte, als sprächen wir nicht mehr dieselbe Sprache. Benjamin, mein Schwager, hatte mich gar nicht erst angesehen, sondern Erdnussschalen zerbröselt und in die Kerze gehalten.

»Gib es auf«, sagte Hendrik, »sie sind im Zombie-Modus. Sie sind nicht mehr sie selbst. Sie sehen zwar aus, als ob sie noch die wären, die du kennst, aber in Wahrheit funktioniert nur noch ihr vegetatives Nervensystem. Ihre Gefühle sind weitgehend unterdrückt zugunsten elterlicher Pflichterfüllung. Würden sie auch nur einen Bruchteil ihrer Gefühle wahrnehmen, könnten sie so nicht weitermachen. Und ihre Reaktionen sind demnach auch nicht die ihren, sondern folgen dem Schema ›Das muss so sein, wegen der

Kinder‹. Wobei nicht ganz klar ist, wer dieses Schema erstellt hat. Aber solange sie im Zombie-Modus sind, kannst du mit ihnen nicht darüber reden. Mit Zombies kann man nicht reden, man muss sich vor ihnen hüten oder sie erschießen.«

»Ich dachte, man kann Zombies nicht erschießen. Dass sie schon tot sind und deshalb nicht mehr totzukriegen.«

»Na ja«, sagte Hendrik, »genau ins Gehirn muss man ihnen schießen. Man muss ihr Gehirn zermanschen, dann sind sie weg.«

»Hast du die Tür zugemacht?«, fragt er jetzt.
»Ja, hab' ich.«
»Dann kommen sie nicht rein.« Er hebt die Decke und rutscht noch ein Stück zur Seite. »Komm du rein. Komm ins Bett.«
»Und wenn ich auch so bin wie sie?«
»Bist du nicht.«
»Warum gehe ich dann immer wieder hin zu diesen Plena?«
»Du wünschst dir halt, dass es was bringt. Und hey – vielleicht findest du ein Heilmittel. Erinnerst du dich, wie Hershel aus ›The Walking Dead‹ die zombifizierten Verwandten am Leben gelassen und in der Scheune gehalten hat für den Fall, dass irgendwann in der Zukunft ein Heilmittel für sie gefunden wird? Der Gemeinschaftsraum ist deine Scheune! Oder Michonne, die sich als Schutz zwei von den Zombies abgerichtet hat wie Kampfhunde. Du darfst nicht unterschätzen, wie sehr dir die Zombie-Eltern im Haus gegen die Zombie-Eltern in der Schule und in der Kita helfen.«
»Inwiefern denn?«
»Indem ihr Geruch den deinen überdeckt. Sie sind die perfekte Tarnung.«
»Ich will aber lieber mit lebenden Menschen für die Menschlichkeit kämpfen. Für Freiheit und Gerechtigkeit und Wahrheit und Liebe und Trost –«

»Du musst realistisch bleiben. Niemandem ist geholfen, wenn du den Märtyrertod stirbst und dich zerfleischen lässt.«

»Ja, du hast recht. Ich geh' Zähneputzen.«

Als ich zurückkomme, ist Hendrik schon fast wieder eingeschlafen.

Ehrlich gesagt *ist* er eingeschlafen, aber er wacht kurz wieder auf, weil ich mich an ihn dränge, und er legt mir freiwillig die Hand auf die Hüfte.

Ich rutsche ein Stück nach unten, sodass der Eindruck entsteht, er habe mein Nachthemd hochgeschoben.

Ich warte.

Nichts passiert.

Vermutlich habe ich den Atem angehalten, denn ich muss plötzlich nach Luft ringen, und es tut weh in der Brust und im Hals.

»Was ist los?«, fragt Hendrik erschrocken.

»Nichts. Tut mir leid. – Hab' ich dir je von Manuela Förster erzählt?«

Er macht ein Geräusch, das vermutlich Nein bedeuten soll.

»Wir hatten in der vierten Klasse keine Klassensprecher, sondern einen Klassenrat mit fünf gewählten Mitgliedern. Und wir vom Klassenrat hatten von Frau Buchholz den Auftrag bekommen, dass wir den Ausländerkindern und Manuela Förster und Gerald Mertensbacher, dessen Vater Alkoholiker war, helfen sollen, regelmäßig die Hausaufgaben zu machen. Also haben wir uns aufgeteilt, und jedes Klassenratsmitglied bekam ein sogenanntes Hausaufgaben-Kind in Pflege.«

»Und du bekamst Manuela Förster?« Hendrik stopft sich das Kopfkissen unter die Wange.

»Nein, eben nicht. Ich bekam Mehmet Yildirim, und Manuela ist übrig geblieben. Irgendwie wollte keiner sie haben. Außerdem gab es auch mehr Hausaufgaben-Kinder als Klassenratsmitglieder.

Also haben wir beschlossen, dass Manuelas Bedarf nicht so groß sei wie der der Ausländerkinder. In einer der Klassenratssitzungen haben wir uns darauf geeinigt, dass regelmäßiges Erinnern und Ermahnen bei ihr ausreichen würden und man sie nicht mit nach Hause nehmen müsse.«

Hendrik sagt nichts. Ich drehe den Kopf und kann sehen, dass seine Augen schon wieder geschlossen sind. Die Hand, die auf meiner Hüfte lag, umfasst jetzt das Kopfkissen unter seiner Wange. Mein Bericht hat ihn offenbar nicht sonderlich erschüttert.

»Ist das nicht pervers? Hendrik! Sag was!«

Er öffnet die Augen. »Sorry«, sagt er, »ich glaube, ich hab' den Schluss nicht mitbekommen.«

»Egal.«

Ich lege ihm meinerseits die Hand auf die Hüfte und bohre die Fingerspitzen unter den Gummi seiner Unterhose. Er bewegt sich nicht. Vorsichtig schiebe ich meine Hand noch ein Stück weiter.

Er seufzt und legt den Arm um mich.

»Sorry«, sagt er, »nichts gegen dich, aber ich bin wirklich müde.«

Ich nehme meine Hand wieder weg.

»Tut mir leid«, sagt er noch mal.

»Schon okay«, antworte ich. »Träum schön.«

Er seufzt, weil er endlich schlafen darf.

Ich kann nicht behaupten, dass ich meinerseits Lust auf Sex hätte. Ich bin nicht erregt, im Gegenteil. Ich bin schwer wie ein Stein und mag mich ebenfalls nicht mehr bewegen. Aber ich will Trost, ich will die Bestätigung, dass ich noch nicht tot bin, und dafür eignet sich Geschlechtsverkehr ganz gut. Außerdem wäre es toll, wenn mein kleines Geheimnis – meine lebensbejahende Nische, meine süße Andersartigkeit – der unglaublich wilde Sex mit meinem Mann wäre.

Ich sehe Berit vor mir, die den gleichen Wunsch hat. Die alles versucht, um uns Nachbarinnen glauben zu lassen, dass Tobias ihr das, was er ihr an Aufmerksamkeit und Zuwendung im Alltag vorenthält, in Form von leidenschaftlichem Sex zurückzahle, dass seine Egozentrik nur die Kehrseite seiner ungeheuren sexuellen Leistungsfähigkeit sei – »Wer will schon im Ernst Gleichberechtigung und Absprachen im Bett, Mädels, das ist doch Unsinn, impotentes Psycho-Geschwätz. Der Kerl *fickt* mich! Der reißt mir, wenn er dann mal da ist, die Klamotten vom Leib, der kann es kaum erwarten, mich zwischen die Finger zu kriegen – was ihr von den modernen Vätern eurer Kinder und euren tüchtigen Hausmännern ja wohl kaum behaupten könnt!«

Sie kommt mir so hilflos vor, diese ewige Konkurrenz, das heimliche Aufrechnen und Abgleichen. Was will ich überhaupt wirklich? Außerhalb dieses Wettstreits?

Was würde ich wollen, wenn ich nicht unter Beobachtung stünde, mich mit niemandem vergleichen müsste?

Vielleicht haben Jörn und Uta doch recht, und ich habe nie einfach nur Lust auf irgendwas, sondern tue es stets, um den anderen eins auszuwischen. Baumhaus bauen, Zimtwecken backen, Sex – alles Faktoren im großen vergleichenden Punktesystem. Mein Haus, meine Yacht, die Tiefe meiner Fenster, das Gehalt meines Mannes, die Coolness meiner Kinder, der Umfang meiner Taille, der Grad meiner Beliebtheit, die Häufigkeit meiner innerehelichen Orgasmen, die Anzahl der außerehelichen Kinder meines Mannes, die Quote der zeugungsfähigen Spermien in einem Milliliter seines Ejakulats –

Übrigens hat die »natürliche Methode« bei meinem Schwager und der lesbischen Freundin dann auch nicht so richtig funktioniert. Sie hat meine Schwester davon abgehalten, meine Nichte zu erwürgen, aber zu einem Kind hat sie erst mal nicht geführt.

Monat für Monat gingen sie ins Hotel, mein Schwager und die lesbische Freundin von Wiebke, und Monat für Monat hofften alle, dass es endlich klappt.

Irgendwann saßen sie dann zusammen, zu viert und enttäuscht.

»Vielleicht sollte Benjamin sich auch mal testen lassen«, schlug die Freundin der lesbischen Freundin vor. Die lesbische Freundin hatte sich schon vor den Befruchtungsbemühungen testen lassen, und bei ihr war alles in Ordnung.

»Wie bitte?« Wiebke reagierte empfindlich. »Benjamin hat schon zwei Kinder, also wird er wohl kaum zeugungsunfähig sein.«

Sie tranken Tee.

Wiebke trinkt nie Alkohol, und die lesbische Freundin ließ schon seit Wochen alles weg, was sie eigentlich erst weglassen müsste, wenn sie schließlich schwanger wäre, Alkohol und Softeis und Rohmilchkäse und Tartar. Mag sein, dass es eine Art Schicksalsbeschwörung war, jedenfalls ließen inzwischen auch mein Schwager und die Freundin der lesbischen Freundin alles weg, tranken kein Bier und keinen Wein mehr, sondern solidarisch Frauenmantel-, Eisenkraut- und Zitronenmelissetee.

Wiebke war wütend, aber mein Schwager meinte: »Bitte, wenn's der Sache dient?«

Er ging die Woche darauf zum Arzt, und tatsächlich war sein Test ziemlich mies.

»Und jetzt?«, fragte ich, als meine Schwester mir davon erzählte.

»Jetzt überlegen sie ernsthaft, einen anderen Spender zu fragen.«

»Haben sie denn einen zur Hand?«

»Nö.«

Ich hörte, dass sie wütend war, und ich hörte auch ihre Befriedigung, als ein erneuter Test die Bestnote erhielt.

»Wie kann das sein?«, fragte ich, und sie meinte: »Tja eben!«, und da könne man nämlich mal sehen.

Ich traute mich nicht, sie zu fragen, ob sie es gewesen war, die meinen Schwager gezwungen hatte, den Test zu wiederholen.
Jedenfalls klappte es dann, etwa ein halbes Jahr später.

Was wohl Hendrik für Spermienquoten hat?
Ich höre auf seinen Atem, tief und regelmäßig, obwohl Hendrik seit zwei Monaten wieder raucht. Was ja angeblich auch nicht gut für die Zeugungsfähigkeit ist –
Ich wurde bei beiden Kindern umgehend schwanger, aber vielleicht bin ich ja auch einfach ein Naturtalent, eine Fruchtbarkeitsgöttin, die Mutter schlechthin. Das gibt nämlich auch Punkte: Wie schnell eine schwanger wird und wie spontan sie gebiert. Das zeugt angeblich davon, den eigenen Körper im Griff zu haben, sich gleichzeitig kontrollieren und entspannen zu können, als Frau nicht ganz fehlkonstruiert zu sein.
Es ist aber auch möglich, dass Hendrik und ich chemisch einfach gut zusammenpassen. Angeblich gibt es Konstellationen, in denen das Sperma allergisch aufs Scheidenmilieu reagiert und deshalb keine Chance hat, bis zum Muttermund vorzudringen.
Ich habe mich nicht getraut, meine Schwester zu fragen, ob ein derartiger Test bei der lesbischen Freundin und meinem Schwager auch durchgeführt wurde, während der langen Phase ihrer Fehlversuche. Ich war gehemmt, weil in meinem Kopf Ideen spukten wie die, dass der liebe Gott vielleicht im Auftrag des Papstes das Scheidenmilieu lesbischer Frauen grundsätzlich saurer oder basischer oder sonst wie ungastlich gestaltet. Und ich hatte Angst, dass schon meine Frage derartige Assoziationen verraten würde. Ich glaube es ja nicht, aber es fiel mir eben ein. Auch dass, wenn vielleicht nicht grundsätzlich, dann aber in diesem speziellen Fall der liebe Gott eventuell verhindern wollte, dass aus dem Kind was wurde. Zum Wohle aller Beteiligter. Oft verstehen wir Menschen

Seine Pläne ja nicht und hadern damit, dass Er uns unsere Wünsche versagt, aber dann, im Rückblick, erkennen wir die Weisheit und Weitsicht Seiner Entscheidung –

Es war zu heikel, überhaupt noch etwas zu sagen, also schwieg ich während der Berichte zum Stand der Dinge, und jetzt, da das Kind da ist, schweige ich auch.

Was hat uns überhaupt zur Wahl der Väter für unsere Kinder bewogen?

Liebe natürlich! Vielleicht noch der Instinkt, dass die Chemie stimmen könnte, das Scheidenmilieu zum Sperma passen würde – aber darüber hinaus? Geld, Status, gute Gene? Die schlichte Bereitschaft, die einer zeigt, nachdem zig andere abgesagt haben? Torschlusspanik, Fatalismus?

Nein.

Ich will das gar nicht genau wissen. Alle sind gleich, jeder ist was wert, man darf es nicht prüfen, das Erbmaterial, genauso wenig wie sonstige Fähigkeiten. Jeder hat das Recht, Kinder in die Welt zu setzen, das wäre ja noch schöner, wo kämen wir denn da hin?

Und dann treffe ich Wiebke und denke mir, ach, hätte sie doch einen anderen genommen. Einen, der in der Lage wäre, sie aus den Klauen ihrer Kinder zu befreien, einen, der sie zwingen würde, das Einschlaftraining durchzuziehen, anstatt mit der lesbischen Freundin ins Hotelzimmer zu gehen –

Aber woher sollte sie denn wissen, welche Eigenschaften nötig waren bei Vätern, was sie mitbringen mussten, um ihre Frauen vor dem Durchdrehen zu bewahren, vor der Angst, der Ohnmacht, dem unkontrollierten Mandarinenfüttern und dem Unsinnerzählen? Wiebke ahnte gar nicht, dass das drohte, und ich auch nicht. Keine von uns wusste es, unsere Mütter haben seltsamerweise darauf verzichtet, uns zu warnen, wussten es vermutlich selbst nicht so genau.

Alle möglichen Tricks haben sie uns beigebracht: Wie man beim Melonenkauf mit der hohlen Hand auf die Schale klopft, um herauszukriegen, ob sie reif ist. Dass gesunde Katzen glänzende Augen und feuchte, kühle Nasen haben müssen, dass man den Kragen stets gegen den Fadenverlauf des Stoffes zuschneidet – Aber was einen brauchbaren Partner in der Kindererziehung ausmacht, das haben sie uns nicht erzählt.

»Alle sind gleich viel wert, und in jedem von uns steckt etwas Besonderes!«

Der einzige Anhaltspunkt, den unsere Mutter Wiebke und mir in Hinsicht auf die Väterwahl geliefert hat, war ihre eigene Wahl. Und?

Unser Vater hat sich weitgehend aus dem Pädagogik- und Überlebensprogramm unserer Mutter rausgehalten, war nicht mit im Kinderladen, schwänzte die wöchentlichen Plena, fand die Cliquen und Nachbarinnen doof. Als er das erste Mal bei einem Elternabend von mir auftauchte – im Gymnasium war das, zehnte Klasse – hat die Elternvertreterin ihn nicht als meinen Vater erkannt, sondern dachte, er sei der neue Geschichtslehrer. Und zu Hause saß er da und hat gelesen.

Ich habe keine Ahnung, warum unsere Mutter ihn zu unserem Vater gemacht hat.

Geld hatte er keines. Auch keine Ambitionen, welches zu verdienen. Keine Macht, keine nennenswerte Herkunft. Ein gutes Gedächtnis und Freude an schönen Landschaften, einen Blick für Absurdes und ein Faible für Ausnahmegitarristen. Keine Lust, sich anzupassen. Vertrauen, dass alles schon irgendwie gutgehen würde –

Ich habe ihn gefragt, was ich tun soll in Bezug auf Wiebke.

»Findest du nicht, dass sie langsam durchdreht? Wie machst *du* das, wenn du mit ihr und ihren Kindern zusammen bist?«

»Ach, weißt du«, meinte er, »das geht vorbei. Kinder halten eine Menge aus. Und sie werden ja auch größer.«

»Aber Wiebke ist genau wie Tante Elke!«

»Da siehst du's. Und aus deren Kindern ist doch auch noch was geworden.«

»Ach ja? Wann hast du Elkes Kinder denn das letzte Mal gesehen?«

»Bei ihrer Konfirmation?«

»Ha – von wegen! Du hast seit 1984 keine Familienfeier mehr besucht!«

Mein Vater runzelte die Stirn. »Ja, das ist richtig. Ich hab' so was immer gehasst.«

»Und Wiebke? Die ist immerhin deine Tochter!«

Er zuckte mit den Schultern. »Man kann Leuten in die Erziehung ihrer Kinder nicht reinreden. Auch nicht seinen Kindern. Denen vermutlich am wenigsten.«

»Aber was, wenn sie endgültig durchdreht? Hast du nicht das Gefühl, dass du dich mitschuldig machst? Was, wenn sie durchdreht und was richtig Schlimmes passiert?«

»Was soll denn passieren?«

»Weiß ich nicht! Klapsmühle, Selbstmord, erweiterter Selbstmord, Tod! Tu nicht so, als hätte es das nicht schon gegeben!«

Tante Elkes Kinder haben überlebt. Aber Onkel Hartmut, der Bruder meiner Mutter, hatte zwei Töchter, genau so alt wie Wiebke und ich, und als sie zwei und fünf waren, hat Tante Irene, seine Frau, erst die Mädchen und dann sich selbst umgebracht.

Angeblich war sie psychisch krank, aber das wurde erst im Nachhinein so erzählt. Davor war sie eine ganz normale Mutter gewesen: die Frau meines Onkels, die Schwägerin meiner Mutter, die Schwiegertochter meiner Großeltern.

Und dann?

Zwei Enkelkinder weniger, zwei tote Nichten, zwei unbekannte Cousinen.

Onkel Hartmut hat mir und meiner Schwester auf Familienfesten Geld zugesteckt, Zwanzigmarkscheine, einfach so.

»Ihr erinnert ihn an seine toten Töchter«, hat meine Mutter gesagt und uns das Geld abgenommen, um es für uns aufzubewahren, bis wir damit umgehen könnten. Mit dem Geld, nicht mit dem Wissen um die toten Cousinen.

»Warum sind sie tot?«, habe ich meine Mutter gefragt, und sie hat geantwortet: »Weil ihre Mutter nicht mehr leben wollte. Und sich wohl nicht vorstellen konnte, wie die Kinder ohne sie klarkommen sollten.«

Ich nickte. Allein mit meinem Onkel, das konnte ich mir auch nicht vorstellen. Ein Mann, der einem Geld zusteckte und dazu nichts sagte. Der überhaupt nie was sagte, jedenfalls nicht zu uns Kindern.

Damals reichte mir diese Erklärung, ich konnte Irenes Entscheidung verstehen.

Lieber mit der Mutter in den Tod, als ohne Mutter auf der Welt.

Die Mutter einer Klassenkameradin war auch vor Kurzem gestorben. Ich war schon vorher nicht wirklich mit dieser Klassenkameradin befreundet gewesen, aber seit dem Tod ihrer Mutter mied ich sie bewusst; ich wollte nicht daran denken müssen, was sie wohl fühlte, wem sie sich von nun an anvertraute, was sie jetzt bloß für ein Leben führte.

Lieber kein Leben als ein mutterloses Leben, dachte ich.

Würde Wiebke ihre Kinder bei Benjamin lassen, wenn sie sich umbrächte?

Und ich?

Ich versuche, Hendriks Gesicht im Dunkeln zu erkennen. Ich mag, wie er aussieht, ich mag, was er denkt. Und ich weiß, dass er die Kinder auch oder sogar besser ohne mich beschützen könnte, denn er kennt jeden Zombiefilm, der jemals gedreht wurde. Seine Augen haben so ziemlich jede Katastrophe gesehen, animiert zwar, aber täuschend echt auf der Basis riesiger Budgets. Mit der Verbreitung der 3D-Technik ist Hendrik in sehr vielen Kriegen und Kämpfen mittendrin dabeigewesen, und die Theorien und Zusammenhänge, die den Geschichten zugrunde liegen, kennt er auch. Er kann sich die Namen aller Figuren merken und sogar Dialogzeilen rezitieren. Wenn ich sterbe, sind die Kinder bestens bei ihm aufgehoben.

Aber warum hat Irene Onkel Hartmut zum Vater ihrer Kinder gemacht, wenn sie sich gleichzeitig nichts Schlimmeres vorstellen konnte, als sie mit ihm alleine zu lassen?

»Du weißt nicht, wie das damals war«, höre ich meine Mutter sagen, »damals war es selbstverständlich, als Frau Kinder zu bekommen. Damals war das noch nicht so eine bewusste Entscheidung wie heute.«

Für meine Mutter auch nicht. Sie hat nach Knaus-Ogino verhütet, also praktisch gar nicht.

»Doch«, sagte sie, »das ist eine gängige Methode gewesen.«

Vielleicht war's bei Irene genauso. Sie hat gerechnet, und dann hat sie sich verrechnet – oder doch nicht ganz so regelmäßig menstruiert. Und irgendwie war's ja auch nicht schlimm, Onkel Hartmut war bereit, sie zu heiraten, sie selbst war ebenfalls dazu bereit, sich in ihr Schicksal zu fügen, und vielleicht dachte sie auch, was soll's, er sieht gut aus, hat eine passable Ausbildung, ein geregeltes Einkommen und anständige Manieren – und dann stellte sich erst im Nachhinein heraus, dass er in Wahrheit unzuverlässig, gewalttätig und furchteinflößend war.

Vielleicht war aber auch von Anfang an alles fürchterlich und grausam, hat Onkel Hartmut Irene vergewaltigt – oder nur so halb, sodass sie dachte, sie sei selbst daran schuld, weil sie nicht laut genug geschrien oder einen dieser modischen Miniröcke getragen hat. Weshalb sie sich dann auch hinterher nicht beschweren durfte oder gar das Recht zugestehen, das Kind abzutreiben oder zur Adoption freizugeben oder zumindest alleine aufzuziehen, anstatt den widerlichen Kerl auch noch zu heiraten und bald darauf ein zweites Kind von ihm zu bekommen.

»Ihr könnt euch nicht vorstellen, wie das vor dreißig Jahren noch war«, hat unsere Mutter Wiebke und mir immer wieder eingebläut, und dass wir froh sein sollten über die Zeitenwende und die Pille und die Aufklärung und so weiter und so fort.

Wie's nun genau bei Tante Irene war, darüber hat sie nie gesprochen, darüber wusste sie vermutlich auch nichts. Und in Bezug auf die toten Cousinen hat meine Mutter nur gesagt, dass auch das zum Glück inzwischen anders wäre: dass man sich heutzutage die Sorge für die Kinder ganz selbstverständlich teile.

»Bist du sicher?«, würde ich sie fragen, wenn sie noch lebte, aber damals konnte ich das nicht, damals war ich selbst noch nicht Mutter. Heute müsste ich sie fragen, ob sie wirklich glaubte, dass die gesellschaftlichen Normen Tante Irene gezwungen hätten, Onkel Hartmut zu heiraten, die Kinder zu kriegen und sie auch auf jeden Fall mit in den Tod zu nehmen, weil ein Vater laut damaliger Auffassung nicht geeignet war, Kinder großzuziehen, ganz egal, ob er freundlich oder gewalttätig war.

Ich glaube nicht, dass das stimmt und meine Mutter das wirklich dachte. Und doch hat sie Tante Irene immer verteidigt, hat sie mir gegenüber nie einen Zweifel an der Zwangsläufigkeit ihrer Tat geäußert, sondern erweiterten Selbstmord als Teil von Mütterlichkeit dargestellt.

Warum bloß?

Vielleicht kam ihr der Fall gelegen, um meiner Schwester und mir unterschwellig klarzumachen, welch furchtbare Last sie ihrerseits zu tragen hätte und dass wir unter diesen gesellschaftlichen Umständen wirklich froh sein könnten, die Kleinkindzeit überlebt zu haben. Dass wir dankbar sein sollten für unser Leben, dankbar für die Errungenschaften der Frauenbewegung, die uns vor einem ähnlichen Schicksal bewahren würden –

Ich sage vorsichtshalber: »Danke. Danke, aber ich bin mir nicht so sicher, wie groß die Errungenschaften tatsächlich sind.«

Es gibt keine Fotos von Tante Irene, mit Onkel Hartmut habe ich nie ein Wort über sie gesprochen, und meine Großeltern, ihre Schwiegereltern, haben sie in meinem Beisein niemals erwähnt.

Das Einzige, was ich weiß, ist, dass Irene ihre Töchter erstickt und dann sich selbst erschossen hat, mit der Wehrmachtspistole ihres Vaters.

So erinnerte sich zumindest mein Vater, als ich ihn bei dem Gespräch über Wiebke danach fragte, an sehr viel mehr erinnerte er sich nicht.

»Wenn mich nicht alles täuscht, war sie Metzgertochter. Wenn mich nicht alles täuscht, passierte es im ersten Stock der Metzgerei.«

Eine Metzgerei, Anfang der Siebzigerjahre.

Irene und Hartmut wohnten bei Irenes Eltern – oder nur in deren Haus? Oder war Irene mit den Kindern zu den Eltern geflüchtet, um dem fiesen, gewaltbereiten Hartmut zu entgehen?

Aber wo waren sie dann, die Eltern, in jener Nacht? Hätten sie die Kinder nicht nehmen können?

Irene hätte nur die Pistole genommen und ihren Eltern die Mädchen gelassen, sie hätte ihren Eltern die Kinder gegeben und wäre selbst in eine Klinik gegangen –

Aber nein, das war nicht möglich. Die Eltern wussten ja nichts, mit Irene war offiziell alles in Ordnung, genau wie mit Onkel Hartmut: Sie waren verheiratet, hatten zwei Kinder, waren eine ganz normale Familie.

Irene war die Leitung der Filiale im Nachbardorf übertragen worden, daran erinnerte sich mein Vater noch. Und an das Begräbnis mit den kleinen weißen Särgen.

»Alle weinten«, erzählte er mir. »Wo ihr wart, du und Wiebke, das weiß ich allerdings nicht.«

Meine Schwester und ich, genau so alt wie die toten Cousinen. Uns sollte das dreifache Begräbnis nicht zugemutet werden, aber wo wir währenddessen geblieben sind, weiß mein Vater nicht mehr.

Ist ja auch egal, ich habe nie darüber nachgedacht, nie verlangt, das Grab zu besichtigen.

War es überhaupt innerhalb des Friedhofs?

»Ja sicher«, sagte er, »sicher, das schon. War ja nicht mehr Mittelalter. Außerdem galt es nicht als Selbstmord, sondern als Unglück. Ein tragisches Unglück aufgrund geistiger Verwirrung.«

Und an einer Krankheit trage keiner die Schuld.

Aber dürfe man nicht auch von einer Kranken erwarten, dass sie unterschied zwischen sich und ihren Kindern?

»Sie war depressiv«, sagte mein Vater. »Für sie war klar, dass die Welt fürchterlich ist. Dass nur der Tod einen Menschen befreien kann.«

Es war die Krankheit. Ein tragisches Schicksal. Ein Unglück, das unerwartet hereinbrach, ordentlich wütete und sich dann Gott sei Dank wieder verzog.

Sie wurden totgeschwiegen, nachdem sie tot waren.

Onkel Hartmut hat wieder geheiratet, ist Lehrer geworden, und bitte, was sollte er denn sonst auch tun? Hätte er ebenfalls mit in den Tod gehen sollen?

Ich kenne ihn so wenig wie meine tote Tante; der Unterschied ist nur, dass ich ihn häufiger mal gesehen habe, früher, als die Großeltern noch lebten. Auf runden Geburtstagen und Hochzeiten, irgendwo am langen Tisch – da saß er, ein Bier vor sich. Da saß er mit seiner neuen Frau und deren Sohn; streng war er, sein Stiefsohn hatte Angst vor ihm, das konnte ich sehen. Und meine Mutter mochte ihn nicht, das sah ich auch. Mit mir hat er niemals gesprochen.

Der einzige Hinweis, dass es die Tante und ihre Töchter gegeben hat, waren diese Zwanzigmarkscheine, die er mir und Wiebke zugesteckt hat.

»Was denkst du?«, habe ich meinen Vater gefragt. »Hätte das bei uns nicht auch passieren können?«

Er sah mich verständnislos an.

»Dass Mama sich umbringt und mich und Wiebke gleich dazu?«

»Nein«, sagte mein Vater, nein, das denke er nicht.

»Übrigens sind es immer die andern, die sterben.« Marcel Duchamp, 1968.

Wir nicht, bei uns nicht.

Ein Problem ist nur, dass jeder das glaubt.

Und irgendwer muss doch aber sterben, sterben und töten, allein für die Statistik.

Bei irgendwem passiert's dann doch.

Tinka meinte neulich, sie habe inzwischen das umgekehrte Gefühl: immer bei ihr, nie bei den anderen.

Seit ihre Mutter offiziell krank ist, Lukas offiziell tot und ihr jüngster Bruder offiziell straffällig, hört sie nicht gerne, dass mit Franz, ihrem Sohn, vielleicht irgendwas nicht stimmt.

Tatsächlich ist Franz sehr stark und sehr schnell und sehr schnell sehr, sehr wütend; er lässt sich nicht gern anleiten und prügelt sich mit Kindern, die doppelt so alt sind wie er. Er sieht nicht ein, wieso er irgendetwas tun sollte, worauf er keine Lust hat, und Robert, seinen Vater, nennt er nur Scheißbert.

In seiner Elterninitiativ-Kita haben die Erzieherinnen vorgeschlagen, man könne Franz doch vom Arzt einen Integrationsstatus attestieren lassen, ADHS oder Asperger oder sonst eine passende Anpassungsstörung, dann hätte die Kita Anspruch auf eine zusätzliche Erzieherinnenstelle, und damit sei allen geholfen.

»Na ja«, meinte Tinka, »allen bis auf Franz«, in dessen Kranken- und Kitaakte dann stünde, dass er gestört sei und integriert werden müsse, ganz abgesehen davon, wie die anderen Kinder und vor allem die anderen Eltern ihn ab sofort betrachten würden. Da wäre sie dann doch lieber vorsichtig, so praktisch und naheliegend es auch erst mal klinge.

»Warum immer ich?«, sagte sie zu mir. »Kann nicht mal irgendwas ausnahmsweise einfach sein?«

Nein, dachte ich, denn du hast wie ich den Auftrag erhalten, die Welt zu einem besseren Ort zu machen, und nichts ist besser dazu geeignet, dich an diesen Auftrag zu erinnern, als ein Kind, das ständig aneckt.

»Denkst du denn«, fragte ich, »Franz ist gestört?«

»Nein! Ich verstehe, dass er wütend ist. Ich bin auch dauernd wütend. Ich verstehe, dass er keine Lust hat, sich anzuziehen oder aufzuräumen. Und dann macht er's halt nicht. Pech.«

»Ist aber sauanstrengend.«

»Ja, natürlich. Tut mir auch leid für die Erzieherinnen, dass sie so viel Ärger haben.«

Ich schwieg. Ich wusste nicht, ob das der passende Moment war, zuzugeben, dass auch ich nicht besonders gerne auf Franz aufpasste. Geschweige denn, Tinka daran zu erinnern, dass auch sie nicht gern auf Franz aufpasste. Wer passte schon gern auf jemanden auf, der sehr schnell und sehr stark und dabei wütend und unvernünftig und widerborstig war? Aggressiv, unberechenbar und launisch?

»Aber wenigstens verstehst du's«, sagte ich. »Wie er ist, meine ich.«

Tinka sah müde aus. Tinka sieht immer müde aus, seit sie Kinder hat – aber ehrlich gesagt: vorher auch schon.

»Stell dir vor«, sagte ich. »Stell dir vor, du hättest ein Kind, das immer tut, was es soll. Ein braves, ordentliches, angepasstes. Eines, das stundenlang in der Ecke sitzt und ganz leise spielt, und wenn's Essen gibt, räumt es rasch auf, wäscht sich die Hände und setzt sich an den Tisch. Dann würdest du auf jeden Fall denken, es sei irgendwie gestört. Und hättest Angst, dass es sich komplett unterbuttern lässt und von solchen wie Franz gequält und ausgenutzt wird, und deshalb müsstest du dann geschickt unter Eltern und Erzieherinnen verbreiten, dass dieser Franz gestört sei und wirklich nicht zu bändigen und vielleicht besser in einem Integrationskindergarten aufgehoben wäre.«

Wir lachten, aber natürlich war es nicht zum Lachen, und ich mag im Übrigen gar nicht darüber nachdenken, wie das ist in den Kitas und Schulen, diesen schrecklichen Zwangsgruppen mit ihren gnadenlosen Rangordnungen und überforderten Aufsichtspersonen.

Ich will nicht daran denken, dass meine Kinder sich permanent in so etwas aufhalten müssen.

Ich will aber auch nicht daran denken, wie es wäre, sie den ganzen Tag über, sieben Tage die Woche, all die Monate und Jahre zu Hause zu haben, sie alleine versorgen und beaufsichtigen zu müssen, sie zu belehren und zu trainieren und zu lebensfähigen Mitgliedern der Gesellschaft zu machen.

»Wir hätten sie nicht kriegen dürfen«, sagte ich zu Tinka, »wir hätten es besser wissen müssen.«

»Wir wussten es besser«, antwortete sie, »und wir wollten sie trotzdem.«

Tinka hat recht. Wir wussten es, wir wissen es, wir sind nur gut im Verdrängen.

Die meiste Zeit gehe ich davon aus, dass mit Lina und Bo alles in Ordnung ist, dass sie fröhlich spielen, zusammen mit ihren Kameraden, dass sie fleißig lernen, dass ihnen dort, wo sie sind, schon nichts Schlimmes passieren wird. Blödsinn, klar, reiner Selbstschutz. Weil ich sie und mich sonst umbringen müsste, genau wie Tante Irene sich und die Cousinen.

Laut einer psychiatrischen Studie haben Depressive eine sehr viel realistischere Einschätzung, was die Gefährdungen von Leib und Leben betrifft, als Gesunde. Ihre depressiven Prognosen, etwa an Krebs zu erkranken, kommen der statistischen Wahrscheinlichkeit deutlich näher als die der gesunden, lebensfrohen Vergleichspersonen.

Depressive sehen nicht schwarz, sondern den Tatsachen ins Auge, das ist die traurige, wissenschaftliche Wahrheit.

Jeden Tag passieren fürchterliche Dinge, und meine Kinder lernen in erster Linie, wie man austeilt und einsteckt. Wenn sie Glück haben, werden sie ein paar schöne Momente erleben und sich im Verlauf ihres elenden Lebens ab und zu daran erinnern. Mehr ist, realistisch betrachtet, nicht drin.

Was uns schützt und gesund erhält, ist Verdrängung, ist die absurde, naive Gewissheit, dass es die anderen sein werden, die sterben.

»Wie kannst du so sicher sein?«, fragte ich meinen Vater. »Dass Mama weder sich noch uns umgebracht hätte? Warst du das damals denn auch?«

Er überlegte. »Ich hätte gemerkt, wenn es ihr derart schlecht gegangen wäre. Sie hätte mit mir darüber gesprochen.«

»Bist du ein besserer Mann als Onkel Hartmut? Ein besserer Vater?«

Er guckte missbilligend in seinen Kaffee.

Mir war sie auch unheimlich, die Form der Konkurrenz, die ich mit meiner Frage plötzlich aufdeckte: wer zuverlässiger einen erweiterten Selbstmord verhindern konnte, wer Kinder haben durfte und wer nicht.

»Ich denke jedenfalls«, sagte mein Vater, »dass das Totschweigen im Nachhinein genau die Fortsetzung dessen war, was zu ihrem Tod geführt hat.«

»›Sag, was mit dir los ist, sonst kann dir auch niemand helfen.‹« Ich verstellte beim Zitieren meine Stimme.

Ich will schlafen, aber es geht nicht. Morgen ist Dienstag, und ich habe schon heute die Arbeit geschwänzt. Draußen grölt ein Betrunkener – allein ist er und will sich seiner selbst vergewissern, will hören, dass es ihn noch gibt.

Ich sehe meine Schwester vor mir, mit wütendem, verschlossenem Gesicht –

»Sag, was mit dir los ist, sonst kann dir auch niemand helfen!«

Die Formel meiner Mutter, immer und immer wieder. Doch meine Schwester kneift die Lippen zusammen. Den Teufel wird sie tun und irgendetwas sagen, weil nämlich: diese Art von Hilfe kennt sie. Diese Scheißhilfe.

»Sag, was mit dir los ist!«, sagen die Nachbarn im Plenum, fordert Jörn.

Und ich schwöre mir, nie mehr den Mund aufzumachen. Soll'n sie doch alleine reden, reden, reden, reden –

»Glaubst du wirklich daran?«, fragte ich meinen Vater. »An das Reden?«

»Ja«, sagte er – mein stets stiller, verstockter Vater. »Und langsam werde sogar ich besser darin.«

9

Hendrik steht mit den Kindern auf.

Ich weiß nicht, ob ich überhaupt geschlafen habe.

Ich liege im Bett und höre zu, wie Hendrik mit dem Besteck klappert, eine Schublade aufzieht, Lina zur Eile antreibt. Wie das Wasser im Wasserkocher anfängt zu blubbern, der Deckel vom Dampf hochgedrückt wird, sodass die Abschaltautomatik versagt.

Hendrik merkt es nicht, lässt es weiterkochen; alles beschlägt, Kondenswasser rinnt von den Schranktüren, tropft in die Zuckerschale; wann stellt er das Ding endlich ab und gießt den Tee auf?

Jetzt, ein Glück, das Blubbern verstummt.

Ein Schwall Wasser, der Deckel der Teekanne klappert lustig.

Einen Moment lang ist Ruhe, dann beginnt Bo zu brüllen: Hendrik hat sein Brot in der Mitte durchgeschnitten, das soll er nicht, Bo will ein unversehrtes Brot.

Lina ist in Panik, findet ihre Turnschuhe nicht.

»Wo sind die scheißverdammten Turnschuhe?«

Bo brüllt.

»Du hast sie gestern schon mitgenommen!«, rufe ich durch die Tür.

Es hat keinen Zweck, noch länger liegen zu bleiben.

Hendrik sieht mich nicht an, als ich mich im Nachthemd an den Tisch setze. Das ist auch sicher besser so, ich sehe schon nach durchgeschlafenen Nächten furchtbar aus, wie erst nach einer durchwachten wie dieser? Hendrik füllt Linas Brotdose.

»Ich will auch eine Brotdose!«, brüllt Bo.

»Du brauchst keine Brotdose«, knurrt Hendrik.

»Jetzt mach ihm halt eine«, sage ich, und Hendrik wirft mir das Buttermesser hin.

»Bitte«, sagt er und geht unter die Dusche.

Verdammt, wie konnte ich nur. Neun Jahre Erfahrung und immer der gleiche Fehler. Lina springt prompt darauf an.

»Papa ist immer so fies zu uns am Morgen.«

»Ach was, Papa ist überhaupt nicht fies.«

»Doch. Dauernd hetzt er uns, dabei ist es erst Viertel nach. Und was ist schon dabei, wenn Bo mal 'ne Brotdose mitnimmt!«

Je älter sie wird, desto mehr ähnelt ihre Stimme meiner eigenen.

»Halt dich raus und zieh dich fertig an.«

Sie bedenkt mich mit einem Blick, den sie vor dem Spiegel geübt hat. Noch ein Jahr, höchstens zwei, dann wird sie endgültig alles, was ich sage, in Zweifel ziehen. Bis dahin muss ich wissen, was ich will und woran ich glaube. Von da an wird mir jeder Fehler und jede Widersprüchlichkeit gnadenlos vorgerechnet werden.

Lina geht los.

Ich lasse mich breitschlagen, mit Bo eine Ritterburg zu bauen, bevor er zur Kita muss.

Während er diverse Fallen und Verliese kreiert, setze ich den Playmobilmännchen die Frisuren wieder auf, die ihnen irgendwer abgenommen hat, allen, jedem Einzelnen.

»Du sollst spielen!«, sagt Bo. Er merkt immer, wenn ich nur so tue als ob.

Ich stelle die Figuren in einer Reihe vor die Burg.

»Ich geh' heute nicht in die Kita«, sagt Bo.

»Warum denn nicht?« Fehler. Ich sollte nicht so tun, als stünde das überhaupt zur Debatte.

»Ich meine: Warum willst du denn nicht gehen?«

»Weil ich nicht will.«

»Aber es ist doch schön da. Da sind die anderen Kinder und Jutta und Sylvie, die warten doch auf dich und fragen sich, wo du steckst. Bestimmt geht ihr heute in den Garten und macht das Wasser an –«

»Na-hein!« Er sieht mich an, als sei ich vollkommen verblödet. »Wir machen das Wasser nicht an. Wir haben Was-ser-ver-bot!«

»Warum denn das?«

»Weiß ich nicht.« Er sieht grimmig auf die Figurenreihe.

»Na ja«, sage ich, »dann macht ihr halt was anderes. Komm mal, zieh dich jetzt an.«

»Nein, ich will nicht.«

Hendrik kommt vorbei, fertig angezogen und nach Rasierwasser duftend.

»Gehst du schon los?«, frage ich mit freundlich-harmloser Stimme.

»Ja«, antwortet er knapp.

Bo rennt zu ihm und klammert sich an seine Beine.

»Tschüss, mein Liebling, schönen Tag.« Hendrik küsst Bo auf den Kopf, dann zieht er geschickt die Beine aus der Umklammerung und ist weg.

Wir haben diese sanft schließenden Wohnungstüren, und es ist auch nicht ungewöhnlich, dass Hendrik und ich uns nicht »Auf Wiedersehen« sagen. Ich kann an Bos Haaren schnuppern, die sind noch so fein, dass sie jeden Geruch sofort annehmen. Jetzt riechen sie nach Hendrik, heute Nachmittag werden sie nach Kartoffelsuppe, Auslegeware und Windeleimer riechen.

»Ja, wer schreit denn hier so?« Jutta steht in der Tür zur Garderobe. Sylvie ist nicht da, auch das noch. Bo verbirgt sein Gesicht an meinem Arm.

»Bo mag heut' nicht so gerne«, sage ich. »Ich weiß nicht – Ist vielleicht irgendwas vorgefallen?«

»Nicht, dass ich wüsste. Komm Großer, lass die Mutti jetzt mal gehen.«

Bo verstärkt seinen Griff.

Die Nächsten kommen. Mathildas Schritt wird auch zögerlich, als sie sieht, dass nur Jutta da ist.

Ich kann verstehen, dass die Kinder sie nicht mögen. Jutta hat einen ziemlich ruppigen Ton, und einmal habe ich sie dabei beobachtet, wie sie zwei Kinder, die nicht von der Tür weggehen wollten, absichtlich eingeklemmt hat: Damit die mal sehen, was dann passiert.

Ich habe Hendrik davon erzählt, und er meinte: klar, schwarze Pädagogik, bestens geeignet, um unter dem Deckmantel gut gemeinter Unterweisung ordentlich Dampf abzulassen. Und dann hat er spontan ein paar Situationen genannt, in denen wir selbst so verfahren – Zahnbürste in den Mund rammen, Lina zusammenbrüllen, dass sie Bo nicht zusammenbrüllen soll – vielleicht alles nicht ganz so brutal wie das mit der Tür, aber letztlich das Gleiche.

Ich kann also Jutta schlecht an den Pranger stellen. Bo muss einfach lernen, sich bestmöglich vor ihr zu hüten, genauso wie vor Hendrik und mir und allen anderen Menschen auf der Welt.

Er bohrt mir seinen Kopf in die Halsbeuge.

Sich den ganzen Tag lang hüten zu müssen, zuallererst vor denjenigen, die eigentlich dafür da sind, einen zu beschützen und anzuleiten, erscheint mir plötzlich doch ziemlich viel verlangt von einem Dreijährigen. Aber wenn ich jetzt darüber nachdenke, komme ich nie mehr von hier weg.

»Magst du vielleicht mit Mathilda reingehen?«, frage ich mit falscher, munterer Mutti-Stimme.

Mathildas Vater wirft mir einen hoffnungsvollen Blick zu.

»Das ist doch eine prima Idee!«, sagt er, ebenso munter, zu Mathilda, aber weder sie noch Bo lassen los, und Jutta ist in den Gruppenraum zurückgekehrt, um das Glöckchen zum Morgenkreis zu läuten.

Vielleicht, wenn ich in der Nacht geschlafen hätte.

Wenn ich ein bisschen Kraft in Armen und Beinen und nicht diesen ganzen Jammer oben im Hals sitzen hätte, könnte ich Mathildas Vater zuvorkommen, aber so nutzt er seinen Vorteil und entschließt sich zuerst, trägt die sich sträubende Mathilda zum bunten Versammlungsteppich und drückt sie Jutta in den Schoß.

Jutta hält Mathilda fest, sodass ihr Vater flüchten kann.

Er sieht mich nicht mehr an, und ich gehe davon aus, dass er weiß, dass das unfair war. Jetzt ist Juttas Schoß besetzt und ich muss warten bis nach dem Morgenkreis, denn ohne jemanden, der ihn festhält, wird Bo ganz gewiss nicht im Gruppenraum bleiben.

Ich würde es nicht schaffen, ihn zu Hause zu betreuen.

Ich würde gewiss Schlimmeres mit ihm tun, als ihn zu Demonstrationszwecken in eine Tür einzuklemmen.

Ich sehe den Balken in meinem eigenen Auge, ich werfe nicht den ersten Stein.

Der Balken in meinem Auge ist so groß, dass mir schon wieder die Tränen kommen, und die Steine, die ich nicht werfe, wiegen schwer in meinen Hosentaschen, ich muss mich setzen.

Ich sitze auf dem zu niedrigen, orangefarben lackierten Bänkchen in der Kitagarderobe; Bo ist plötzlich guter Dinge, rast kreuz und quer durch den Raum, hängt sich an die Jacken, schleudert seine Hausschuhe von den Füßen und lacht.

»Pscht!«, mache ich.

Drinnen singen sie das Lied von den vier Jahreszeiten.

Bo bleibt stehen und sieht mich an.

»Als nächstes kommt der Herbst«, sagt er, mit erhobener Hand und seiner wichtigen Ich-weiß-was-Miene; ich kann ihn nicht leiden, wenn er so guckt, schon gar nicht, wenn er gerade den Morgenkreis schwänzt, bei dem er mit dieser Erkenntnis hätte punkten können.

»Toll für dich«, würde Lina jetzt sagen und ich auch gerne, aber ich verkneif's mir.

»Es war eine Mutter, die hatte vier Kinder, / den Frühling, den Sommer, den Herbst und den Winter.«

Bo singt stumm mit.

Ich fürchte mich vor dem Herbst und dem Winter, vor der elenden Zeit, wenn die Kinder nur noch fernsehen und Computer spielen wollen, ich fürchte mich vor dem Schlittenfahren, zu dem ich sie aus pädagogischen Gründen zwinge, obwohl ich selbst zu nichts weniger Lust habe und mir schon kalt ist, wenn ich nur daran denke. Ich fürchte mich vor den vielen Klamotten und einzelnen Handschuhen und rutschenden, knüllenden Skiunterhosen, vor den Weihnachtsfeiertagen und der Geschenkefrage und dem Geböllere an Silvester und davor, dass Jörn wieder eine Karaokeanlage für die gemeinsame Party im Gemeinschaftsraum ausleihen will – nicht für sich, nein, für die gute Laune aller! Ja, genau, und vor meiner Laune fürchte ich mich, wenn es nachmittags um vier Uhr schon dunkel wird. Und vor dem Februar, wenn man meint, man habe es langsam überstanden, weil die Tage wieder länger werden, aber von wegen, plötzlich wird es wieder eisig kalt, und der Schnee besteht nur noch aus dunkelbraunen Krusten und der Rollsplitt zur Hälfte aus Hundescheiße und zerfledderten Chinakrachern.

Mir wird schwindlig, da, auf dem Bänkchen.

Ich muss meine Kinder und alle vier Jahreszeiten und alle Nachbarn gleich stark lieben, aber ich bin müde und der Geruch nach Windeleimer setzt mir zu.

Ich ziehe Bo zu mir her, um meine Nase in sein Haar zu stecken und Hendrik zu riechen, aber Bo will nicht.

Jetzt, wo ich's mal brauchen könnte, will er natürlich nicht.

Orangefarben lackiertes Bänkchen, gelb lackierte Heizkörperverkleidung, apricotfarbenes Linoleum. Nichts davon hilft mir über meine finstere Stimmung hinweg; ich will Bänkchen und Heizkörperverkleidung schwarz anstreichen, alles schwarz oder zumindest grau, erbsgrün oder schlammfarben, so wie in anderen öffentlichen Gebäuden auch. Ich glaube nicht, dass es was bringt, in Kitas Gelbtöne zu verwenden, auch nicht, die Gruppen statt mit Nummern mit Mäusearten zu unterscheiden – Feldmäuse, Wühlmäuse, Spitzmäuse, Rennmäuse –, ein Nest soll das hier sein, mit knopfäugigen Säugetierchen, die darin herumwuseln und niedlich vor sich hinfiepsen, dass ich nicht lache. Ein warmes Nest in warmen Farben, aber in Wahrheit sind Mäuse doch einfach nur eine Plage, fressen, nagen und nutzen niemandem, taugen allenfalls noch als Labortiere, denen man Krankheiten injiziert, um zu sehen, wie sie damit fertig werden.

Labor I, II und III könnte man die Gruppenräume nennen und den Erzieherinnen weiße Kittel anziehen.

Gebt es doch endlich zu, verdammt!

Deshalb haben wir die Kinder bekommen: um Experimente an ihnen durchzuführen. Um es besser zu machen, nach eigenem Ermessen.

Was wir dabei übersehen haben, ist die Tatsache, dass man nicht Kinder kriegen kann, ohne Eltern zu werden. Also sind wir jetzt Eltern und müssen uns wohl oder übel neben der Sorge um die Kinder auch noch Sorgen um uns selbst machen. Wie wir das hinkriegen, nicht so zu werden wie unsere eigenen Eltern, diese wachstumsvernebelten Weltverbesserer, oder gar deren Eltern, Nazis oder angeblich unwissende Mitläufer –

Aber das geht nicht.

Eltern sind zwangsläufig angepasste Angsthasen, weil sie glauben, dass die eigene Abweichung den Kindern vielleicht schaden könnte. Oder sie sind größenwahnsinnig und skrupellos, wieder im Namen der Kinder, die's schließlich mal besser haben sollen oder zumindest gleich gut.

Anders wollen wir's machen, anders *sein,* aber das klappt nicht,

Eltern sind, wie sie sind, Eltern sind das Letzte, und jetzt sind wir selbst welche.

Ab sofort gehen die Verformungen, bleibenden Schäden und der Ausschuss – die armen kleinen Mäuse, die die Behandlung nicht überleben – allesamt auf unser Konto.

Ich kann nicht aufstehen. Ich will Bo nicht zwingen, in den Gruppenraum zu gehen. Ich will nicht, dass Jutta ihn zu fassen bekommt, meinen fröhlichen, arglosen kleinen Jungen. Ich weiß, mit welchen Methoden sie ihn dazu bringen wird zu funktionieren, den geregelten Ablauf ihrer Kita nicht zu stören, dieser sauber geführten Institution. Wie sie es schaffen wird, sich selbst nicht die Finger schmutzig zu machen, sondern ihre Helfer unter den Kindern rekrutiert, ein paar Ältere, die sich Juttas Liebe sichern, indem sie die Kleineren gängeln.

Altersmischung, schönen Dank.

Hierarchien, Darwinismus, Strukturen wie im Internierungslager, wie im KZ!

Irgendwie kann man immer überleben, man muss halt wissen, wie: Beziehungen aufbauen, wachsam sein, sich anpassen, andienen, im richtigen Moment die Seite wechseln.

Ist schon klasse, dieses »soziale Lernen«! Ist was fürs Leben.

Wieder mit nach Hause nehmen kann ich Bo aber auch nicht.

Ich will nicht mit ihm zusammen sein, mit ihm spielen, mit ihm reden; ich will ins Bett, mir die Decke über den Kopf ziehen, schlafen und alles um mich herum vergessen. Ich kann niemanden brauchen, dessen Energieniveau meines um mindestens hundert Prozent übersteigt, der jeden Satz mit: »Maaa!-maaa!« anfängt und von mir erwartet, dass ich mit ihm Ritterburgen baue und Fußball spiele und Schach ohne Regeln.

Ich kann nicht. Warum hilft mir niemand?

Weil ich niemanden mehr habe.
Keiner mag mich mehr.
Ich hab's mir mit allen verdorben.
Das ist der Preis, den ich dafür zahle, schwarz zu sehen und recht zu behalten.

Anselm und seine Mutter kommen.
»Oh je«, keucht sie, »schon wieder zu spät zum Morgenkreis, ihr auch?«
Ich nicke schwach.
»Husch, husch, Anselm, raus aus den Schuhen!«
Fröhlich und geschäftig wechselt sie ihm die Schuhe, bringt ihn nach drinnen zu den anderen.
»Soll ich gleich offen lassen?«, ruft sie mir zu, als sie wieder rauskommt.
»Nein«, sage ich kläglich.
Ich kann nicht aufstehen. Ich höre die Tür vom Gruppenraum zuklappen.
»Alles klar bei dir?«
Anselms Mutter steht erneut in der Garderobe, ernst jetzt.
Ich ringe mir ein Lächeln ab, will sagen, dass alles in Ordnung sei – nur ein kleines Kreislaufproblem, niedriger Blutdruck, vielleicht wäre ein Gläschen Sekt am Morgen hilfreich? Stattdessen stürzen mir die Tränen aus den Augen.
»Oh je«, sagt Anselms Mutter, »was ist denn passiert?«
»Tut mir leid«, bringe ich hervor, »ich weiß auch nicht«, was natürlich eine Lüge ist. Ich weiß es ganz genau.
Dauernd schließt Anselm Bo beim Spielen aus, bezeichnet Bos T-Shirts als Mädchenklamotten, behauptet, dass sein eigener Vater Feuerwehrmann sei und Bos Vater ein Dieb, der demnächst ins Gefängnis müsse, und da werde er dann sterben.

Ich weiß, dass solche Sprüche normal sind bei Dreijährigen, dass Bo bestimmt nicht besser ist. Erst neulich habe ich gehört, wie er Sabines Tochter gedroht hat, ihr den Kopf abzureißen, und Sabine denkt jetzt bestimmt, dass Bo böse ist, böse, weil *ich* böse bin und unsere Familie ein Hort der Aggression und Gewalt, dabei war es Anselm, der ihm das vorgemacht hat, Anselm, der –

Nein. Ich denke nicht, dass Anselm böse ist oder seine Mutter, aber es wäre schön, das zu denken. Schön einfach.

Stattdessen muss ich die wahren Zusammenhänge herausfinden und mir gut zureden, zum Beispiel, dass es vorbeigehen wird mit den Gewaltphantasien von Bo und dass Worte noch keine Taten sind und dass selbst Taten bei Dreijährigen noch im Rahmen des Normalen sind, Hauptsache, man zeigt ihnen, dass man diese Taten nicht toleriert. Dann lernen die Dreijährigen, sie zu unterlassen. Oder sie lernen, sie nur zu begehen, wenn kein Erwachsener hinschaut –

Aber das ist schon wieder einer von den falschen Gedanken, die dazu führen, dass ich nicht hochkomme vom gutgelaunt orangefarben lackierten Bänkchen. Und über keinen dieser Gedanken möchte ich mit Anselms Mutter reden, die aber immer noch dasteht und auf eine Antwort wartet. Ich will mit Anselms Mutter über gar nichts reden, jedenfalls nicht so, wie bigotte Eltern in Kitagarderoben miteinander reden, doppelzüngig und voller Furcht und falscher Hoffnung und uneingestandener Schuldgefühle, nein.

Ich will meine Ruhe, doch da ist Bo und sieht mich an.

Wenn ich weine, erstarrt Bos Gesicht, und seine Augen drücken mehr Angst aus, als ich ertragen kann. »Entschuldigung«, sagt er seit Neuestem, das hat er vermutlich von Jutta gelernt.

»Kann ich irgendetwas tun?« Anselms Mutter ist wirklich hilfsbereit; zu gern wäre ich ihre Freundin, würde mich von ihr in den Arm nehmen lassen, noch ein kleines bisschen weiterweinen, während sie mich tröstet. Ich will so sein wie sie, freundlich, zuversichtlich, unschuldig.

Ich könnte sie bitten, Bo in den Gruppenraum zu bringen, aber ich habe furchtbare Panik davor, dass er glauben könnte, an meinen Tränen schuld zu sein.

»Entschuldigung«, sagt er und starrt mich weiter an.

»He, Bo«, sage ich gepresst, »alles klar. Hat nichts mit dir zu tun. Ehrlich.«

Was eine Lüge ist, und ich weiß, dass Kinder solche Lügen durchschauen. Ich muss ihn zu Jutta bringen, muss ihn endlich bei ihr abgeben. Vielleicht, wenn ich mich von der Bank rutschen lasse, hinunter auf alle Viere –

»Bo –«

Anselms Mutter steht immer noch da und sieht langsam ernsthaft besorgt aus.

»Bo, sei so lieb, und geh zu Jutta. Ich verspreche, ich hol' dich nachher ab. Mir geht's nicht so gut, und da drin geht jetzt der Tag los.«

Bo mustert mich, ein kleiner Kiekser kommt aus seiner Kehle, aber er weint nicht, er nickt.

Anselms Mutter macht ihm Platz, als er hinausgeht; ich höre die Tür zuklappen, ich schließe die Augen. Heilige Scheiße, was für ein Wahnsinn, was bin ich für ein Wrack, eine Zumutung, schwächer als mein dreijähriger Junge, der ab sofort allein im Leben steht und tut, was ein Mann tun muss.

»Soll ich jemanden anrufen?«

Sie ist immer noch da, Anselms Mutter.

Aber ich kann mich nicht bewegen. Ich blinzle, sehe auf die dunkelorangefarbenen Schlieren im hellorangefarbenen Linoleum zwischen meinen Füßen; bloß jetzt nicht den Kopf heben, in ihre runden, freundlichen Augen schauen –

Ich bin selbst schuld, dass ich niemanden mehr habe, keine Verbündeten unter den Mitmüttern; ich bin unsolidarisch, habe mich über sie erhoben, und jetzt steht es eins zu sieben gegen mich.

»Ist schon in Ordnung«, bringe ich hervor.

»Sag, was mit dir los ist, sonst kann ich dir auch nicht helfen«, höre ich erneut die Stimme meiner Mutter.

Sie hätte sich Anselms Mutter anvertraut. Oder?

Sie hatte eine Menge Freundinnen, und alle haben ihr vertraut.

Aber hat sie ihnen vertraut? Sich schwach gezeigt? Gezeigt, wie sehr sie sich fürchtet?

Meine Mutter auf einem der runden Geburtstage, einer Familienfeier kurz nach Irenes Tod.

Am anderen Ende des Tisches sitzt Onkel Hartmut, hat sein Bierglas vor sich stehen.

Ich weiß alles, denkt meine Mutter, und ich kenne dich, seit ich geboren bin.

Aber sie schweigt. Sie wird nichts sagen; was auch und zu wem? Hier redet niemand. Es gibt Spätzle und Schweinebraten und Fürst-Pückler-Eis zum Nachtisch.

Das Lid meiner Mutter zuckt, sie hat schlecht geschlafen, sich mit meiner Schwester gestritten, die die Strumpfhose nicht hatte anziehen wollen, sondern lieber Kniestrümpfe. Was soll's, hat meine Mutter gedacht, verkühlt sie sich eben, wird schon sehen, wie's hinterher weh tut beim Pinkeln.

Meine Mutter sitzt da und isst Fürst Pückler, immer schön abwechselnd einen Löffel Erdbeer, Vanille, Schokolade; der Löffel ist ein billiger Gasthauslöffel mit schartigem Rand, meine Mutter drückt ihn sich an die Zunge, spürt das gestanzte Metall, spürt gleichzeitig ihr zuckendes Augenlid und hofft, dass es wieder aufhört, dass zumindest Tante Elke nichts davon bemerkt, denn die interessiert sich für körperliche Anzeichen, die würde garantiert fragen, ob irgendwas mit meiner Mutter nicht stimme. Ob sie Vitaminmangel habe oder schlecht geschlafen, ob sie gestresst sei, ja, das sei wohl auch kein Wunder, wenn die Kinder nicht auf einen hörten, wenn die Kinder stets machen dürften, was sie wollten –

Wart du erst mal ab, denkt meine Mutter, denn Tante Elke hat zu dem Zeitpunkt noch keine eigenen Kinder, nur Nichten und Neffen, zehn lebende, zwei tote.

Tante Elke hat keine Ahnung, was es heißt, persönlich dafür zu haften, dass die Kinder das Fürst-Pückler-Eis zu hellbraunem Matsch verrühren, weil es dann angeblich besser schmeckt, und danach lassen sie's stehen, die verwöhnten, undankbaren Bälger.

Tante Elke sagt nichts, macht einen schmalen Mund – das kann sie schon mit Mitte zwanzig, so einen Mund machen, der aussieht, als gäbe es eine Menge zu sagen, Unangenehmes, das aber gnädigerweise zurückgehalten wird. Sie hat keine eigenen Kinder, nein, aber wenn sie dann welche haben wird, wird sie es besser machen als ihre Schwester und Schwägerinnen, wird sie nicht umbringen, sich aber auch nicht von ihnen auf der Nase herumtanzen lassen. Sie, Tante Elke, wird mit tüchtiger Hand und klarem Verstand und einem gütigen, aber unbezwingbaren Herzen für ihren Mann und ihre Kinder sorgen, und wenn es mal Schwierigkeiten gibt, wird sie sich Rat bei Fachleuten suchen, Ärzten vor allem und Physiotherapeuten, aber auch dem Pfarrer und der Gemeindeschwester, denn das sind ebenfalls vernünftige Menschen mit viel Herz und Erfahrung, und für alles gibt es einen Grund und gegen fast alles ein Mittel.

Tante Elke sagt nichts, denn sie wird es allen zeigen.

Und dann meine Großmutter, am Kopfende des Tisches.

Es ist ihr runder Geburtstag, alle Kinder und Schwiegerkinder und Enkelkinder sind um sie versammelt, alle bis auf drei, ja, das stimmt, die sind tot. So etwas passiert.

Viel passiert, viele sind tot, was soll sie sagen, worüber sich beschweren? Onkel Hartmut ist ihr viertes Kind. Vier Söhne! Ja, das war schon was, dafür gab's das Mutterkreuz. Gut gemacht, genug gemacht, das ist es, was meine Großmutter vielleicht nicht denkt, aber fühlt, fühlen *sollte,* was denn noch? Ist sie denn für alles und jeden verantwortlich?

Meine Großmutter sitzt und schweigt, sie redet nicht übers Muttersein, über die Kinder oder über ihre Schwiegertochter Irene, den Tod oder gar den Krieg. Ist ja auch alles noch mal gut gegangen, hätte auch alles sehr viel schlimmer kommen können. Die Russen statt der Amis, oder dass der Krieg nicht rechtzeitig geendet hätte und die Söhne allesamt eingezogen und totgeschossen worden wären. Was soll sie sagen, worüber sich beschweren?

Die tote Schwiegertochter, ja, die toten Enkelinnen, gut. Das ist traurig, doch es hätte viel, viel, viel, viel schlimmer kommen können! Es hätte sein können, dass *Hartmut* alle umbringt. *Das* wäre ein Drama gewesen, aber so?

Für ihre Schwiegertochter kann sie nichts. Die war krank, was soll man da noch sagen.

Nichts sagen, lieber beten, dem Herren danken, dass es keines von den eigenen Kindern war.

Anselms Mutter sieht auf mich herunter.

Ich kenne sie nicht, ich kann mich ihr nicht anvertrauen.

Keine Fragen als die nach dem Wetter; ich muss mich am eigenen Schopf aus dem Sumpf ziehen. Was soll ich ihr auch sagen? Dass ich die Kinder nicht hätte bekommen dürfen? Dass die Gemeinschaft nichts nutzt, den Irrsinn nur noch verstärkt? Dass die Welt kein bisschen veränderbar ist, sondern gleich bleibt, heute wie damals – jede noch so alternativ gedachte Gemeinschaft eine endlose Familienfeier, ein Leichenschmaus, bei dem diejenigen beisammensitzen, die es durch irgendeinen Zufall noch nicht erwischt hat?

Ob meine Mutter noch wüsste, wo Wiebke und ich während der Beerdigung ihrer Nichten waren?

Ich denke mal, sie hat uns mitgenommen, hat uns der ältesten Cousine überlassen, die im Hinterzimmer der Gastwirtschaft auf uns aufpassen sollte: Carola, die noch protestiert hatte, weil sie lieber die Särge sehen wollte, anstatt sich um die Babys zu kümmern.

Carola wurde von ihrer Mutter der unmissverständliche Befehl zum Gehorsam und zur Mithilfe erteilt: »Stell dich nicht so an, das ist ja wirklich peinlich, wie sensationshungrig du bist!«

Und Carola schämte sich, weil man ihr draufgekommen war, weil sie hatte merken lassen, wie gern sie am nächsten Tag in der Schule von den kleinen weißen Särgen erzählt hätte, von den Tränen, der Trauerrede, der ungeheuerlichen Tat –

Auch Carola hätte – vielleicht zum ersten Mal – ihre Tante-Elke-Augenbrauen einsetzen können: »Na ja, ihr müsst wissen, meine Tante – Nun, sie war wohl nicht mehr ganz sie selbst.«

Das hatte sie nämlich sagen hören, ihre Mutter, am Telefon. Und genau das hätte sie auch selbst gerne gesagt inmitten einer Traube von Freundinnen auf dem Schulhof. Von denen keine Einzige einen derartigen Fall in der Verwandtschaft vorzuweisen hatte, keinerlei Erfahrung mit Mord und Tod und Wahnsinn – Allzu gerne hätte Carola ihr erstes tragisches Geheimnis geteilt, eine Sache, die sie deutlich von den anderen abgehoben hätte, aber nun war man ihr draufgekommen, und ja, natürlich, sie schämte sich. Man soll sich nicht am Unglück der anderen weiden, lieber soll man helfen, den Betroffenen tüchtig zur Hand gehen! Und deshalb ist ihr Platz heute nicht auf dem Friedhof, sondern im Hinterzimmer des Gasthauses, wo die lebenden Cousinen unter den Tischen herumkriechen und versuchen, mit Bierdeckeln Memory zu spielen.

Man kann nicht mit Bierdeckeln Memory spielen, sie sehen alle gleich aus.

Und es bringt nichts, zu reden.

»Sag', was mit dir los ist«, die Formel meiner Mutter, mit der sie Wiebke und mich vor allem Elend bewahren wollte.

Aber es bringt nichts. Im Ernstfall ist man lieber still.

Wir sitzen in einer Kneipe am Helmholtzplatz, Wiebke und ich, und reden.

Wir reden darüber, wie alles zusammenhängt, wie wir zu denen wurden, die wir sind.

Wir sind gut im Analysieren, wir spenden einander Trost.

»Manchmal, weißt du?«, Wiebke beißt sich auf die Lippe. »Manchmal bin ich fast froh, dass Mama tot ist.«

»Ja«, sage ich, »ich weiß.«

Man darf es nicht sagen, aber wir sagen es trotzdem. Wenn wir wütend sind, stampfen wir mit dem Fuß, Tabus sind schädlich, deshalb werden wir sie brechen. Über kurz oder lang kommen sie ohnehin ans Licht, die unausgesprochenen Wahrheiten.

Unsere Mutter redete ununterbrochen. Mit uns, mit ihren Freundinnen, mit den Nachbarinnen, mit den Lehrern, den Mitmüttern; sogar die Väter brachte sie dazu, sich zu äußern. Manchmal zumindest. Manche.

Wenn sie noch lebte, würde ich vermutlich zweimal die Woche mit ihr telefonieren und ihr alles erzählen, was mir durch den Kopf geht, was die Kinder so machen und was ihre Lehrer und Erzieherinnen gesagt haben, was meine Freundinnen gesagt und getan haben, die Nachbarinnen, die Mitmütter, die Kassiererinnen bei Kaiser's. Und während ich das erzählte, würde mir vieles erst richtig klar werden, entstünden Zusammenhänge und Muster, genau wie damals, beim Mittagessen nach der Schule.

»Na, was habt ihr heute erlebt?«

Ich erzählte ihr alles bis ins Detail, spielte Szenen nach und ließ mir von ihr die psychologischen Hintergründe der Figuren liefern: die schwierige Ehe der Geschichtslehrerin, die Parteizugehörigkeit des Sportlehrers, die Eifersucht meiner besten Freundin.

Es war toll, es war lustig, und ich habe eine Menge gelernt.

Je älter ich wurde, desto komplizierter wurden die Zusammenhänge, doch meine Mutter ließ sich nicht beirren. Als ich kurz vor dem Abitur von der Schule verwiesen werden sollte – wegen eines nicht genehmigten Schülerzeitungsartikels, in dem ich die psychologischen Erklärungen für das Versagen der gesamten Lehrerschaft ausgebreitet hatte – sprach sie beim Schulleiter vor und brachte ihn dazu, das kritische Denk- und Ausdrucksvermögen seiner Schülerin als Verdienst eben dieses Lehrerkollegiums zu werten.

Ich war wütend, weil sie damit die Kernaussage meines Artikels verraten hatte, aber ich verstand inzwischen auch *ihren* psychologischen Hintergrund: Anders als sie selbst sollten ihre Töchter unbedingt das Abitur machen, koste es, was es wolle. Das Abitur war der Schlüssel zu den Türen, die ihr verschlossen geblieben waren – denen der Seminarräume einer psychologischen Fakultät beispielsweise. Wiebke hat sie geöffnet, Wiebke ist Therapeutin geworden.

Es macht Spaß, sich mit Wiebke zu unterhalten.

Wir sitzen in der Kneipe, Tee und Apfelsaftschorlen vor uns. Wir treffen uns nicht mehr mit den Kindern, weil ich gesagt habe, dass ich das nicht aushalte – es war okay gewesen, Wiebke das zu sagen, sie akzeptiert es, und wir treffen uns also alleine. Einmal im Jahr, am Todestag unserer Mutter.

Wir sind froh, dass sie tot ist. Und es ist okay, so was zu sagen.

Wiebke und ich reden, im Reden konstituiert sich unsere Gemeinschaft, was anderes haben wir nicht. Was sollte das auch sein?

Familienfeste mit Fürst-Pückler-Eis zum Nachtisch.

Die haben wir abgeschafft, unser Vater konnte sie noch nie leiden, unsere Mutter dachte, sie brauche sie nicht, weil sie ja nicht in erster Linie mit uns verwandt, sondern vor allem mit uns befreundet war –

»Manchmal, weißt du? Manchmal bin ich fast froh, dass sie tot ist.«

»Ja«, sage ich, »ich weiß. Ich wohl auch.«

Ich bin froh, dass sie tot ist. Doch gleichzeitig weiß ich nicht, wohin mit mir ohne sie.

Wir haben gelästert, damals, über Tante Elke. Ich hab' die Augenbrauen nachgemacht, und meine Mutter hat gelacht und gesagt: »Es gibt tatsächlich keine Krankheit, die Elkes Kinder nicht haben müssen.«

Wiebke war dabei, Wiebke hat auch gelacht; ich weiß nicht, was sie gedacht hat, ich bin mir plötzlich nicht mehr sicher, ob wir dasselbe erlebt haben – geschweige denn dieselben Schlüsse gezogen.

Aber ich kann nicht mit ihr darüber reden.

Ich rede stattdessen über Tinka, erzähle Wiebke von Tinkas Angst, Franz könne die Gene seines Onkels und seiner Großmutter geerbt haben, Gene, in denen Depression und Wahnsinn schon festgeschrieben sind –

Würde Wiebke raten, ihm einen Integrationsstatus zu verpassen? Nicht wegen der Erzieherinnen, sondern wegen Franz selbst, damit er das bekommt, was vielleicht nötig ist für seine Entwicklung.

Wiebke überlegt.

»Erinnerst du dich«, frage ich, »als Marlies ihr fünftes Kind in Pflege genommen hat und Elvira es im Kinderladen nicht aufnehmen wollte?«

Wiebke nickt.

»Da war dann auch die Freundschaft von Marlies und Elvira zu Ende.«

Wiebke nickt erneut. Sie erinnert sich, klar, sie kennt die ganzen Geschichten, kennt sie genauso gut wie ich.

»Weißt du noch«, sage ich, »was Mama damals gesagt hat? Dass Elvira recht habe, weil der Kinderladen auf das, was das Kind brauche, nicht eingerichtet sei. Auf dessen Entwicklungs- und Anpassungsstörungen. Dass das Kind Sicherheit und Regelmäßigkeit brauche und vielleicht sogar eine Eins-zu-eins-Betreuung. Jedenfalls keinen Kinderladen, der zur Hälfte aus freiwilligem Elterndienst besteht –«

Wiebke sieht mich an. »Sie wusste ziemlich gut Bescheid«, sagt sie.

Ich nicke. Es ist heikel, doch ich rede trotzdem weiter.

»Sie waren ohnehin schon auseinander, Mama und Marlies. Und Marlies hat sich gegen Elvira durchgesetzt, Tobi kam trotzdem in den Kinderladen. Und dann in die Sonderschule und dann in die geschlossene Sonderschule. Und dann in diese Einrichtung auf der Schwäbischen Alb.«

»Und?«, sagt Wiebke.

»Ich meine nur: Sie hat rechtgehabt. Elvira. Und Mama letztlich auch.«

Wiebke sieht mich an.

Ich kaue auf meiner Lippe.

»Kann ja sein«, sagt Wiebke, »aber es war nicht *ihr* Kind. Und Marlies hat geglaubt, dass sie das Richtige tut.«

Ich nicke.

Wiebke rührt mit dem Strohhalm die Kohlensäure aus ihrer Apfelschorle. »Alles wollte Mama wissen, aber selbst nichts über sich erzählen. Alles musste sie an sich reißen und auseinandernehmen und auslegen. Warum hat sie nicht ihr eigenes Leben geführt und andere Leute in Ruhe gelassen?«

»My Mother / My Self«. Ich weiß genau, wovon Wiebke spricht.

»Wiebke«, höre ich meine Mutter sagen, »war schon immer so kompliziert und verschlossen.« Ein Kind, das sich nicht helfen lassen will, das seine Mutter in die Wade beißt und sie später, als Erwachsene, für jedes noch so persönliche Leid verantwortlich machte, die Scheißmama mit ihren Scheißfragen –

Ich denke daran, wie es war, als Wiebke und ich schon erwachsen waren, aber noch nach Hause kamen zu Weihnachten und Ostern, zum fünfzigsten Geburtstag. Kein Fürst Pückler, keine Gaststätte, nein, nur wir vier, die Großfamilie hatten wir abgeschafft, aber wir vier zusammen waren anders, waren beste Freunde, generationenübergreifend. Wir mochten es, zusammen zu sein, bei uns gab's keinen Zwang.

Meine Mutter weinte. Sie wollte es schön haben, aber Wiebke hatte schlechte Laune.

»Lass mich doch«, sagte Wiebke zu ihr, »lass mich, mach's dir alleine schön.«

»Wie denn, wenn du so ein Gesicht ziehst?«

»Guck woanders hin, ganz einfach.«

Ich duckte mich. Ich wünschte mir, ich wäre nicht hier. Doch wo sollte ich hin? Wer blieb übrig, wer machte es sich schön, wenn ich auch noch verschwände?

Mein Vater war schon weg, hatte sich in sein Zimmer zurückgezogen.

Bei uns gab es keinen Zwang zur Geselligkeit, wir waren Freunde, wir *wollten* beieinander sein.

»Warum ist sie so?«, fragte meine Mutter, während ich ihr beim Abwaschen half.

»Ich weiß nicht«, sagte ich. »Ihr geht's, glaube ich, nicht so gut.«

»Und was kann *ich* dafür?«

»Nichts. Bis zu dem Moment, wo du verlangst, dass sie *dir* zuliebe gut gelaunt sein soll.«

Meine Mutter ließ die Hände ins Abwaschwasser sinken.

»Ich verlange nur, dass sie nicht alle mit ihrer schlechten Laune ansteckt!«

Ich wusste nichts mehr zu sagen. Ich fand, dass sie recht hatte, und dann auch wieder nicht.

»Alles muss nach ihrer Nase gehen«, sagte Wiebke abends, im alten Kinderzimmer, zu mir. »Alle haben sich ihr unterzuordnen, denn sie meint es ja nur gut. Ganz schön bequem, wenn die andern dauernd schuld sind.«

»Ich glaube, sie macht sich einfach Sorgen um dich.«

»Ach ja? Wenn dem so wäre, dann könnte sie vielleicht mal von sich absehen. Aber sie bezieht alles auf sich! Sie denkt, ich hab' absichtlich schlechte Laune, bloß um *ihr* den Spaß zu verderben!«

Ich wusste nichts mehr zu sagen. Ich fand, dass Wiebke recht hatte, und dann auch wieder nicht.

Wenn Lina mich anguckt, sehe ich Wiebke.

Nichts fürchte ich so sehr, als dass es zwischen uns genauso wird wie zwischen meiner Mutter und meiner Schwester. Regine hat recht. Und Wiebke hat recht.

Und ich hätte Lina niemals bekommen dürfen.

»Vielleicht«, sagt Wiebke und leckt vorsichtig den Strohhalm ab, »vielleicht mag ich mit dir deshalb nicht über Kindererziehung reden: weil du für mich an Mamas Stelle getreten bist. Du bist jetzt die, die mich ständig infrage stellt.«

Ich nicke. Ich liebe Wiebke. Ich will unbedingt mit ihr befreundet bleiben.

Aber wir sind keine Freundinnen, wir sind Schwestern. Das mit der Freundschaft war die Idee unserer Mutter, die ihrerseits ganz gewiss nicht mit Tante Elke befreundet war.

Anselms Mutter ist weg. Aus dem Gruppenraum ist kein Geräusch zu hören.

Am Kitator wird gemunkelt, dass Kinder, die nicht auf die Anweisungen der Erzieherinnen hören, für zehn Minuten auf den »stillen Stuhl« verwiesen werden. In mir zieht sich alles zusammen, wenn ich mir vorstelle, dass Bo gerade dort sitzt, andererseits bin ich sehr dafür, dass die da drin nicht das gleiche Vergeblichkeitsprogramm abspulen wie hier draußen die Eltern, also her mit den Folterinstrumenten, dem stillen Stuhl, dem elektrischen Stuhl; alles besser als das ewige Betteln um Verständnis, Verständnis für die Erwachsenen und deren nicht nachvollziehbaren Ängste.

Handeln statt Reden.

Kindersoldaten.

Wenn die Kinder schon ständig für uns Eltern und unsere Träume vom Leben einstehen müssen, dann sollten wir sie wenigstens dafür ausrüsten, sie unbarmherzig darauf trainieren – anstatt ständig zu behaupten, sie seien völlig frei und wir wollten es alle gemeinsam nur schön haben.

Ich schaffe es endlich, aus der Garderobe rauszukommen. Die Feuerschutztür fällt hinter mir ins Schloss.

Vorne am Gehweg steht noch ein Grüppchen Mütter, und ich grüße und stapfe schnell weiter.

»Sandra!«

Es ist Ricarda, ich hatte sie gar nicht erkannt.

»Gehst du auch in Richtung S-Bahn?«

Wir gehen gemeinsam die Straße entlang.

»Jörn hat mir erzählt, dass es dir gestern nicht so gut ging.«

»Ja, das stimmt. Ich fand's furchtbar im Plenum.«

»Warum, das konnte er mir nicht erklären.«

Ich nicke. »Ja. Sicher. Ich weiß.«

»Er hatte ein schlechtes Gewissen deswegen.«
»Muss er nicht. Wir sind da halt einfach nicht einer Meinung.«
»Aber wobei denn?«
»Bei allem. Wie man Gemeinschaft lebt. Wie man Aktionen organisiert. Wie man die Kinder beschützt und behütet –«
»Ihr seid da aber auch wirklich radikal, du und Hendrik.«
»Ach so?«
»Wir machen das eben mehr so aus dem Bauch. Ich kann diese ganzen Ratgeber nicht lesen.«
»Um Ratgeber ging's doch auch nicht.«
»Aber trotzdem. Du und Hendrik, ihr habt da eine knallharte Linie. Da kommt unsereins halt nicht mit. Bei diesen ganzen Theorien. Und was du nicht vergessen darfst: Jörn ist Arzt. Er sieht vor seinem inneren Auge all die Unfälle, die ständig passieren –«
»Oh ja. Ich weiß. Die sehe ich auch.«
»Na, dann seid ihr doch nicht so weit voneinander entfernt!«
Ricarda sieht mich lächelnd an. Wir sind an der S-Bahn angekommen, sie muss in die eine Richtung, ich in die andere.
Was will sie bloß von mir?
Frieden. Verständnis.
Einigkeit. Gleichheit.
Ich mag Ricarda. Sie ist hübsch, nein: schön, mit ihren langen Gliedmaßen und hohen Wangenknochen, ihren klaren braunen Augen und dem Lächeln, in das man sich fallen lassen kann. Ich wäre ihr gerne näher, sie hat auch eine tote Mutter, ein kompliziertes Projekt, einen anstrengenden Beruf und die Sorge um die Kinder. Und doch sind wir meilenweit voneinander entfernt.
»Ich verstehe nicht, dass Jörn denkt, dass er alles für euch regeln kann«, sage ich. »Für die Kinder und für dich. Das ist Wahnsinn! – Die Kinder können nicht nur stürzen und verbluten, verletzt, entführt und vergewaltigt werden, du kannst sie auch ihres Mutes und

ihrer Selbstständigkeit, ihres Lebenswillens und ihrer Freiheit berauben. Du kannst ihnen die Welt als einen Ort erscheinen lassen, der hässlich und krank und voller Gefahren ist, jedes Baumhaus eine Todesfalle, jeder Fremde ein Triebtäter! *Ihr* seid ihre größte Gefahr, Jörn und du, wirklich, da kenne ich mich aus. Man muss unterscheiden zwischen sich und den anderen! Ich zum Beispiel, ich kann meine Kinder nur mit allergrößter Not überhaupt in die Schule und den Kindergarten lassen, weil ich aus Erfahrung weiß und sehe, wie's dort zugeht. Und damit mein' ich nicht nur amoklaufende Mitschüler und frustrierte, sadistische Lehrer, nein, schon aus puren *Organisationsgründen* wird dort ihre Entfaltung verhindert, ihre Freiheit beschränkt, ihre Seele verstümmelt. Und zu Hause erst! Sieh doch mal hin! Da bist du, da ist Jörn. Ihr macht sie fertig, macht sie euch zueigen, ihr macht sie euch gleich, hängt ihnen eure Neurosen an, stopft sie mit Zucker voll und lasst sie fernsehen, um des lieben Friedens willen, sprich: um wenigstens zwischendurch mal ein *bisschen* Ruhe vor ihnen zu haben. Und erzähl mir nicht, dass du nicht weißt, wie schädlich das für ihr Wachstum und ihre Zähne, ihre Psyche und ihre Hirnstruktur ist! Du machst sie krank, Ricarda, in dem Moment, in dem du ihnen das Leben schenkst!«

Ricarda starrt mich an.

»Und weißt du, worum ich bete? Ich *bete* darum, dass der liebe Gott mich davor bewahrt, sie jetzt als Gegenmaßnahme vor mir selbst beschützen zu wollen! Das geht nämlich nicht, das ist die schlimmste Verrenkung, die man sich und ihnen antun kann – zu versuchen, sie gegen die Maßnahmen, die man selbst ergreift, zu verteidigen.« Ich verstelle meine Stimme und lege meine Stirn in Tante-Elke-Falten: »*Ja, ich weiß, dass du das jetzt nicht möchtest. Ich verstehe, dass du mich dafür hasst, dass ich dir das jetzt abverlangen muss* – Und: *Oh, Schatz, das tut mir so leid. Oh, ich weiß, dass du das unbedingt möchtest! Und ich VERSTEHE, dass du nicht verstehst, warum du das nicht haben darfst. Dass du mich dafür hasst, dass ich dir das jetzt abschlage. Aber ich MUSS es dir doch abschlagen, weißt du?* Und: *Ja, ich weiß, du bist jetzt RICHTIG DOLLE sauer auf mich, ja natürlich, mein Schatz, das versteh' ich – so eine doofe, doofe Mama!* – Ich werd' wahnsinnig allein vom Zuhören. Diese gnadenlose Doppelzüngigkeit, diese Anmaßung! Wie kann man sich einbilden, man könne Vollstrecker und Anwalt in einer Person sein? Kein Wunder, dass die Kinder durchdrehen und nicht mehr wissen, was sie machen sollen – wenn nicht mal ihre Eltern wissen, wer sie sind!«

Ricarda starrt mich an.

Ihre S-Bahn fährt ein.

Ich sehe Ricarda nicht nach, starre auf den Bahnsteig vor meinen Füßen, die schwarzen, plattgetretenen Kaugummis und schaumigen Spuckeflecken, die Tauben, die nervös zwischen den Wartenden hin und her laufen. Ich steige in meine eigene S-Bahn und lege mir Sätze zurecht, mit denen ich meinen Ausfall irgendwann begründen und vor Ricarda entschuldigen kann –

Ja, mir geht's grad nicht so gut. Und: Nein, das war nicht gegen dich. Und: Ja, du hast da wohl was abgekriegt, was in Wahrheit natürlich nicht dich betrifft –

Aber das ist gelogen, es war alles genau richtig, es war die Wahrheit und die Wahrheit tut weh.

Die Wahrheit tut mir so weh, dass ich schon wieder anfange zu heulen, aber das ist in der S-Bahn nicht weiter schlimm, da kann man sitzen und aus dem Fenster sehen, da sind die seltsamsten Leute einander ganz nahe, und niemand schert sich darum, wie's dir geht.

Niemand kommt und fragt, ob er dir helfen kann.

10

Mein Schreibtisch steht in Moabit. In einem Ladenlokal, wie es hier in den Seitenstraßen noch billig zu mieten ist. Die anderen beiden Freien, die sich mit mir den Laden teilen, sind nicht da, sie schwänzen auch oft ihre Arbeit. Ich kann also aufholen und Beiträge schreiben, kann versuchen, sie deren Redakteuren anzubieten, kann allen anderen Freien auf der Welt zuvorkommen –

Ich koche mir erst mal einen Tee.

Es muss lustig sein, was ich schreibe. Und geistreich. Es muss sich in der S-Bahn lesen lassen, im Garten, am Planschbecken. Es muss den Leuten helfen, bessere Laune zu bekommen, sonst wird keiner der Redakteure es annehmen wollen –

Ein Hauen und Stechen, auch hier.

Wenn ich vielleicht mal meine Homepage überarbeite? Mein Netzwerk erweitere, mich noch unentbehrlicher mache? Mich immer weiter anpasse, so lange, bis mich niemand mehr erkennt?

Ich denke an die Frau, die auf der Palliativstation, auf der meine Mutter gestorben ist, regelmäßig auftauchte: Mitte fünfzig war sie, großbürgerlich gepflegt, doppelreihige Perlenkette.

Sie stellte sich vor als eine, die im Zeitalter der Rationalisierung leider notwendig geworden sei, als Ergänzung zum Pflegepersonal, weil sie unentgeltlich Gutes tue, zuhöre, vorlese, Gesellschaft leiste und so weiter – »Eigentlich alles, was auch Angehörige tun, aber die werden ja immer gestresster, genau wie das Personal, und nicht jeder Patient hat welche.«

Ich nickte.

Sie war mir in der Klinik zu den Fahrstühlen gefolgt.

»Aber Sie sind ja da, zum Glück.« Sagte sie zu mir.

Hätte ich das vielleicht zu *ihr* sagen sollen?

Ich wollte sie gerne wieder loswerden, aber der Fahrstuhl kam und kam nicht.

»Das ist schon schwer –« Sie seufzte.

Sie legte mir die Hand auf den Arm und sah mich an.

»Äh – ja.« Sagte ich.

Sie lächelte.

»Aber Ihre Mutter ist eine ganz, ganz tolle Frau.«

Hätte ich das vielleicht zu *ihr* sagen sollen?

Ich bekam Beklemmungen, weil ich mir vorstellte, wie diese Frau das Bett meiner Mutter belagerte in der Absicht, Gutes zu tun – beziehungsweise von meiner Mutter Gutes getan zu bekommen.

Meine Mutter war jederzeit bereit, sich auf die Bedürfnisse anderer einzustellen; selbst mit Krebs im Endstadium und unter Morphium würde sie sich noch bemühen, eine Atmosphäre zu erzeugen, in der die ehrenamtliche Helferin sich nützlich und angenommen fühlte, und das war zu viel, dafür sollte meine Mutter nicht mehr zuständig sein.

Ich rief meinen Vater an.

»Wer ist diese schreckliche Frau, die da auf der Station rumschleicht?«

»Moment, Moment. Von wem sprichst du?«

»Mitte fünfzig, Perlenkette, Tante-Elke-Augenbrauen, zu viel Zeit.«

»Ach so, die. Das ist Frau von Gencken, eine ehrenamtliche Helferin.«

»Ich will, dass sie von Mama ferngehalten wird.«

Mein Vater fand das übertrieben. Er beruhigte mich und meinte, sie käme nur einmal die Woche, dienstags, und nur für zwei bis drei Stunden. Und sei zuständig für die ganze Station.

Ich rief meine Schwester an.

»Selbst wenn sie nur zehn Minuten da ist, ich will sie nicht. Wie krank muss man eigentlich werden, damit man nicht mehr für die Bedürfnisse anderer herhalten muss?«

»Andersherum wird ein Schuh draus«, meinte Wiebke. »Je kränker, desto besser für die Bedürfnisse von Frau Gencken.«

»*Von* Gencken.«

»Scheiß drauf. Ich sprech' mit der Stationsleiterin.«

Damals war Wiebke noch meine Verbündete.

Sie holte sich die Zusage, dass Frau von Gencken nicht mehr ans Bett unserer Mutter vorgelassen wurde.

Wen soll ich anrufen, um meine Nichte vor Wiebke zu beschützen?

»Liebe Frau von Gencken, vielleicht erinnern Sie sich an mich. Ich bin eine Angehörige, die Tochter einer ganz, ganz tollen Frau, die vor einigen Jahren im Marienhospital gestorben ist. Sie hatte Krebs, das haben dort wohl die meisten, aber meine Mutter hatte diese ganz spezielle Sorte, eine, die sonst nur sehr, sehr alte Frauen kriegen, ein Vaginalkarzinom, und ja: Ich *habe* mir Gedanken darüber gemacht, warum meine Mutter das wohl schon mit Mitte fünfzig bekam. (Eine von mehreren Erklärungen dafür ist, dass man ihr nach meiner Geburt die Gebärmutter entfernt hat; das hat man damals ja gerne getan, so nach dem Motto: Wozu der Scheiß, wenn er sich doch nur senkt und nicht mehr gebraucht wird?) Darüber will ich mich jetzt aber gar nicht weiter auslassen, ich habe nämlich eine Bitte an Sie.

Oh ja, ich weiß, dass ich damals, als Sie mir zu den Fahrstühlen folgten, ziemlich abweisend war. Damals hatte ich das Gefühl, Ihr Hilfsangebot sei scheinheilig und Sie vor allem um Ihr eigenes Seelenheil bemüht – was mir egoistisch erschien unter all den Leuten, die damit zu tun hatten, am Leben zu bleiben beziehungsweise in Würde zu sterben, und die meiner Meinung nach nicht auch noch damit belastet werden sollten, sich um Sie und Ihre Bedürfnisse zu kümmern. Es tut mir aber inzwischen leid, dass ich damals so misstrauisch war, denn heute denke ich, ich hätte Sie kennenlernen, besser noch: gründlich studieren sollen! Eben diesen Egoismus und die Dreistigkeit, vor allem aber den Umstand, dass Sie sich nicht als egoistisch wahrnahmen. Sie selbst sahen sich als sorgenden, rettenden Engel, Sie waren überzeugt, dass jeder Ihr Dasein als segensreich empfand. Und deshalb frage ich Sie jetzt: Was, um alles in der Welt, ist Ihr Rezept?

Ich bin momentan dabei, mir über diverse Widersprüchlichkeiten klarzuwerden, ich frage mich, wie weit man gehen darf in der Sorge um andere, und ob diese nicht am Ende immer nur die egoistische Sorge um einen selbst ist. Ich komme in dieser Frage nicht weiter, und da sind Sie mir eingefallen, eine Frau mit speziellen Methoden und ohne jeden Skrupel. Wo kommt das her, wo führt das hin?

Denn, um ganz ehrlich zu sein: Ich fürchte mich. Ich weiß nicht mehr, wie ich die Dinge einzuordnen habe. Ich habe plötzlich Zweifel, was richtig und was falsch ist.

Da ist zum Beispiel Jörn, ein Bekannter von mir aus dem Wohnprojekt – davon haben Sie bestimmt gehört, dass sich immer mehr Menschen in selbstverwalteten Häusern generationenübergreifend zusammentun, heutzutage, da in den Pflegeeinrichtungen das Personal furchtbar knapp ist und die Angehörigen auch nicht mehr das tun, wofür man sie eigentlich hat, wem erzähle ich das –, Jörn jedenfalls hat erklärtermaßen die Absicht, auf seine Kinder aufzupassen, dafür zu sorgen, dass sie möglichst unbeschadet das Erwachsenenalter erreichen. So hat er es auf einem unserer Plena ausgedrückt, als er die anderen Eltern dafür gewinnen wollte, das Bäumeklettern und Stöcke-ins-Feuer-halten für alle unter Fünfjährigen zu verbieten.

Was aber, wenn er mit seinem Plan genau das Gegenteil erreicht? Wir zum Beispiel, wir hatten, als ich klein war, eine Katze, die wegen der viel befahrenen Straße nicht nach draußen durfte – Stuttgart, Autostadt, Sie kennen das –, doch in dem Moment, wo sie entwischt ist, war sie so froh und aufgeregt und beschwipst von der frischen Luft, dass sie direkt vors nächste Auto gerannt ist. Und dann ist da noch meine Tante Irene, eine im Grunde unauffällige, ganz, ganz tolle Frau, die dennoch plötzlich nicht mehr leben wollte und erst ihre Kinder und dann sich selbst umgebracht hat.

Schrecklich, sagen Sie?

Ja, ich weiß es eben nicht. Nicht mal darin bin ich mir noch sicher.

Vielleicht hat sie sich und ihren Kindern auch sehr viel Schlimmeres erspart und nur den Fehler, die Kinder überhaupt in die Welt gesetzt zu haben, konsequent rückgängig gemacht. Und schon kommt meine Hauptangst, dass nämlich meine Schwester – Sie erinnern sich – von eben dieser Konsequenz vielleicht auch nicht mehr allzu weit entfernt ist, da sie es offenbar auch als schrecklichen Fehler empfindet, ihren Kindern diese Welt, deren Bewohner und sich selbst zuzumuten. Warum sollte sie sich sonst ständig für alles entschuldigen? Dass man zum Beispiel Stiefel anziehen muss, wenn es draußen schneit?«

Der Tee ist kalt geworden. Ich schreibe dem Redakteur eine E-Mail, dass mein Beitrag später käme, lösche die E-Mail, weil er's ohnehin nicht bemerken oder froh sein wird, und lege mich im Hinterzimmer, unserem Pausenraum, aufs Sofa. Wenn niemand außer mir im Büro ist, liege ich da oft. Tagsüber kann ich besser schlafen als nachts, und das Haus ist ein Altbau, das Fenster hier im Pausenraum ist schmal und vergittert. Es zeigt auf einen Hof, den nur Leute durchqueren, die im Hinterhaus wohnen, die ich allesamt nicht kenne und auch nicht kennen muss.

Morgen wird es besser werden. Da soll Hendrik Bo in die Kita bringen, und ich gehe schon früh um halb acht mit Lina los. Ich werde in der S-Bahn unter echten Berufstätigen sitzen und etwas lesen in der Art, wie ich es schreiben soll. Wie ich es schreiben *kann,* wenn ich mich endlich mal zusammenreiße –

Ich schlafe.

Als ich aufwache, ist es schon wieder Zeit, aufzubrechen.

Ich muss um halb drei in der Kita sein und Bo abholen, denn um drei sind wir mit Monika verabredet. Besser gesagt: *Ich* bin mit ihr verabredet, aber sie will auf jeden Fall auch die Kinder sehen. Die Kinder, den Garten, die Nachbarn und das Haus.

Monika ist auch eine Freundin meiner Mutter.

Sie ruft zweimal im Jahr an, um nach mir zu sehen, das habe sie meiner Mutter am Totenbett versprochen, sagt sie – aber eigentlich hat sie auch schon vor dem Tod meiner Mutter regelmäßig bei mir vorbeigeschaut.

Monika ist Meisterin im Vorbeischauen.

Sie hat den Kinderladen, den ich besucht habe, mitgegründet, mehr noch: Sie sagt von sich, sie habe die Kinderläden *erfunden,* was mir ein bisschen übertrieben und historisch nicht ganz haltbar erscheint, ich habe da bei Wikipedia andere Namen gelesen, aber wer weiß.

Andere aus der Kinderladenclique mögen sie nicht so gerne, sie finden, Monikas Blick gehe allzu weit an denjenigen vorbei, bei denen sie vorbeischaue. Aber mir ist das egal, sie ist die Freundin meiner Mutter, sie hat versprochen, sich um mich zu kümmern, ich kenne sie, seit ich drei Jahre alt bin, und mich dürstet, mich dürstet nach Mutterersatz.

Als ich mit Bo um die Ecke biege, steht Monika schon vor dem Haus.

Sie schirmt die Augen mit einer Zeitschrift vor der Sonne ab und sieht an der Fassade hinauf.

»Guck mal, was ich dir mitgebracht habe«, sagt sie und gibt mir die Zeitschrift. Ein Mitteilungsblatt der GEW. »Da ist was über Gemeinschaftsschulen drin. Geht Lina denn noch auf die Gemeinschaftsschule?«

Ich nicke.

»Und du? Schreibst du auch noch für diese Frauenzeitschriften und fürs Radio?«

Ich nicke. Manchmal, sicher. Heute nicht.

»Hattet ihr schon immer Solarzellen auf dem Dach?«

Ich nicke wieder.

»Siehst du, das hatte ich auch so in Erinnerung. Als es neulich um euer Haus ging, kam die Frage auf, ob ihr wohl selbst Strom erzeugt und wie ihr es beheizt.«

»Hallo, erst mal«, sage ich und küsse sie. Sie lacht abwehrend. Sie hält nicht viel von Körperkontakt.

»Die Solarpanele sind nur zur Warmwassererzeugung da«, sage ich und schließe das Tor zum Garten auf. Wir haben ausgemacht, dass wir im Garten Kaffee trinken.

Monika kommt hinter mir her, guckt sich das Haus von hinten an.

Bo will unbedingt nach oben.

»Nein, wir bleiben hier«, sage ich, »Lina kommt auch gleich.«

Hoffe ich zumindest. Ich stelle mich neben Monika und sehe ebenfalls an der Rückseite unseres Hauses hinauf.

Schön sieht es aus mit den vielen Pflanzen auf den Balkonen. Bei Sabine rankt der Wein schon übers halbe Fenster, und Berit hat eine Hängematte angebracht. Heide gießt ihre Tomaten, ich winke ihr zu, Heide winkt zurück.

Wir setzen uns an den Gartentisch, Monika hat Kuchen mitgebracht. Bo guckt misstrauisch, will nicht probieren. Ich entschuldige mich, um hochzugehen und Kaffee zu kochen.

Bo kommt mit, es hilft alles nichts. Er will nicht mit Monika reden. Vermutlich merkt er, dass ich ihn vorführen will.

Ich setze Wasser auf, wärme die Thermoskanne vor, packe Milch und Geschirr in einen Korb.

Nach den Erzählungen meiner Mutter war es ziemlich schwer, in den Kreis der Kinderladengründer aufgenommen zu werden, und noch schwieriger, auf den wöchentlichen Plena mit den Vätern mit Redeerfahrung und Doktortiteln mitzuhalten, aber sie schaffte es.

Meine Mutter war hübsch und jung und begeistert und stellte sich mit allen gut; sie bot sich als feste Protokollantin und loses Bindeglied zur Arbeiterklasse an, backte Pflaumenkuchen und fehlte kein einziges Mal beim Elterndienst.

Meine Mutter war froh, als Elvira, die Erzieherin, eingestellt wurde – weil die auch aus einfachen Verhältnissen kam und sie sich fortan gemeinsam heimlich fortbilden konnten. Bruno Bettelheim unter vier Augen vordiskutieren, bevor auf dem Plenum dann wieder mit Fachbegriffen um sich geworfen wurde.

Bald kannten meine Mutter und Elvira die Schriften der Reformpädagogen besser als alle anderen aus der Gruppe, aber das merkte niemand, am wenigsten Monika, der es zudem auch nichts ausgemacht hätte, denn sie agiert schon immer außer Konkurrenz.

Monika schert sich nicht um den fehlenden Wikipedia-Eintrag bezüglich ihrer Erfindungen, sie muss weder sich noch sonst wem irgendwas beweisen, sie *ist* sie einfach, die Mutter der Kinderläden und deshalb auch jedes einzelnen Kinderladenkindes einschließlich seiner Gedanken und Ideen – weil diese sich ja nur aufgrund der

Freiheit im Kleinkindalter so ungehindert entfalten konnten, was dann in Projekten wie etwa dem Gemeinschaftshaus mündet.

An Monikas Lebenswerk ist nicht mehr zu rütteln, es verzweigt sich immer weiter, und es trägt immer prächtigere Früchte.

Monika muss nur über Land fahren und ab und zu anhalten und sagen: »Sieh mal, da drüben betreibt Roland jetzt ökologische Landwirtschaft, und zwei Dörfer weiter haben Billie und ihr Mann den alten Dorfgasthof gekauft und zu einem Kulturzentrum umgebaut, und rate mal, wen sie eingeladen haben, damit er zur Eröffnung spielt? Richtig, den Heiko mit seiner Band. Die sind inzwischen auch international unterwegs, eine wirklich schöne, erfolgreiche Sache.«

Ich zwinge Bo, wieder mit nach unten zu gehen.

»Du kannst doch in der anderen Ecke vom Garten Fußball spielen, wenn du nicht mit uns Kuchen essen willst. Vielleicht kommt Finn ja auch noch runter.«

Hoffentlich nicht.

Lina ist inzwischen gekommen. Sie sitzt bei Monika und lächelt und hört zu, wirft mir einen Blick zu; ich atme tief durch.

Monika erzählt Lina von dem Artikel über Gemeinschaftsschulen im GEW-Blatt.

»Das ist toll, weißt du, das haben wir uns früher für unsere Kinder auch gewünscht, das jahrgangsübergreifende Lernen und dass es keine Noten gibt. Ich war ja selbst auch Lehrerin, weißt du das?«

Lina sieht mich unsicher an. Sollte sie es wissen? Aber Monika redet schon weiter.

»Und jetzt helfe ich Kindern, die es nicht so leicht haben wie ihr, die zum Beispiel kein Deutsch können, und für solche Kinder ist es besonders wichtig, dass es Schulen gibt wie die, in die du gehst. Gibt es bei euch denn auch viele Kinder, die kein Deutsch sprechen?«

»Na ja –« Wieder sieht Lina zu mir her.

Ich teile den Kuchen aus, gebe Lina mit meinem Schweigen zu verstehen, dass sie ruhig selbst antworten kann.

»Also«, sagt sie, »eigentlich nicht.«

»Hier gibt es doch keine Migrantenkinder«, ergänze ich, »das ist Prenzlauer Berg. In Linas Schule gibt es ebenso wenig Migrantenkinder wie früher im Kinderladen welche von Arbeitern.«

Ich grinse schelmisch. Monika geht nicht darauf ein.

»Was ist denn dein Lieblingsfach?«, fragt sie Lina stattdessen.

»Ich weiß nicht?«

Monika lacht und wendet sich von Lina ab.

»Also, ich soll dich schön grüßen«, sagt sie zu mir. »Von Heiko und Martin und den Janssens, von Engelmanns, Walthers und den Jahns – Elfriede Jahn hatte neulich siebzigsten Geburtstag, da waren alle eingeladen –, und heute Abend treffe ich noch Hannah und ihren Mann, die bekommen im Herbst ihr erstes Baby, und Katharina hab' ich erzählt, was ihr hier für ein tolles Projekt habt, sie soll dich doch mal anrufen, schließlich ist das für Alleinerziehende wirklich ideal –«

Lina sieht mich an, ich nicke; sie kann gehen, es war genug. Was jetzt kommt, geht nur Monika und mich etwas an; Lina schlendert rüber zu Bo und kickt mit ihm ein paar Bälle; sie hat sich gut gehalten, besser kann ich's auch nicht. Überhaupt ist das Haus selbst viel aussagekräftiger als alles, was wir Monika über uns erzählen könnten, als alles, was wir selbst sind. Ich habe es im Rücken, es ragt direkt hinter mir auf.

»Wie geht es Wiebke?«, fragt Monika. »Wie alt sind Wiebkes Kinder jetzt?«

»Vier und sieben.«

Monika nickt und lächelt versonnen. »Sehr schön. Das hätten wir ja nie gedacht, dass ihr alle mal so tolle Mütter werden würdet!«

Was soll das denn jetzt heißen? Was hatten sie stattdessen gedacht?

Dass wir schlechte Mütter würden oder überhaupt keine? Und wer sind sie genau, diese »Wir«, die das dachten?

Wer die tollen Mütter sind, ist klar: alle weiblichen Kinderladenkinder.

Ist »toll« nicht ein anderes Wort für »wahnsinnig«?

»Ich sehe Wiebke nicht mehr so oft«, sage ich. »Ich hab' da Schwierigkeiten, weil –«

»Na ja«, unterbricht mich Monika, »sie wohnt ja auch weit weg. Ich hab's auch ewig nicht mehr geschafft, bei ihr vorbeizuschauen. Aber im Herbst auf dem Weg ins Ruhrgebiet zu Manfreds siebzigstem Geburtstag werd' ich's wohl schaffen, Manfred Wohlfahrt, weißt du noch, die Wohlfahrts? Mit Andrea und dem wilden Lars? Lars promoviert gerade in Philosophie, und sein Doktorvater ist wohl ganz begeistert und hat ihm schon einen Job in seinem Institut angeboten.«

Monika hatte auch eine Totaloperation, genau wie meine Mutter. Weil sie kein Einzelkind wollte, hat sie ein zweites adoptiert, und das war okay, weil Anfang der Siebziger niemand mehr auf Blutsverwandtschaft, sondern nur noch auf sozialen Einfluss als charakterbildend, als wahrhaft ausschlaggebend und prägend gesetzt hat. Zumindest die aufgeklärten Leute, die Kenner der Reformpädagogik, das Kinderladenkollektiv.

Diese Meinung hat sich mit der Zeit dann wieder ein bisschen geändert, oder sagen wir besser: ausdifferenziert.

Deshalb sind, von heute aus gesehen, vielleicht doch die Gene schuld, dass Monikas Adoptivsohn im Gegensatz zu ihrem leiblichen keinen rechten akademischen Ehrgeiz entwickelt hat, sondern lediglich Kurierfahrer geworden ist. Das ist nichts, was irgendjemand verlauten ließe, das ist nur ein winzig kleiner Gedanke inmitten der großen, allumfassenden Toleranz.

Schuld, Schuld, Schuld.

Scheißegal, was die Kinder werden, oder nicht?

Nein, ist es nicht. Nicht, wenn man so viel Achtsamkeit und Pflege und Mühsal und Gedanken und Sehnsucht und Geld in sie hineingesteckt hat. Bitte, erweist euch dessen als würdig und werdet ein ansehnliches Aushängeschild!

Um Monika mache ich mir in dieser Hinsicht wenig Sorgen. Sie hat ja noch unzählige andere Kinder, die nicht Kurierfahrer, sondern Ökobauern, Kulturveranstalter, Dirigenten, Regisseure, Doktoren aller Arten und richtig tolle Mütter geworden sind.

»Warum lässt du sie eigentlich rein?«, fragt Hendrik mich am Abend. »Warum gibst du dir solche Mühe, hältst dir extra den Nachmittag frei, stehst immer zur Verfügung, sobald sie hier anruft?«

»Sie ist unsere Mutter.«

»Also: meine nicht. Ich bin nicht im Kinderladen, sondern in der katholischen Spielgruppe gewesen, zweimal wöchentlich von acht bis zwölf. Meine Mutter war den ganzen Tag zu Hause, um für mich zu sorgen, und in der Spielgruppe war ich nur, um mich ein bisschen an andere Kinder zu gewöhnen, bevor ich in die Schule kam.«

»Na gut, aber deine Mutter war bestimmt auch erfasst vom Geist der Bewegung und antiautoritären Erziehung. Hat sie dich geschlagen oder dich gezwungen, deinen Teller leer zu essen?«

»Nein.«

»Hat sie dich aufs Töpfchen gesetzt und dir den Mund mit Seife ausgewaschen?«

»Nein.«

»Hast du dir deine Freunde selbst aussuchen und den Wehrdienst verweigern dürfen?«

»Ja.«

»Na bitte. Und dieser Geist geht auf Monika zurück.«

»Also gut. Und selbst wenn: Wir sind inzwischen erwachsen, wir brauchen keine Mutter mehr.«

»Du vielleicht nicht. Aber ich.«

Es tut mir gut, jemandes Aushängeschild zu sein. Das geglückte Ergebnis einer Idee und außerdem Teil einer Gruppe. Monikas Gruppe, na und? Besser als gar keine.

Irgendwo muss man hin, wenn die Sitten rauer werden, die Ressourcen knapper; immerhin wohnt sie im wohlhabenden Teil der Republik, in Stuttgart, im eigenen Haus oben auf der Höhe, dort, wo das Wasser nicht hinreicht, auch dann nicht, wenn die Polkappen schmelzen.

All das sage ich Hendrik, und er schnaubt nur verächtlich.

»Du glaubst doch nicht im Ernst, dass sie dich aufnimmt, wenn es so weit ist!?«

Er kann es nicht fassen. Ihn macht das wütend, er will die Kinder alleine retten, ohne Monikas Hilfe.

Aber ich sage: »Das geht nicht, das schafft niemand ohne einflussreiche Kontakte!«

»Lächerlich. Monika ist kein Kontakt. Wo, glaubst du, wirst du stehen in der langen Reihe vor ihrem Haus? Wie, glaubst du, haben sie und ihr Mann ihr Geld bis jetzt zusammengehalten? Womit, glaubst du, haben ihre Familien es wohl einst verdient?«

»Das sind doch bloß Unterstellungen.«

»Ganz genau, aber frag doch mal nach, beim nächsten Pläuschchen im Garten. Wenn du überhaupt zu Wort kommst.«

»Warum bist du eigentlich so sauer?«

»Ich hasse sie. Ich hasse diesen Gestus, diese Selbstgewissheit, diese Anmaßung!«

»Glaubst du wirklich, wir schaffen's alleine?«

»Nein. Aber ich sage dir: Zähl nicht auf Leute wie Monika!«

Ich zähle auf gar niemanden mehr. Ich bin allein.

Mutterseelenallein.

Das heißt nicht, wie ich bisher dachte: mutterlos – und deshalb allein. Das heißt: allein wie eine Mutterseele, allein wie dieses arme, verwirrte, umherhuschende Etwas, das niemals zur Ruhe kommt, es niemals allen recht machen kann. Ein Geist, der niemals verstanden wird, im Gegenteil: vor dem auch andere Mütter instinktiv zurückweichen.

Mutterseele ist dazu verdammt, allein zu bleiben.

Mutterseelenallein.

Ich fange an zu weinen.

»Hey –« Hendrik seufzt und nimmt mich in die Arme.

»Ich kann nicht mehr«, schluchze ich.

Er streichelt mir über den Kopf. »Das wird schon. Alles halb so schlimm.«

»Versprichst du mir, dass du auf die Kinder aufpasst, wenn ich verrückt werde?«

»Du wirst nicht verrückt.«

Er streichelt mich.

Ich heule in den Ausschnitt seines T-Shirts, spüre seinen Brustkorb. Schmal ist der, aber ziemlich hart.

Die Tränen laufen mir in den Mund, ich versuche, mich nur auf den Geschmack zu konzentrieren: salzig. Salzig und eigentlich ganz lecker; ich beruhige mich, ziehe die Nase hoch, will den Kindern keine Angst machen, Lina ist vermutlich noch wach.

Sie wird mich morgen fragen, was Hendrik gemeint habe, warum er Monika beschimpfe und ob wir wirklich zu ihr ziehen müssten. Warum ich so viel weinen würde und wir hinten in der Schlange stünden.

Ich mache mich von Hendrik los, wasche das Geschirr ab, sammle die Kleidungsstücke ein, die Lina und Bo in der Wohnung verstreut haben, überlege, ob ich es den Nachbarn zumuten kann, noch eine Waschmaschine anzustellen, nehme die trockene Wäsche vom Ständer und falte sie ordentlich zusammen, mache vier schöne, gerade Stapel, für jeden von uns einen.

Ich höre, wie Hendrik ins Bad geht und sich die Zähne putzt.

Es stimmt nicht, was Heide sagt, dass Männer sich nicht pflegen, nicht das Vorhandene bewahren würden; Hendrik putzt sich die Zähne, reinigt danach die Zahnzwischenräume, putzt dann noch mal und spült mit Mundwasser nach – um sich seine Beißkraft zu erhalten bis ins hohe Alter. Um auch ohne Zusatzversicherung gewappnet zu sein.

Ich selbst räume auf, falte Wäsche, um mich abzulenken, um nicht mehr darüber nachdenken zu müssen, was die Zukunft bringt.

Mein Schwager wird Wiebke verlassen und mit der Mutter seines neuen Kindes zusammenziehen. Warum? Weil die nicht so neurotisch ist wie Wiebke und genau sagen kann, was sie will. Wiebkes Dasein als Alleinerziehende wird ihr Münchhausen-by-proxy-Syndrom noch verstärken, sie wird ihre Kinder mit Arzneimitteln vergiften, dann eingeliefert werden in die Anstalt. Tinka wird noch ein drittes Kind bekommen und ein viertes adoptieren; Franz wird schließlich doch noch eine Diagnose und die dazu passende medikamentöse Einstellung erhalten, wird straffällig werden oder sich umbringen. Wir werden aus dem Haus hier rausfliegen, weil ich die Nachbarin am S-Bahnhof bösartig beschimpfe, mich nicht mehr länger zusammenreißen kann. Auf Manfred Wohlfahrts siebzigstem Geburtstag werden alle darüber reden, dass ich schon im Kinderladen ein schwieriges Kind gewesen sei, laut und ungestüm, und dass es wohl so habe kommen müssen. Immer schon hätte ich überall nur Unglück gesehen, dazu noch meine tote Mutter, die mich vielleicht hätte retten können, aber schade, nein, sie hat zu viel geraucht.

Hat davon Krebs gekriegt und musste sterben, selbst schuld, man muss schon auf sich achten, ewig geht das nicht mit den gesundheitsschädlichen Substanzen, damit, die Zeichen der Zeit zu übersehen.

Und Hendrik schläft.

Er geht immer früher ins Bett, um bereits zu schlafen, wenn ich dazukomme; er fasst mich nicht mehr an, und ich verstehe das, das hat nichts mit mir zu tun, sondern damit, was wir noch füreinander sind: Eltern, nichts weiter. Doch bitte schön, wie lange noch?

Demnächst wird eines unserer Kinder sterben, schon aus statistischen Gründen – oder zur Strafe, weil ich nicht gut genug auf sie aufpasse. Auf jeden Fall wird einem meiner Kinder etwas zustoßen als Belastungstest für meine Standhaftigkeit, um zu überprüfen, ob ich auch nach Linas Vergewaltigung noch dafür plädiere, Neunjährige alleine den Schulweg gehen zu lassen.

Die Polkappen werden schmelzen, und Monika lässt uns im Regen stehen, im Schmelzwasser ertrinken. »Tut mir leid!«, ruft sie aus einem der oberen Fenster ihres Stuttgarter Hauses, »Blut ist eben doch ein wenig dicker als Wasser!«

Wir werden alle sterben.

Wir, nicht die anderen.

Ich putze und falte, und es hilft alles nichts.

11

Ich habe ihn vorausgesehen, den Tod von Manuela Förster.

Zuerst hab' ich mir eingeredet, es läge am THC, an dem Joint, den ich auf der Semesterabschlussparty geraucht hatte, ein schlechter Trip, Bilder wie aus einem taiwanesischen Horrorfilm, hellblaue, glänzende Fliesen, sanfte Musik, nur dass die Hauptfigur aussah wie Manuela und die Duschkabine ebenfalls sehr europäisch. Da lag Manuela mit verdrehtem Kopf und gespreizten Beinen, auf dem Duschvorleger, der entfernt an ihre selbst gestrickten Unterhosen erinnerte. Ich wusste sofort, wer sie war, obwohl ich sie seit Jahren nicht mehr gesehen hatte, nur gehört hatte, was meine Mutter mir manchmal über sie erzählte.

»Weißt du was Neues von Manuela Förster?«, habe ich sie vorsichtshalber beim nächsten Telefonat gefragt.

»Sie hat sich wunderbar berappelt«, sagte meine Mutter, »sie macht jetzt eine Lehre als Einzelhandelskauffrau.«

Na also, dachte ich und beschloss, mit dem Haschischrauchen aufzuhören. Es soll Menschen geben, die dafür nicht geeignet sind, die auf THC hängenbleiben und in der Klapsmühle enden. Zu denen wollte ich nicht gehören.

Doch ein halbes Jahr später war Manuela dann tatsächlich tot.

»Tot? Bist du sicher?«

»Ja«, sagte meine Mutter. »Ich hab's von Hannelore erfahren, und in der Zeitung stand es auch. Sie soll ertrunken sein in ihrer Duschwanne. Ausgerechnet jetzt, wo endlich mal alles bergauf ging, das Kind aus dem Gröbsten raus –«

»Wie: ertrunken? Woher weiß man das? Bist du sicher?«

»Ja, das bin ich. Ihr Vermieter hat sie gefunden.«

Konnte das sein? Ich zweifelte vorsichtshalber an meiner Erinnerung. Bestimmt hatte ich mir den Traum von der toten Manuela in der Dusche nur eingebildet. Viel wahrscheinlicher war, dass dieses Bild eben erst entstanden war, in dem Moment, als meine Mutter »Duschwanne« sagte. Ich war schließlich nicht hellsichtig, sondern höchstens mit ein bisschen zu viel Einfühlungsvermögen ausgestattet, weil meine Mutter und Elvira es in den Siebzigerjahren übertrieben hatten mit meiner Sensibilisierung für das Unrecht dieser Welt und die Angehörigen benachteiligter Schichten –

»Wir sind Kinder einer Erde / die genug für alle hat / doch zu viele haben Hunger / und zu wenige sind satt.« Volker Ludwig, »Ein Fest für Papadakis«, 1973.

»Warum haben die Großen vor andern Großen Angst? / Mutti hat Angst vor der Nachbarin / der Lehrer hat Angst vor dem Schuldirektor / Vati hat Angst vorm Chef.« Volker Ludwig, »Mugnog-Kinder«, 1970.

»Es gibt eine Waffe, die kann man nicht zerbrechen / es gibt eine Waffe, die nimmt dir keiner weg. / Die Waffe heißt lesen, erkennen und verstehen / Zeichen, Worte, Sätze, und was dahinter steckt. / Gebrauche diese Waffe, mit ihr erlangst du, was die Herrn fürchten wie die Pest: die Wahrheit über sie.« Volker Ludwig, »Banana«, 1976.

Ich hatte gelernt, dass es gut sei zu wissen. Hinzusehen.

Von Voraussehen war nicht die Rede gewesen; hinsehen und das Übel benennen sollte man, dann sahen es die Bösen irgendwann ein oder grummelten zumindest nur noch und verschwanden hinter der Szene, und die Guten feierten mit den Bekehrten ein Fest.

Im Grunde meines Herzens glaube ich immer noch daran: Wenn ich nur genau genug hinsehe, alles verstehe und benenne, wird es sich am Ende zum Guten wenden.

Doch irgendwas stimmt nicht mit dieser Formel.

Sie hat mich zur Kassandra gemacht; keiner hört mich, keiner hört auf mich; Worte sind keine Waffen, Worte stützen nur das kranke System.

Sehen hilft nichts, sehen hält nichts auf.

Tinkas Mutter Marlies, Mitte der Achtzigerjahre.

Sie richtet sich in der Einliegerwohnung ein, einem Zimmer mit eigenem Bad und separatem Eingang im Keller ihres Einfamilienhauses. Die Fenster oberhalb der Blickhöhe, aber das stört Marlies nicht, sie hat ein Händchen für die Gestaltung von Innenräumen, trägt die große Stehlampe nach unten und hängt Chinaballons auf, mehrere übereinander, mit Sechzig-Watt-Glühbirnen, schön sieht das aus. Den alten Sessel hat sie selbst neu bezogen mit knallpinkem Velours, und vor allem hat sie hier ihren Arbeitstisch. Den Arbeitstisch, einen Drehstuhl, ein schmales Bett und den Sessel zum Lesen. Eine Tür, die man zumachen kann vor dem Haushalt mit den fünf Kindern zwischen vier und fünfzehn Jahren, dem Mann, der erst nach Hause kommt, wenn alle längst schlafen. Viel Zeit wird sie hier nicht verbringen können in ihrem Zimmer, aber das stört Marlies nicht. Sie hat nichts dagegen, ihre Zeit mit dem Haushalt, den Kindern, dem Hund und der Sorge um sie alle zu verbringen, solange nur irgendwo noch das andere Leben wartet, das Leben, das außer mütterlicher Sorge noch andere Themen bereithält. Das Zimmer, zu dem nur sie Zutritt hat, ihr eigener Tisch, von dem Schere und Klebstoff nicht jedes Mal verschwunden sind, wenn sie sie braucht, ihr abschließbares Bad, in dem sie vor dem Spiegel stehen und sich ungestört betrachten kann.

Schön sieht sie aus, mit den hellen Augen und den schweren Lidern, dem herzförmigen Haaransatz um die hohe Stirn, hinter der Gedanken wohnen, die nichts mit Sorge und Fürsorge zu tun haben, sondern hierhin und dorthin wandern, je nachdem, was Marlies'

Hände gerade am Arbeitstisch tun, was ihre Augen gerade lesen, während sie im Sessel sitzt – in Ruhe, in Frieden, ganz für sich allein.

Die Kinder kommen und werfen sich aufs Bett, bewundern den Reigen der Chinaballons.

»Solche will ich auch.«

Marlies lächelt. Klar, solche können sie haben. Marlies scheucht die Kinder die Treppe wieder hinauf. Sie richtet ihnen die Zimmer neu ein. Hängt Chinaballons in die Ecken, näht Vorhänge, Spielpolster, Faschingskostüme.

Währenddessen warten die anderen Themen und Gedanken unten im Keller, hinten im Schrank, in den nicht gelesenen Büchern, den nicht geschriebenen Sätzen, aber das macht nichts, sie warten, sie sind geduldig, es ist gut.

»Darf ich bei dir unten einschlafen?«

Seit jeher wandern die Kinder mit ihren rot karierten Bettdecken durch das Haus und suchen sich die schönsten Plätze für die Nacht. Marlies ist nicht geizig; mit wem sollte sie lieber teilen als mit ihren Kindern?

Marlies hat zudem noch das Ehebett im Schlafzimmer, es sei denn, das ist auch belegt von einem quer liegenden Kind mit rot karierter Decke. Dann legt sie sich eben in dessen Bett.

Dass sie nicht in ihr Zimmer kann, solange ein Kind dort unten einschläft, ist nicht weiter schlimm, Marlies hat ohnehin genügend Bügelwäsche heute Abend. Schlimmer ist, dass Marlies nach kürzester Zeit auch ihren Arbeitstisch im Keller mit den Kindern teilt.

»Darf ich bei dir unten Hausaufgaben machen?«

Klar. Es versteht sich von selbst, dass es schöner und entspannter ist bei ihr am großen Schreibtisch, sehr viel schöner als oben, in dem Chaos im ersten Stock, und während ihr Zimmer belegt ist, kann Marlies auch rasch ein bisschen Ordnung machen. Vielleicht reizen dann die Kinder auch die eigenen Schreibtische wieder, vielleicht mögen sie dann auch wieder mal bei sich oben sein.

Und richtig, irgendwann verfliegt die Attraktion von Marlies' Schreibtisch, spätestens, nachdem dort ebenfalls ständig der Klebstoff und die Schere fehlen. Doch was soll's, Marlies ist nicht kleinlich, sie macht sich erneut auf den Weg nach oben, sucht ihre Sachen zusammen, hat ihr Herz noch nie an Äußerlichkeiten gehängt oder an Dinge.

Marlies teilt gern.

Tinka zum Beispiel möchte auch so einen tollen Sessel zum Lesen in ihrem Zimmer, und hat Marlies nicht sowieso schon seit Wochen nicht mehr darin gesessen?

Und dann meldet Lukas an, dass es eigentlich am besten wäre, wenn *er* im Keller wohnen würde, wegen des Schlagzeugspielens mittags und nachts. Das sei Marlies doch recht, wenn er Zeit habe zum Üben, und außerdem brauche er ja auch Übung in Selbstständigkeit und Erwachsensein, da sei das doch prima, mit dem eigenen Bad und der eigenen Tür, dem separaten Zugang, durch den Freunde rein- und rauskönnten. Zumal Marlies sowieso, so viel er sehen könnte, nie da unten sei.

Klar, das stimmt, das ist treffend beobachtet.

Marlies braucht im Grunde kein Zimmer, sie ist ständig unterwegs: zum Aufräumen und Schere suchen und Wäsche einsammeln und Chinaballons montieren, sowie auf der Jagd nach einem freien Bett.

»Die Chinaballons«, sagt Lukas, »die gefallen mir übrigens auch nicht mehr. Ich will Halogenleuchten, und die Wände will ich schwarz.«

Marlies lacht ihr heiseres Lachen.

Sie sei nicht traurig über diese Entwicklung, erzählt sie ihren Freundinnen auf der Veranda, im Gegenteil. Toll fände sie, dass die

Kinder so gut wüssten, was sie brauchten, dass sie so selbstständig seien. Beim Kaffee erzählt sie meiner Mutter von Lukas' neuer »Gruft«; sie ist stolz auf Lukas' Exzentrik. Und er bekomme auch wirklich viel Besuch, sei beliebt und kreativ. Ein super Schlagzeuger, ein Mädchenschwarm, der Schulsprecher – ihr Sohn.

Im Wohnzimmer von Tinka und Robert steht der Sessel, der alte Sessel mit dem knallpinken Bezug. Er passt gut zum roten Sofa und dem bunt gemusterten Teppich; Tinka hat ein Händchen für Inneneinrichtung, es ist gemütlich bei ihnen – bis auf den Umstand, dass man sich nur schreiend unterhalten kann.

Franz und Edgar rasen durch die Wohnung, kicken Bälle, leeren Stiftschachteln aus.

Tinka strauchelt, knickt weg. Hoffentlich hat sie sich nicht ernsthaft verletzt, sie braucht ihre Bänder und Gelenke noch, spätestens, wenn sie mit den Jungs auf die Straße geht. Dann muss sie schnell sein, sonst laufen sie ihr weg und unters Auto.

Franz hat einen Edding gefunden, überlegt, wo er ihn ausprobieren kann.

Tinka zuckt mit den Schultern. Sie bückt sich und sammelt die Stifte wieder ein; es ist ihr egal, was Franz als Nächstes tut, sie gibt nicht viel auf Dinge, und den Sessel zieren ohnehin schon diverse Krakel. Niemand kann mehr sagen, ob sie von damals stammen oder von heute; Tinka geht in die Küche, ich bleibe im Wohnzimmer zurück.

Franz hat die Kappe des Eddings abgezogen.

»Ich will nicht, dass du den Sessel beschmierst«, sage ich zu Franz, und er sieht mich vollkommen ausdruckslos an.

»Gib mir den Stift«, sage ich, und er schüttelt den Kopf. Nähert sich dem Sessel.

»Sofort gibst du mir den Stift!«, schreie ich, renne auf Franz zu und packe seine Hand. Er schreit und tritt mich mit den Füßen. Ich biege ihm die Finger auf, ich zittere.

Ich bin stärker als er, oh ja, das dann schon noch.

Zitternd gehe ich in die Knie, taste unterm Sofa nach der weggerollten Kappe, drücke sie auf den Stift und überlege, was ich tun soll.

Ich will Tinka nicht verlieren.

»Franz scheut keine Konflikte«, sagt sie, nein, sie ruft über den Lärm hinweg, als wir beim Kaffeetrinken sitzen, sie auf dem Sofa, ich im pinkfarbenen Sessel.

Franz, Bo und Edgar rasen als Feuerwehrmänner um uns herum.

Ich nicke.

»Das macht viele Leute aggressiv«, sagt Tinka.

Ich nicke erneut.

»Sie denken, weil er klein ist, müsse er ihnen gehorchen. Aber er hat keine Angst. Er geht immer aufs Ganze.«

Ich nehme all meinen Mut zusammen.

»Glaubst du nicht, dass das gefährlich ist? Er sollte vielleicht auch mal lernen, sich in Acht zu nehmen. Schon zu seiner eigenen Sicherheit –«

Ich sehe ein kurzes Flackern von Misstrauen in Tinkas Augen und bin still.

Egal wie – ich werde sie so oder so verlieren.

Wenn ich mich auf ihre Seite schlage, bin ich gegen Franz, und das wird sie mir verübeln. Sage ich nichts, werden ihre Kinder sie nach und nach verdrängen. Schon jetzt will ich eigentlich nicht mehr hier sein, es ist zu laut, die Gefahr ist zu groß, wieder mit Franz aneinanderzugeraten. Ich mache mich klein.

Ich sitze in Marlies' altem Sessel und weiß nun ganz genau, wie meine Mutter sich gefühlt hat, damals, als Marlies ihn und das Zimmer im Keller wieder aufgab, damals, kurz bevor meine Mutter Marlies endgültig verließ.

»Es ist so weit«, sagte sie, als Marlies in die Klinik kam. »Jetzt hat sie ihr eigenes Zimmer.«

Es klang grausam und zynisch, und ich wusste nicht, was ich damit anfangen sollte.

Heute weiß ich, dass das Zimmer für meine Mutter Hoffnung bedeutete: ein eigenes Zimmer für Marlies in der Psychiatrischen Klinik, endlich wurde eine Grenze gezogen, war's mit der allgemeinen Entfaltung auf Kosten von Marlies vorbei.

Nicht sehr lange, Marlies kam zurück, besorgte sich ein fünftes Kind und so weiter. Marlies' Seele ließ sich nicht so einfach heilen, Marlies' Seele blieb auch weiterhin allein.

Was hätte meine Mutter anders machen sollen?

Ich weiß, dass sie Marlies geliebt hat. Sie hat sie geliebt, und sie hat sie verlassen.

»Let it be«. Paul McCartney, 1970. Der Lieblingsbeatle meiner Mutter.

Ich bin wie meine Mutter, ich lasse es geschehen.

Manuela war nur die Erste, meine erste gleichaltrige Tote, Hausaufgabenkind ohne nennenswerte Lobby; nicht gefährdet genug, als dass ich sie zu mir nach Hause eingeladen hätte, Mehmet Yildirim war schicker, Moslem, Heidenkind, einer, der kein Deutsch sprach, dem sogar Monika den Bedarf im Vorbeischauen angesehen hätte. Manuela war einfach nur ein dünnes, blasses Mädchen, mittleres Kind einer armen, kranken Mutter, die auch schon ein dünnes, blasses Mädchen gewesen war.

Selbst schuld, Manuela, warum hast du dich nicht selbst gerettet, dich am eigenen Schopf aus der Duschwanne gezogen? Wie kann man nur so blöd sein und in fünf Zentimeter tiefem Wasser ertrinken?

Oh, verdammt, man kann vieles.

Es gibt Frauen, die bringen Kinder zur Welt, ohne dass irgendjemand es merkt, weder die Nachbarn, noch der Ehemann. Dick genug muss man sein, dann erkennt nicht nur niemand die Schwangerschaften, dann bemerkt auch keiner die Frau.

Oder aber man ist dünn, so dünn, dass man durchscheinend wird, durch Wände und verschlossene Türen gehen kann, sich nach Belieben auflösen und später wieder neu zusammensetzen. So etwas lernt man, wenn man stets die falschen Unterhosen trägt.

Manuela ist ertrunken, weil sie den Kopf nicht mehr hoch bekam.

Gestolpert ist sie, über den angegrauten Badvorleger mit der hübschen rosafarbenen Borte, dumm gestolpert, hingeknallt. Und das Wasser lief schon, weil es immer ewig brauchte, bis es warm wurde. Manuela ist keine, die sich darüber beim Vermieter beschwerte –

Das Wasser lief, der Abfluss war verstopft, uralte Rohre, verkalkter Siphon, dazu Manuelas Haare, vermischt mit Seife und Hautschüppchen.

Das lauwarme Wasser steigt auf fünf, sechs Zentimeter Höhe, und das reicht schon, wenn eine den Kopf nicht mehr heben kann.

Das Wasser fließt in Mund und Nase, verhindert die Luftzufuhr. Man sollte meinen, da wirkten dann Reflexe, aber nein. Wer seit dreißig Jahren stillhält, bei dem sind die Reflexe verkümmert, wieso sollte sie jetzt, ausgerechnet jetzt in der Lage sein, den Kopf zu heben und sich zu retten? Sie liegt flach, Manuela, und sie duckt sich. Der Schmerz, die Angst, die Trauer, die Atemnot –

Nichts, was sie nicht schon kennt, sie bleibt liegen.

Lässt es laufen.

Hört nichts mehr. Sieht nichts mehr.

Sie atmet nicht mehr, sie ist tot.

Manuelas Seele verlässt ihren Körper. Ihr Körper liegt da, leicht verrenkt die blassen Beine, tangartig das nasse Haar. Wer will in diesem Badezimmer verweilen, in diesem Körper? Nein, die Seele muss weg, sie entweicht.

Noch bleibt sie ein wenig unter der Decke hängen, im Wasserdampf, dann findet sie einen Weg zum undichten Fensterchen hinaus, steigt hinauf in den Himmel über Stuttgart-Kaltental.

Der Wind weht von Westen, treibt Manuelas Seele über Waiblingen und Schorndorf auf die Ostalb zu. Wo will sie hin, doch nicht nach Lauchheim zu Tante Irene?

Eine Filiale der Metzgerei ihres Vaters; er hat investiert, hat umbauen lassen.

Eine automatische Eingangstür aus Glas, dunkelbraune Blechverkleidungen außen und Fliesen in Natursteinoptik am Boden. Mitte der Siebzigerjahre ist Irenes Laden in Lauchheim richtig schick, da strömt die Kundschaft, da fühlt man sich wohl. Ein Rädchen Lyoner für die Kleinen, ein extra Plastikbeutel für die blutige Leber; dem fast blinden und gichtigen Fräulein Meta klaubt die tüchtige Verkäuferin das Geld selbst aus dem Kunstlederportemonnaie und zählt dabei laut mit. Fußgetrappel, Lachen, draußen fahren pastellfarbene Autos vorbei, und die automatische Tür schließt und öffnet sich unermüdlich.

Und dann, ganz plötzlich: Stille.

Fräulein Meta steht auf der Fußmatte und versteht nicht, warum die Tür nicht mehr aufgeht. Sie wedelt vorm Bewegungsmelder, sieht dann das Schild: »Wegen Familienangelegenheit geschlossen«.

Die Angelegenheit ist Irenes Tod, der Mord an ihren Mädchen.

Im Haus überm Stammgeschäft ist das geschehen, noch ist die Nachricht nicht bis nach Lauchheim gelangt.

Irene hat die Mädchen am Wochenende zu den Großeltern mitgenommen, sie am Sonntagabend ins Gästezimmer gelegt, das Zimmer links vom Flur, das früher mal Irenes war. Unter dicke Plumeaus, die ein bisschen modrig rochen, hat sie die Kinder gebettet, während ihre Mutter in der Küche noch beim Abwaschen war.

»Bleibt doch hier«, hatte ihre Mutter gesagt, »du und die Mädchen, dann sehen wir später noch ein bisschen fern.«

Es war Irene recht gewesen, es ersparte ihr den Weg nach Hause. Zu Hause sitzt mein Onkel Hartmut über seinen Büchern für das Fernstudium. Was werden will er, nicht nur der Schwiegersohn des Metzgers sein, der Mann der Filialleiterin in Lauchheim, nein, Lehrer will er werden, einer, der weiß, wo und wie's langgeht.

Mathe allerdings ist schwer, hat ihm noch nie gelegen. Gleichungen mit zwei Unbekannten, Dreisatz und Bruchrechnung. Hin und her muss man da schieben, bloß keinen Flüchtigkeitsfehler begehen, sonst ist am Ende alles falsch. Nicht einen Moment nachlassen! Hartmut hasst es, will sich konzentrieren, will niemanden mehr sehen, will bloß rauchen, um die Gehirnzellen auf Trab zu halten. Seit Monaten schon will er ganz gewiss nicht den Sonntagskrimi genießen mit Irene, also ist's ihm recht, dass sie anruft und sagt, sie komme nicht heim.

In der Diele der alten Wohnung steht das Telefon von Irenes Eltern, der Hörer riecht nach dem Rasierwasser des Vaters, der alte Metzger sitzt im Wohnzimmer im neuen, dreifach verstellbaren Sessel; der Krimi läuft schon, die Mutter wringt das Spültuch aus und hängt die Schürze an den Haken.

Irene hält den Hörer ans Ohr, obwohl Hartmut längst schon aufgelegt hat.

Irene schnuppert, riecht das Rasierwasser, hört Schüsse aus dem Fernseher, sieht die Füße ihres Vaters durch den Spalt der offen stehenden Wohnzimmertür, in Pantoffeln und auf dem bequemen Fußteil seines Sessels, Irene sieht die Hände ihrer Mutter nach dem Strickzeug greifen, ein Pullunder für Petra, das ältere der beiden Mädchen, altrosafarbenes Noppenmuster.

Irene sieht, hört und riecht nichts, was nicht in Ordnung wäre, nein, im Gegenteil: Alles ist gut, es geht allen gut, das Geschäft läuft, Hartmut lernt, der Pullunder wird hübsch; sie selbst hat die Mädchen liebevoll ins Bett gebracht, hat ihnen noch ein Lied gesungen, von den Blümelein, sie schlafen.

Die Kinder schlafen, und als Irene sich wieder bewegen kann, geht sie hinüber ins Schlafzimmer ihrer Eltern, in dem die Pistole in der Kommode darauf wartet, entsichert und abgefeuert zu werden.

Die Mädchen rühren sich nicht, als Irene ihnen die dicken Daunenkissen auf die Gesichter drückt. Der Schlaf vor Mitternacht ist der beste, ist ein Tiefschlaf, fest und traumlos.

Irene entsichert die Pistole des Metzgers.

Es knallt, als sie abdrückt, aber ihre Eltern hören es nicht. In deutschen Wohnzimmern wird sonntagabends ununterbrochen geschossen, werden Verbrecher gejagt und Fälle gelöst. Irenes Mutter findet die drei Leichen erst, als sie nachschauen geht, wo Irene wohl den ganzen Abend bleibt. Warum sie nicht zum Fernsehen kommt. Ob sie vielleicht schon ins Bett gegangen ist?

Manuelas Seele fliegt, doch Irenes Seele hängt seit damals fest.

Seit fast vierzig Jahren hält Irenes Seele sich versteckt, unter dem Bett, das mal Irenes eigenes war, in das Irene Petra gelegt und warm zugedeckt hat, in dem Irene Petra erstickt hat, nachdem sie Sabine erstickt hat, kurz bevor sie sich selbst erschoss. Unter dieses Bett hat ihre Seele sich verkrochen, zwischen Lattenrost und Matratze; sie hat sich im Verlauf der Jahre keinen Millimeter fortbewegt, um ja nicht erkannt zu werden, um bloß niemanden zu behelligen. Was gibt es Schlimmeres als die Seelen mordender Mütter?

Sie ist allein, mutterseelenallein. Keine andere wird sich je mit ihr vereinen wollen.

Es ist ruhig um mich herum. Alles ist schwarz, alles ist still. Ich weiß nicht mehr, wo ich bin, ich will aber auch auf keinen Fall die Augen öffnen.

Eine Wohnküche im generationenübergreifenden Gemeinschaftshaus?

Ein eigenes Zimmer in der Psychiatrischen Klinik Stuttgart-Sonnenberg?

Ein Wertstoffhof im Ostalbkreis, wo morsche Betten mit versteckten Mutterseelen in Container geworfen werden, werktags?

Ich sehe meine Schwester auf dem Parkplatz von Ikea. An jeder Hand hält sie ein Kind, die Kita hat geschlossen, zwei Wochen sommerliche Schließzeit, und mein Schwager ist mit der neuen Frau und dem Spenderkind auf La Gomera.

Er hat Wiebke verlassen, aber sie hat den Kindern bisher nichts davon gesagt.

»Der Papa kommt bald wieder, der Papa muss noch arbeiten. Demnächst ist der Papa dann auch wieder für euch da.«

Am Telefon spricht sie jetzt Englisch, wenn die Kinder zuhören, und sie weint viel, aber das hat sie vorher auch schon getan.

Wiebke will nichts kaufen bei Ikea, will nur den Vormittag rumkriegen, und wo geht das besser als hier?

Auf La Gomera, gut, doch das steht zurzeit nicht zur Debatte. Vielleicht irgendwann später, falls sich die Lage beruhigt.

Wiebke zieht mit den Kindern durch die Möbelausstellung, lässt sie rennen und klettern, die Kinderzimmer ausprobieren, die Sitzsäcke, Hochbetten, Drehstühle.

Das ist toll bei Ikea, schwedisches Laisser-faire; man wird geduzt, die Schweden sind die Könige der Reformpädagogik und der Sozialdemokratie.

Ein ganz neues Leben, wenn man die Möbel mal austauscht. Es

gibt einen Vorschlag, wie man auf vierzig Quadratmetern gut und billig alles unterbekommt. Doch das muss nicht sein, mein Schwager überlässt Wiebke natürlich das Haus.

Mein Schwager will nicht um Besitztümer kämpfen, er kämpft schon mit seinem schlechten Gewissen, aber letztendlich hat er recht, und er weiß es. Wer in einem kranken System verweilt, stützt es nur weiterhin, es ist gut, dass mein Schwager das System mit seinem Fortgehen zum Einsturz gebracht hat. Er muss kein schlechtes Gewissen haben, im Gegenteil: Er hat ein Recht auf Glück, und er hilft meiner Schwester und den Kindern, indem er endlich mal an sich selbst denkt.

Allerdings ist es ein Trugschluss zu glauben, dass die, die dem endgültigen Einsturz des Systems beiwohnen, sich an den Händen oder sich gar gegenseitig die Ohren zu halten.

Jeder steht, jeder bebt, jeder flüchtet für sich allein.

Ich muss zusehen, wie Wiebke zugrunde geht.

Sie zieht die Kinder bei Ikea in die Cafeteria, da gibt es Fleischklößchen mit Pommes und Preiselbeermarmelade, da kann man Limonade trinken, so viel, wie man mag.

Schon vor Wochen hat Wiebke damit aufgehört, auf gesunde Ernährung oder den Zahnschmelz ihrer Kinder zu achten, sie haben jetzt immer große Tüten Gummibärchen und Sirupwasser in Nuckelflaschen dabei. Meine Schwester hat auch aufgehört, das vor Dritten zu rechtfertigen; sie sagt nichts mehr, nimmt Dritte kaum noch wahr.

Jetzt sieht sie zu, wie meine Nichte sich das Glas am Getränkespender mit Mezzomix füllt, Mezzomix rinnt über die Finger und in die Ärmelbündchen; »Das ist voll!«, brüllt mein Neffe, »Jetzt bin ich dran! Geh da weg!«

Wiebke trägt das Tablett zu dem Rondell mit der Rutschbahn.

Während die Kinder rutschen und trinken, rennen und essen,

sieht meine Schwester nach oben an die Decke. Da hängen etwa dreißig Lampen, Modell Chinaballon, in der Selbstbedienungshalle runtergesetzt auf vier Euro das Stück. Schön eigentlich, wenn es so viele sind.

Um sie herum sind viele andere Mütter, Paare, Rentner, die billig zu Mittag essen. Alleine ist meine Schwester nicht, jemand hält ihr sogar die Tür auf, als sie mit meiner Nichte aufs Klo geht.

Das Kind hat Durchfall, kein Wunder bei dem Essen; meine Schwester jedoch denkt anders, wühlt in ihrer Tasche nach Medikamenten, verabreicht Imodium und ein doppeltes Dolormin gegen den Schmerz.

Ein Schmerz, den meine Nichte nicht fühlt, sehr wohl aber meine Schwester.

Wiebkes Schmerzen sind inzwischen chronisch, begleiten sie überall, auf ihrem Weg durch die Selbstbedienungshalle, in die Fundgrube, rüber zum Kassenbereich. Die Kinder kriegen noch ein Softeis, dann werden sie in ihre Autositze geschnallt.

Noch nicht mal zwei Uhr ist es, ein Jammer; den ganzen Nachmittag hat Wiebke noch vor sich, was soll sie da machen? Ach ja, ich weiß.

Sie muss zum Arzt, wegen des Durchfalls meiner Nichte.

Wiebke probiert etwas Neues, fährt ins St. Elisabeth-Krankenhaus nach Jülich, da war sie noch nie, da kennt man sie noch nicht.

Wiebke bekommt dort den Becher für die Urinprobe noch persönlich und vertrauensvoll in die Hand gedrückt; Wiebke mischt was zusammen aus den Proben, die bereits im Toilettenvorraum stehen. Das ist realistisch, schließlich ist meine Nichte ja jetzt hier in der Klinik und somit all den Bakterien der anderen Patienten und Patientinnen hilflos ausgeliefert. Im Wartezimmer bekommt meine Nichte noch ein Dolormin. Mein Neffe ebenfalls, zur Vorsorge.

Bleich sehen sie aus, die beiden Kinder, das stimmt. Immerhin hat die Kita geschlossen und Wiebke muss ohnehin zu Hause bleiben, dann können sie ruhig krank sein, so lohnt sich der Aufwand wenigstens.

Wiebke lauscht den Ausführungen des Arztes, nickt. Oh ja, sie kennt den Verlauf dieser Krankheit, sie kennt die Gefahren und sämtliche Symptome. Wiebke ist eine gute Mutter.

Im Wartebereich zieht sie Schokoriegel und saure Drops aus dem Automaten; in der Apotheke bekommen die Kinder gelatinefreie Gummibonbons.

Als sie nach Hause zurückkehren, ist es zehn vor sieben, Sandmännchenzeit auf WDR.

Wiebke hat zehn Minuten Zeit für sich allein.

Während Herr Fuchs und Frau Elster sich übers Pilzesuchen streiten, mixt Wiebke einen Wirkstoffcocktail, der garantiert alle Beschwerden im Keim erstickt. Den bekommen die Kinder, und den nimmt Wiebke auch selbst. Erst in zwei Wochen wird irgendjemand was bemerken, dann nämlich erst werden die Kinder vermisst, weil dann die Kita wieder losgeht, mein Schwager aus dem Urlaub zurückkehrt, die Leichen endlich anfangen zu stinken.

Meine Lider sind wie verklebt. Meine Tränen sind inzwischen alle, und ich atme durch den Mund. Die Zunge klebt auch, meine Mundwinkel brennen.

Es ist durchaus folgerichtig.

Das System ist eingestürzt und hat Wiebke unter sich begraben.

Was konnte ich denn tun? Sie war krank. Familienmitglieder können sich nicht gegenseitig therapieren. Überhaupt muss der Patient zuallererst selbst an die Notwendigkeit einer Behandlung glauben, man kann niemanden zwingen, und wer bin ich, dass ich darüber richten dürfte, wer verrückt ist und wer nicht? Ich bin selbst eine

Gefahr für meine Kinder, ich passe nicht gut genug auf sie auf, ich werde ihren Tod zu verantworten haben.

Ich weiß, wie Tote sich anfühlen. Ich habe meine Mutter berührt, Tinkas Bruder.

Die Bewegungslosigkeit ist das Geheimnis. Wer lebt, bewegt sich auch im Stillhalten; eine leichte Spannung ist immer da, ein Vibrieren der Zellen, ein inneres Signal, mit dem jede Berührung beantwortet wird. Und das hört im Tod dann auf. Wer tot ist, dessen Körper gibt keine Antwort mehr, nicht die Geringste.

Wir haben die Kinder gemacht, Hendrik und ich, und ich habe sie geboren. Warm und lebendig lagen sie nach der Geburt auf meinem Bauch. In der Badewanne spielen wir das ab und zu nach, da glitscht Bo auf mich drauf, noch geht das, noch ist er klein genug.

Ich will ihm nahe sein, gleichzeitig halte ich ihn nicht aus.

Ich will meine Ruhe, will meine eigenen Gedanken verfolgen.

Unsere Energieniveaus passen nicht zusammen, er ist laut und ungestüm, er ist morgens um sechs Uhr hellwach und will spielen, er will alles und alles sofort.

Wenn er schlecht gelaunt ist, sind es innerhalb von fünf Minuten alle anderen auch.

Er lässt nicht zu, dass man ihn nicht beachtet.

Ich kann mich nur behalten, indem ich ihn verlasse, immer wieder, und die Strafe wird sein, dass er mich endgültig verlässt.

»Lass ihm mal 'ne Wanne ein«, sage ich zu Lina, am frühen Abend, wenn Bo schon zu müde ist, als dass man ihm noch irgendetwas recht machen könnte.

Das Rauschen des Wassers übertönt sein Gequengel, ich stelle eine Pfanne auf den Herd, schneide Zwiebeln und Gemüse.

Ich will in Ruhe kochen, ich mag mich nicht unterbrechen lassen, ich hasse es, wenn einer ständig an mir zieht.

Es gibt keine Süßigkeiten direkt vor dem Abendessen.

Es gibt keinen Kakao.

Ich kann jetzt nicht Ritterburg bauen, ich muss kochen.

Langsam entspanne ich mich, die Zwiebeln brutzeln.

Lina hat das Wasser abgestellt und Bo sein Legoschiff gebracht.

Die Tür zum Badezimmer ist offen. Ich höre, wie er singt: »Feuerwehrmann Sam, das ist Feuerwehrmann Sam – «

Ich werde mich hüten, ihm die alten Lieder beizubringen. Er singt das Zeug, das er auf Kika sieht, nach.

Ich drehe die Flamme klein und suche im Schrank nach den Tomaten in der Dose, doch da sind keine mehr, aber ich wohne zum Glück im Gemeinschaftshaus.

»Geh doch mal kurz runter zu Regine und frag, ob sie Tomaten hat.«

Lina will nicht, also gehe ich selbst

Regine hat Tomaten, ich rede ein bisschen mit ihr.

»Meine Zwiebeln!«, sage ich irgendwann. »Meine Zwiebeln, ich glaub', die brennen an.«

Oben öffne ich die Dose; es zischt, als ich sie in die Pfanne leere. Es zischt, und ich denke an Feuerwehrmann Sam. Was der alles löschen muss. Dass ich von ihm jetzt schon seit Längerem nichts höre.

Leblos. Bewegungslos. Kalt.

Eine Familienangelegenheit ist das nicht, wir haben die Familie abgeschafft, was übrig geblieben ist, sind Wahlverwandtschaften, Freundschaften, generationenübergreifende Wohnprojekte, Plena.

Ein Aushang am Gemeinschaftsraum: »Bo ist tot. Wenn sich bitte alle eines Kommentars enthalten würden.«

Ich schreie nicht.

Es ist nur eine dünne, sehr hohe Stimme, die fremd und wimmernd aus mir herausbricht: »Ich hab's gewusst, ich hab's gewusst –« Und nichts und niemand ist da, um mir zu antworten.

Ich gehe nirgendwohin, auf keine Beerdigung.

»Er war ein glücklicher, kraftvoller Junge«, wird Elvira an Bos Grab sagen, »es war ein Unfall, der ihn zu Tode gebracht hat, und es ist sinnlos, sich den Kopf darüber zu zerbrechen, wie dieser Unfall hätte verhindert werden können. Wer lebt, riskiert den Tod, wer Kinder in die Welt setzt, muss unter anderem damit rechnen, sie wieder zu verlieren.«

Jedes Kind hat das Recht auf seinen eigenen Tod.

Wer das gesagt hat?

Ich, als Argument gegen die Angst, als Leitspruch meiner Erziehung zu Freiheit und Selbstbestimmung.

Als Totschlagargument gegen Jörn.

12

Am nächsten Morgen kann ich nicht mehr aufstehen.

Ich liege auf dem Sofa, zwischen den Wäschestücken, die ich offensichtlich doch nicht so ordentlich weggeräumt habe, wie ich dachte, und starre auf eine von Bos Unterhosen, Größe 104, orangefarben mit dem König der Löwen vorne drauf.

Die Tränen laufen mir aus den Augen. Das ist wohl inzwischen der Normalzustand, ich muss nicht mal mehr schluchzen, es fließt ganz einfach von selbst.

Nichts erscheint mir schöner und gleichzeitig hilfloser, als Helden auf der Unterwäsche zu tragen, gut versteckt und doch nah auf der Haut. Ich will auch solche Unterhosen, ich kann nie mehr ohne Hilfe von Helden etwas tun. Ich greife nach der Unterhose, drücke mein Gesicht hinein.

Hendrik berührt mich vorsichtig, fragt, ob ich nicht rüber ins Bett gehen will. Ich öffne den Mund, aber es kommen keine Worte mehr aus mir raus.

Hendrik lässt mich so liegen und frühstückt mit den Kindern.

Lina macht einen Bogen um mich, Bo fragt, ob er seine Unterhose haben kann, aber ich gebe sie nicht her. Hendrik besorgt ihm eine andere, eine gestreifte. Sie ziehen sich an und verlassen das Haus.

Bis Hendrik zurückkommt, lausche ich auf die Geräusche um mich herum, höre das Haus knacken, die Materialien arbeiten. Die Lüftung im Badezimmer rauscht; es klingt, als müsse allerhand abgesaugt werden. Was, wenn sie aussetzt, was passiert dann mit uns? Wir bekommen ohne intakte Technik keine Luft mehr, sind auf Stromversorgung angewiesen, auf funktionierende Netzwerke, Fachleute, Geld.

Hendrik kommt und fragt, ob er mir helfen könne. Ich bringe noch immer kein Wort heraus.

Schließlich holt Hendrik einen Arzt, beziehungsweise Jörn, denn einen Hausarzt habe ich nicht, weigere mich seit Jahren, mich untersuchen zu lassen, weiß immer alles besser, bin eine möchtegernmündige Patientin mit Internetinformationen und einer albernen Angst vor Autorität.

Ich liege da und zittere. Halte mich an Bos Unterhose fest.

Jörn kommt und gibt mir ein Beruhigungsmittel. Die Umnachtung, in die ich daraufhin falle, ist anders als die Dunkelheit zuvor.

»Nervenzusammenbruch«, höre ich Jörn noch sagen, »akute Erschöpfung, Panikanfall.«

Es ist erstaunlich, was diese Chemikalien vermögen. Nur noch Zahlen sind in meinem Kopf, keine Worte und Bilder mehr.

»Eins, zwei, drei, vier! Diesen Kampf gewinnen wir! // Fünf, sechs, sieben, acht / und alle haben mitgemacht. // Nous sommes deux, nous sommes trois, nous sommes mille vingt et trois!«
Ich sage vier zu vier, dann geht die Rechnung auf.
Was ich eben noch gedacht habe, ist plötzlich ganz weit weg.
Ich schlafe.

Die Nachricht meines Zusammenbruchs verbreitet sich schnell.
Gewiss nicht durch Jörn, der hält sich streng an die ärztliche Schweigepflicht, aber da sind die anderen Nachbarn, Ricarda, die mir meinen Redeschwall an der S-Bahn verzeiht, die Kitamütter, die am Tor zusammenstehen – es sei ja auch längst abzusehen gewesen, dass so etwas passiere, alles nur eine Frage der Zeit.
Ich bin in bester Gesellschaft.
Claudia, Regine, ein Fünftel aller Lehrerinnen und Erzieherinnen meiner Kinder, ein Anstieg der Fälle um das Achtzehnfache seit 2004 –
Heide bringt einen Topf echte, selbst gekochte Rinderbrühe hoch, vor der Hendrik und die Kinder sich ekeln. Berit lädt sie stattdessen zu Tiefkühlpizza ein.
Jörn guckt regelmäßig nach mir.
Ich mag ihn, auch wenn ich immer noch wütend auf ihn bin. Niemand kann was dafür, dass wir in unterschiedlichen Welten leben. Er bringt mir Tabletten und mustert mich mit einem professionellen Blick aus seinen lieben, runden Augen. Er steht da wie ein Arzt, die Fingerspitzen in die Taschen seiner Jeans geklemmt, weil er natürlich keinen Kittel trägt, wenn er zu Hause ist. Vielleicht liegt's auch an der Untersicht, die ich im Liegen auf ihn habe, dass er mir plötzlich so groß erscheint.
Im Elend ergeben sich oft ungeahnte Allianzen, ich kenne das aus der Zeit, als meine Mutter im Sterben lag. Freunde, mit denen

sie sich in der Vergangenheit häufig gestritten hatte, von denen sie sich chronisch missverstanden fühlte, wurden unverhofft zu den Menschen, die am allerbesten wussten, was sie brauchte und wie man sich ihr gegenüber verhielt.

Hendrik ist dagegen weit weg, aber das kann ich ihm nicht verübeln. Ich hasse es, wenn er krank ist, warum sollte es andersherum nicht genauso sein? Wir sind so abhängig voneinander – alles, was der eine nicht schafft, bleibt unweigerlich am anderen hängen. Wenn ich ausfalle, muss Hendrik mich ersetzen; da bleibt nicht viel Kraft für Nähe und Mitgefühl. Da ist es schon eine Liebesleistung, dass er mich nicht permanent verflucht oder mich statt durch sich selbst durch eine andere ersetzt.

Während er und die Kinder bei den Nachbarn im Haus essen, ist es in unserer Wohnung ganz still.

Ich muss aufpassen, dass die Gedanken nicht wieder Fahrt aufnehmen.

Keine Fragen außer denen nach dem Wetter.

Es ist schön draußen, der Himmel ein tiefblauer Block, hoch und weit.

Wenn die Kinder abends im Bett sind, setzt Hendrik sich aufs Sofa und guckt eine Serie; Rocker, Vampire, Zombies, CIA.

Ich warte, dass er zu mir kommt.

Ich rufe nicht, er muss sich auch mal ausruhen dürfen.

Ich bin ja froh, wenn er auf sich aufpasst, wenn er dafür sorgt, dass er nicht auch noch schlapp macht. Wohin denn dann mit unseren Kindern?

Wenn er kommt, ist es schon spät; ich höre seine Sohlen, sein Seufzen, er setzt sich.

Er sieht mich nicht an, nimmt ratlos meine Hand.

Dass er keinen Trost mehr weiß, tröstet mich.

Morgens kommt Bo an mein Bett, mit großen Augen und gerunzelter Stirn.

»*Du* sollst mich heute bringen und abholen.«

»Hendrik!«, rufe ich um Hilfe.

Hendrik kommt und nimmt Bo auf den Arm, trägt ihn fort.

Hendrik weiß, was solch ein Kinderblick bedeutet; er tut alles, damit ich nicht zu viele davon abbekomme.

Lina winkt nur kurz und ist dann weg.

Ich muss auch weg.

Irgendwie muss ich mich wieder in Form und zum Funktionieren bringen; je länger ich liegen bleibe, desto mehr roste und raste ich ein.

»Sachte«, sagt Jörn, »unterschätz das lieber nicht. Deine Batterien sind leer, ruh dich aus.«

Das Bild mit den Batterien beunruhigt mich noch zusätzlich. Müssen die nicht raus aus dem Gerät, wenn sie verbraucht sind? Entsorgt werden, bevor sie ihrerseits rosten und dieses Zeug aus ihnen rausläuft, das die Kontakte verklebt? Glaubt Jörn im Ernst, die Batterien lüden sich durch bloßes Liegen von selbst wieder auf?

»Nein«, sagt er. »Aber der Stress hat dich doch erst an diesen Punkt gebracht. Du musst ein bisschen kürzer treten, die Ansprüche zurückschrauben. Mehr an dich selbst denken, auch mal Fünfe grade sein lassen.«

»Vier zu vier«, sage ich, und Jörn nickt.

»Kennst du diesen Ausdruck?« Ich bin erstaunt.

»Ja, klar«, sagt Jörn. »Mir ist auch oft alles viel zu viel.«

Ich denke an Isa.

Sie hat eine E-Mail geschickt, wie schön es bei uns gewesen sei, dass sie aus Versehen ein Handtuch aus der Gästewohnung mitgenommen habe, wie sehr sie es genossen habe, mit mir zu reden und dass ich mich melden solle, falls ich mal wieder in Frankfurt sei.

Ich bin froh, dass ich ihr meinerseits keine Mail mehr geschickt habe. Oder gar dem Plenum vorgeschlagen, sie und ihre Kinder hier im Haus zu verstecken –

Claudia ruft an. Ob sie vorbeikommen solle?

Es erscheint mir ungerecht, sie jetzt nicht zu empfangen. Ich habe die eine Wette gewonnen, sie die andere, wir sind quitt.

Hendrik betrachtet mich besorgt. »Wovon redest du da, welche Wette?«

»Wessen Ehe länger hält. Du warst doch dabei, an Silvester.«

»Okay, ja. Und die andere?«

»Dass ich auch einen Burn-out bekomme, so wie sie.«

Hendriks Augen werden schmal. »Darum habt ihr gewettet?«

»Na ja, nicht gewettet. Darum ging's halt oft, das weißt du doch.«

Hendrik holt das Telefon. »Ich sag' ihr ab.«

»Nein, warte, ich –«

»Das ist kein Spiel!«, sagt er. »Du bist krank.«

»Na ja. Deswegen ja –«

Ist Claudia meine Frau von Gencken? Warum genau will sie wohl kommen? Warum denke ich, ich müsse sie auf jeden Fall empfangen?

Hendrik wählt, und ich vergrabe mich unter der Decke.

Es wäre so schön, für immer die Gebende zu sein. Vier zu vier, doch in Wahrheit stets sieben zu eins für mich. Weil ich, egal wie schlecht es mir geht, immer noch großzügig sein kann. Fehler eingestehen, die zweite Wange hinhalten. Ich bin schwach, doch ich bin Gott.

Claudias Anfrage war vermutlich der Test, ob ich wirklich krank bin. Erst, wenn sie die Absage hört, die Hendrik ihr nun auf die Mailbox spricht, hat sie den Beweis, dass ich tatsächlich am Ende bin, schlimmer noch als sie selbst, schlimmer dran als meine Mutter im Endstadium ihres Krebs'.

»Hallo, Claudia. Du, hör zu, Sandra geht's wirklich sehr schlecht. Sie soll jetzt erst mal überhaupt niemanden sehen.«

Vier zu vier.

Bei mir wirken genau die gleichen Kräfte wie bei den anderen auch.

Abends richtet Hendrik mir Grüße aus von allen, die er tagsüber getroffen hat.

Mir wird wieder schwindlig, als ich sie vor meinem inneren Auge vorbeidefilieren sehe.

»Und die Bäckereifachverkäuferin bei Kaiser's?«

»Ja, richtig«, sagt Hendrik, »die grüßt auch.«

Hendrik merkt, dass mir die Luft knapp wird. Er setzt sich auf den Bettrand.

»Alle fragen«, sagt er, »aber das bedeutet nichts. Du musst nichts machen. Ich sage, dass es okay ist.«

»Aber es ist nicht okay.«

»Für dich nicht. Für die anderen geht's weiter wie bisher.«

»Dann war das hier alles ein Fehler? Das Haus und so, alles umsonst?« Ich sehe Hendrik flehentlich an.

Er schüttelt den Kopf. »Ich wusste nicht, wie tief du drinhängst. Ich wusste nicht, wie sehr das Gesetz gilt, dass Gemeinschaft durch Ausgrenzung entsteht. Wir wussten allerhand noch nicht. Wir haben's ausprobiert, und jetzt wissen wir mehr.«

»Findest du denn, dass Wissen Macht ist?«

»Nö. Aber wissen will ich's trotzdem.«

Der Antrag bei der Krankenkasse ist einfach zu stellen, man braucht nur eine Bestätigung des Hausarztes. Erschöpfung, Schlafstörung,

Stress – im Grunde all die Symptome, die in den Fünfziger- und Sechzigerjahren mit Contergan behandelt wurden, doch das macht man heutzutage nicht mehr. Heute achtet man genauer auf die Nebenwirkungen und schickt die Mütter an Orte, an denen sie lernen, sich selbst zu heilen statt Pillen zu nehmen.

Einfache Entspannungsübungen, therapeutische Gruppengespräche, gesundes Essen.

Denn es ist doch so: kein Ergebnis ohne eigenes Zutun, kein Erfolg ohne Anstrengung, keine innere Veränderung ohne äußere und umgekehrt.

Yin und Yang, Schwarz und Weiß, Festhalten und Loslassen.

Gar nicht leicht, da die richtige Balance zu finden, doch es gibt Menschen, die einem dabei helfen. Ärzte, Psychologen, Therapeuten, Diätassistenten.

Und es gibt Häuser, die so schön gelegen sind, dass alleine der Aufenthalt in ihnen einen ersten Schritt zur Genesung darstellt.

Zum Beispiel das Mütter-Kurheim auf der Nordseeinsel Juist.

Jörn sagt auch, dass seine Pillen nur für den Ausnahmezustand da sind, zur allerersten Abfederung. Sobald ich etwas stabiler sei, solle ich sie möglichst nicht mehr nehmen.

Wie ich merke, dass ich stabiler bin, sagt er mir allerdings nicht. Vielleicht gibt es Belastungstests, so wie der, den ich bei Ikea gesehen habe. Da ist ein Gewicht alle zwei Sekunden auf ein Sofa runtergekracht, und das Sofa hat ein Gütesiegel bekommen, weil es diesem Runterkrachen tagelang standhielt.

Das Sofa war äußerst stabil, war wie dafür gemacht, dass Kinder auf ihm rumhüpften, dass man mehrmals achtlos damit umziehen und alle möglichen Orgien darauf veranstalten konnte, ohne dass es sichtbar Schaden nahm.

Das will ich auch gerne alles wieder bieten.

Hendrik hilft mir bei den Formalitäten.

In so was sind wir gut, Formblätter ausfüllen, Fälle formulieren, Formeln verwenden.

Wir haben es geübt an unseren Schreibtischen, in unseren Proberäumen, mit unseren geistreichen Texten und Musikprojekten.

Wenn's beim ersten Mal nicht klappt, erheben wir Einspruch; es ist ein Spiel, dessen Regeln wir beherrschen, wir sind geschmeidig und haben alle Anlagen parat.

Hendrik läuft extra zum Briefkasten, um den großen, braunen Umschlag einzuwerfen.

Es ist okay.

Ich werde mir helfen lassen.

Es ist in Ordnung, sich auch mal schwach zu zeigen.

Meine Mittel sind ausgeschöpft, meine Batterien sind leer – es ist völlig in Ordnung, jetzt das Netzteil auszupacken und mich anzuschließen ans System.

Ich gehe einen Schritt in eine neue Richtung.

Ich werde wieder gesund.

Atmen –
   und anspannen.
   Und entspannen –
   und atmen.

Ich habe zwanzig Jahre lang in die Krankenkasse eingezahlt.

Ich habe anderen geholfen, jetzt helfen sie mir.

Es ist in Ordnung, sich helfen zu lassen.

Es ist *gut*, sich auch mal schwach zu zeigen.

Wirklich schwach.

Am Ende.

Andersherum hätte ich auch kein Problem damit.

13

Mein Antrag ist bewilligt worden, ich bin unterwegs zum Kurheim.
Letzte Nacht habe ich davon geträumt, dass wieder keine mit mir redet, aber ich beruhige mich mit dem Gedanken, dass bestimmt alle, die neu ankommen, nervös sind – Mädchen auf dem Weg ins Ferienlager, wo sie niemanden kennen, keine Freundin als Bastion dabeihaben, rasch jemanden finden müssen.

Allerdings haben sich »Elfenwinter« und »Barbarella08« schon im Netz verabredet, das habe ich heimlich mitverfolgt. Sie wollen sich in Norddeich Mole am Bahnhof treffen, weil sie beide aus Richtung Düsseldorf kommen.

Es kann mir egal sein.

Ich *muss* mit niemandem reden.

Ich kann auch mein arrogantes Gesicht aufsetzen und so tun, als sei ich unentwegt in Gedanken.

Ich kann drei Wochen lang alleine spazieren gehen, alleine am Tisch essen, alleine meine Bahnen schwimmen, Muschelketten basteln, Diätpläne einhalten. Mich auf das konzentrieren, weswegen ich aufgebrochen bin: Erholung. Entspannung. Rekreation.

Obwohl laut Anwendungskatalog auch der Austausch mit anderen Müttern, die sich in einer ähnlichen Lage befinden wie man selbst, zur Gesundung beitragen soll.

»Du bist nicht alleine«, »anderen geht es genau wie dir«, »es sind die Umstände, die dich ins Aus katapultiert haben, nicht deine Schwäche« – all so was.

Das Schiff, das zur Insel übersetzt, ist groß.
Eine Menge Leute drängen vom Bahnhof zum Fährhafen; ich

muss nicht herausfinden, wer von ihnen Barbarella und Elfenwinter sind, wer sonst noch zu den kranken Mitmüttern gehört.

Kann ich ja auch gar nicht.

Die Frau mit dem Pferdeschwanz und der neuen Jack-Wolfskin-Jacke, die vor mir die eiserne Treppe zum Sonnendeck hinaufgeht, hat vielleicht Mann und Kinder vorausreisen lassen in ihr gemütliches Ferienhaus mit Reetdach und Spielesammlung, oder sie ist die Besitzerin eines Andenkenladens an der Promenade.

Ich werd's noch früh genug erfahren.

Vielleicht die dicke Frau mit dem Kurzhaarschnitt?

Ich zwinge mich, statt auf die Passagiere aufs Meer hinauszusehen.

Kahle Bäume stecken als Leitsystem im Wasser, Möwen kreisen über der Kommandobrücke, große Möwen mit gelben Schnäbeln, nicht solche wie zu Hause am Alexanderplatz. Der Himmel ist allerdings der Gleiche, nur leer. Emailleschimmernd, blankgefegt.

Ich war seit Ewigkeiten nicht mehr an der Nordsee.

Einfach spazieren gehen, haben alle gesagt. Spazierengehen am Strand, schon dafür lohne es sich. Für den Wind, das Wasser, die Aussicht –

Es riecht nach Dieselabgasen, die Frisia II macht sich zum Ablegen bereit. Ein Signal ertönt, der eiserne Boden fängt an zu vibrieren.

Ich habe Angst vorm Spazierengehen, und vor der Nordsee habe ich auch Angst. Vor allem Schönen, das mich daran erinnert, dass ich früher im Leben sehr viel mehr dafür übrig hatte: Augen, Ohren, Geruchssinn. Aufregung, Neugier und Lust.

Eine aus Barbarellas und Elfenwinters Forum, die im Frühjahr hier war, hat durchgegeben, welche Kissengröße uns in den Betten der Klinik erwartet. Für den Fall, dass man eigene Bezüge mitbringen wolle, wozu sie ihrerseits sehr dringend rate –

Ich hätte nicht dranbleiben dürfen, aber ich konnte nicht anders. Deshalb brauche ich ja diese Kur: um mir abzugewöhnen, mich mit allem und jedem zu identifizieren, noch die letzten Kommentare zu lesen, immer bis zum Ende beim Plenum zu bleiben. Es muss mir egal werden, was Barbarella und die Kopfkissenfrau und weiß der Kuckuck wer tun und denken und empfehlen. Jeder nach seiner Façon, sodass auch ich meine Fassung wiederfinde.

Sich nicht mehr zu identifizieren bedeutet dann auch, Unterschiede zu akzeptieren. Vielleicht ist Barbarella dankbar für die Tipps der Kopfkissenfrau, das muss aber nicht heißen, dass ich es ebenfalls sein muss. Mir sind Kopfkissengrößen egal, niemals will ich so werden, dass ich neben der Einsamkeit und zu viel Schönem auch noch Angst vor falschen Kopfkissengrößen und fremden Kissenbezügen habe. Ich bin anders.

Und dennoch kann Barbarella absolut in Ordnung sein, vielleicht sogar richtig nett, und wir können zusammen einen Tee trinken, eine Ostfriesenmischung im Lütje Teehuus, nach dem Strandspaziergang am zweiten Tag.

»Wie schön«, sagt Barbarella mit Blick auf die Strohblumengestecke, »wie gemütlich«, und ich willige nicht ein, ich widerspreche auch nicht, ich nehme es hin als Ausdruck ihrer Persönlichkeit, nicht meiner.

Ich komme schon wieder durcheinander.

Ich *kenne* Barbarella nicht.

Oder doch?

Die Acht hinter ihrem Namen bedeutet nach meiner Auslegung, dass es im Forum zu dem Zeitpunkt, als sie dazustieß, bereits acht Barbarellas gab – ein Original und sieben weitere mit den Ordnungsnummern eins bis sieben –, aber das muss natürlich nicht so sein.

Vielleicht hat Barbarella die Acht freiwillig gewählt, einfach nur so, aus Aberglauben oder zur weiteren Verschlüsselung ihres Tarnnamens. Vielleicht ordnet Barbarella sich nicht anderen Barbarellas nach, sondern ordnet sich selbst, unterteilt ihr Ich in diverse Unter-Ichs, ist nur beim Kopfkissendiskutieren Barbarella08 und in sieben weiteren Foren Barbarella01 bis 07. Und zwar in Foren, in denen es um die Lösung des Nahostkonflikts oder die Auslegung von Paul-Celan-Gedichten geht.

Hätte ich nur den Laptop nicht aufgeklappt.

Es gelingt mir nie, mich abzugrenzen, ich muss jede noch so bekloppte Äußerung lesen und bedenken, so wie ich auch nicht durchs Treppenhaus meines Wohnprojektes gehen kann, ohne mir unentwegt vorzustellen, was hinter den Türen passiert.

Anderen geht es nicht so.

»Das ist doch nur dummes Getippe«, sagt Hendrik, und: »Nimm doch einfach den Fahrstuhl.«

Ich versuche, es ihm ab sofort gleichzutun.

Während die Frisia II Norderney passiert, rede ich mir ein, dass ich nicht unbedingt erfahren muss, wer Barbarella in der realen Welt überhaupt ist. Aus Richtung Düsseldorf kommen sicher viele, und wenn sich bei der Begrüßung in der Klinik herausstellt, dass zwei sich bereits zusammengetan haben und nebeneinanderliegende Zimmer verlangen, müssen das nicht zwangsläufig Barbarella und Elfenwinter sein. Man kann sich auch im Zug oder auf dem Schiff kennengelernt haben, wenn man offen ist und sich auf den Aufenthalt freut.

Ich könnte auch selbst vorab jemanden kennenlernen. Die Frau mit dem Kurzhaarschnitt, zum Beispiel.

Vorsichtig sehe ich mich um.

Da sitzt sie. Hält ihre Handtasche auf den Knien; ihre Haare werden vom Wind so stark zur Seite gepustet, dass der ungefärbte Ansatz freiliegt. Ihre Ohren sind rot und fleischig.

Sie sieht ihrerseits hinüber zu zwei weiteren Frauen, die an der

Reling lehnen und sich unterhalten, eifrig nicken, konspirativ ihre Sonnenbrillen vergleichen.

Oh, verdammt.

Jetzt weiß ich, wer die dicke Frau mit dem Kurzhaarschnitt ist. Sie heißt »MamiMa« und hat schon in der virtuellen Welt keinen Fuß auf den Boden bekommen, geschweige denn eine Reaktion von Barbarella und Elfenwinter. Sie kommt aus Richtung Magdeburg, hat achtjährige Zwillinge und einen Frührentner zum Mann – und keine wollte sich vorab mit ihr treffen.

Es dauert ewig, bis die Frisia II die richtige Position zum Anlegen gefunden hat.

Vor den Ausgängen ballen sich die Passagiere; Kleinkinder wollen nicht in ihren Buggys sitzen bleiben, große Kinder wollen nicht aufhören, sich um die Haltestangen zu drehen. Den Erwachsenen tun die Füße weh, es ist stickig, aber sich noch mal hinzusetzen oder an die Luft hinauszugehen könnte gefährlich werden, denn dann drängln sich andere beim Aussteigen vor.

Der Kapitän verabschiedet sich über die Sprechanlage, das Schiff rangiert und rumst gegen die Befestigung.

Endlich öffnen sich die Türen.

Ich lasse mich von der Menge mit nach draußen schieben. Es gibt eine echte Gangway, gesäumt von Menschen mit lachenden, rufenden Gesichtern, von Gepäckträgern mit Schirmmützen, auf denen die Namen von Pensionen stehen.

Ich straffe mein Gesicht, versuche, zu lächeln und ein Schild mit dem Namen der Klinik zu entdecken – ja, richtig, da ist es, in den Händen einer Frau mit Pagenkopf und türkisgrüner Hose. Türkis ist die Farbe der Gesundheit, der Schwimmbeckenfliesen und Hautcremeverpackungen, ich bin richtig, zu ihr muss ich hin.

»Hilke Albrecht«, sagt sie, »Verwaltung und Organisation.«

Sie macht einen Haken auf der Liste; insgesamt zehn Mütter sollen heute mit der Frisia II kommen, vier seien schon seit gestern da. Sie hat eine angenehme Stimme mit norddeutschem Akzent. Ich nicke und lächle, lächle auch in die Runde – Barbarella, Elfenwinter, MamiMa und noch sechs weitere –, ich lächle mir selbst Mut zu, denke, dass ich das durchziehen werde, dass ich das durchziehen *kann*. Es gibt eine Menge vergleichbarer Situationen, die ich in meinem Leben schon gemeistert habe: Ferienlager, Einschulung, Studienbeginn und so fort.

Wiebke hat mir geraten, ich solle einfach abwarten, nach ein paar Tagen würden sich die, die zusammenpassten, schon finden.

»Sollen wir jetzt unser Gepäck holen?«, fragt eine hagere, braungebrannte Mutter mit Schirmmütze.

»Ja, klar«, sagt Hilke und geht uns allen voran.

Sie hat ein Taxi reserviert, ein Pferdetaxi.

Juist sei eine autofreie Insel, nur der Arzt und die Feuerwehr seien motorisiert, alles andere werde mit Pferdefuhrwerken, Fahrrädern oder Handkarren befördert.

Ein paar der Mitmütter sind ehemalige Pferdemädchen; sie streicheln Nüstern, tätscheln Flanken – beiläufig, fachkundig – ja, sicher, sie haben's gut. Wenn es ihnen nicht gelingt, bis Ende der Woche eine Freundin zu finden, können sie immer noch Trost bei den Transportgäulen bekommen oder sich ein Reitpferd mieten, auf dessen Rücken sie dann den Strand entlangjagen, ganz nach vorne bis zur Inselspitze, wo ihnen die Gischt ins Gesicht spritzt und sie sich am kräftigen Hals ihres vierbeinigen Gefährten festhalten können.

Derlei fällt für mich leider aus. Ich habe Angst vor Pferden und keine Ahnung, wie man reitet.

Ein Strickzeug könnte ich mir zur Not noch besorgen, mit einem komplizierten Muster, dessen Rapport meine Gedanken beruhigt. Mit flauschiger Wolle, die meinen Händen schmeichelt.

Der Kutscher lädt unsere Koffer in den Anhänger. Wir steigen ein, sitzen uns dann auf zwei Bänken an den Längsseiten des Planwagens gegenüber.

Zur Klinik seien es nur zehn Minuten, meint Hilke, sie habe aber einen Umweg durch den Ort für uns gebucht, einmal die wichtigsten Wege, schön bequem, und fürs Taxi bezahle man ohnehin einen Festpreis.

Ich umklammere meine Handtasche, so wie vorhin MamiMa ihre auf dem Schiff.

Die Straßen sind mit roten Backsteinen gepflastert; es geht holpernd und im Schritttempo am Kurplatz vorbei, hinauf zur Promenade. Rechts liegt das Meerwasserhallenbad, links das erst kürzlich renovierte Kurhaus – einer Festung gleicht es mit seiner Panzerglaskuppel und den dreifach isolierten Fenstern. Teuer wird es sein, hier zu essen oder zu wohnen, weshalb auch eine leuchtend rote CityClean-Matte im Eingang liegt und einem das Gefühl gibt, man werde geehrt.

Ein paar der Mitmütter stellen Fragen, fangen an zu plaudern, machen sogar Fotos unter der Plane hervor.

Ich sollte vielleicht auch mal kurz was sagen, meine Stimme hören lassen.

Irgendwas Harmloses: »Riecht es hier nicht gut?«; und dann lachen die anderen und deuten auf den Pferdemist.

Doch ich kann nicht. Beim besten Willen nicht, nein.

Ich bin stumm.

Der rote Teppich hält meine Aufmerksamkeit gefangen, auch als wir schon längst am Kurhaus vorbei sind. Die Backsteine am Boden sind so etwas wie seine Fortsetzung; einem roten Band gleich führt die Straße den Deich entlang zur Klinik.

Ein kalter Wind ist aufgekommen und veranlasst meine Mitfahrerinnen, die Reißverschlüsse ihrer Jacken hochzuziehen, die Kapuzen aufzusetzen. Ich selbst mag mich nicht mehr rühren, bin endgültig erstarrt.

»Das ist der Wind, der vom offenen Meer her bläst«, erläutert Hilke. Das sei ein anderer als der, den wir von der Überfahrt schon kennen würden. Gesund sei dieser Wind, Teil des Reizklimas, das schon bald unsere Lebensgeister wecken werde. Demnächst würden wir hier statt zu frieren in zehn Grad kaltem Meereswasser baden, und zwar freiwillig!, ja, da gehe sie jede Wette ein.

Die Mitmütter lachen zufrieden.

Der Wagen hält vor einem mehrstöckigen Haus, das genau wie die Straße aus Ziegeln gebaut und kaum zu unterscheiden ist von den Häusern daneben. Die Klinik scheint sich zu tarnen – aus Bescheidenheit, Sparzwängen oder vielleicht zu unserer Sicherheit?

Hendrik hat gesagt, wenn Isa Tom tatsächlich verließe, wäre sie vielleicht in einem Frauenhaus besser aufgehoben als bei uns im Wohnprojekt. Weil Tom sich das bestimmt nicht ohne Weiteres gefallen lassen würde. So wie er an seiner Ex-Frau und der gemeinsamen Eigentumswohnung festhalte, würde er wohl auch an Isa festhalten, und weil die nichts besäße, eben an ihr selbst.

Hilke bittet uns, noch einen Augenblick sitzen zu bleiben.

Ich sehe die Straße hinunter, auf der nur vereinzelte Fußgänger unterwegs sind und ab und an ein Fahrrad. Was soll uns denn passieren, wenn wir schon mal aussteigen?

Die Pferde schnauben.

Der Kutscher brummt etwas Unverständliches.

Hilke verschwindet hinter der Eingangstür der Klinik.

Ich mustere unauffällig meine Mitfahrerinnen. Keine scheint sich daran zu stören, noch ein bisschen sitzen zu bleiben, keine von ihnen benötigt eine Erklärung.

Die Eingangstür ist aus weißem Plastik.

Auch den niedrigen Lattenzaun schützen weiße Plastikhäubchen, ein Häubchen für jede Latte; wie kleine dünne Krankenschwestern in Reihe sehen sie aus, doch der Vergleich ist äußerst weit hergeholt, ich will mich nur ablenken, ein bisschen belustigen, nicht zu sehr darauf warten, dass ich endlich aussteigen darf.

Ich starre auf die Tür.

Der Backsteinweg setzt sich im Vorgarten fort, mündet in einer roten Treppe. Ob drinnen auch alles aus roten Backsteinen besteht?

Hier ende ich.

Ich hefte meine Augen auf MamiMa, die die Kordel ihrer Kapuze so festgezurrt hat, dass nur ein kleiner Gesichtsausschnitt zu sehen ist.

Ganz kurz erwidert sie meinen Blick, aber ich weiß, dass sie sich nicht nach mir, sondern nach Frauen wie Elfenwinter sehnt. Danach, Kinderfotos im Smartphone zu vergleichen, nach unkomplizierter Kameradschaft, nach Kichern und Klönen und Kuchenessen trotz Diät.

Wie gerne würde ich ihr all das geben, wo ich doch zu genau weiß, dass sie's von Elfenwinter nicht bekommen wird, von keiner hier. Sie meiden sie.

MamiMa ist zur Einsamkeit verdammt, genau wie ich dazu, diese Einsamkeit zu sehen: in der Art, wie sie ihre Kapuze trägt, an der Krümmung ihres Rückens und daran, wie sie ihre Hände zwischen die Oberschenkel klemmt. Ich sehe ihre Einsamkeit, ihre unerfüllten Wünsche, ihre Ohnmacht.

Was suche ich hier?

Kein Ort könnte schlechter für mich sein als eine Klinik voll Frauen, voll nagender Bedürfnisse, Rachegedanken, Ablenkungsmanöver, Verzweiflung, Wahnsinn, Müdigkeit und Angst. Wie soll ich denn ausgerechnet hier gesund werden?

Ich bin nicht wie die anderen. Ich bin auf meine Weise verdammt.

Ich sehe uns auf diesem Wagen, einen Haufen ausgebrannter Frauen, und nichts, was wir hätten tun oder lassen, wollen oder denken können, hätte uns an ein anderes Ziel geführt.

Wir sind die Beute, ein Fang kaum noch japsender Fische, die zur Belebung in ein kühles Aquarium gesetzt werden sollen. Und dann?

»Einer ist keiner. Zwei sind mehr als einer. Sind wir aber erst zu dritt, machen alle andern mit –«

Wobei?

Beim morgendlichen Tai-Chi am Strand.

Nicht bei dem, was ich für nötig halte.

Mit mir wird sich keine dieser Mütter zusammentun, um den endgültigen Ausstieg aus dem Konkurrenzdenken zu vollziehen, die Befreiung aus dem Würgegriff der mütterlichen Angst.

Sie sehen sie nicht, sie glauben sich ja.

Dass es gut tun wird hier.

Dass sie sich erholen werden.

Dass eine neue Sonnenbrille tröstet und zwei, drei Kilo weniger.

Und ich, ich werde nicht stillhalten können. Werde es ihnen verderben, sie abschätzig mustern – sie beständig darauf hinweisen, wie blind sie doch sind.

Ich springe vom Beutewagen. Ich will nicht länger Kassandra sein, ich werde den Teufel tun und Klytämnestra ins Bad folgen, ins Meerwasserbad, zur Thalasso-Therapie.

Keine innere oder äußere oder sonst wie geartete Balance für mich, nein: weiterhin riesige Ausschläge nach oben und unten, Schläge, Schreie, Rufe; Rufe, die die Welt erschüttern werden.

Ich lasse mich nicht mundtot machen, ich habe nur dieses eine Leben, ich werde weitermachen bis zum Schluss.

Ich habe große Angst, aber das ist ab sofort zweitrangig.

Es geht heute kein Schiff mehr zurück, weil die Ebbe das Wasser aus der Fahrrinne zieht.

Vor dem Haus Naturerbe haben sich Familien eingefunden; eine geführte Wattwanderung soll gleich beginnen.

»Wenn Sie wollen, können Sie sich noch anschließen«, sagt die junge Frau mit der Forke, die mein Interesse bemerkt hat, und ich gehe rasch zur Kasse, um die Teilnahmegebühr zu entrichten.

Mein Koffer liegt im Anhänger des Pferdetaxis; ich bin bereit und unbeschwert.

Am äußersten Rand des Deichs sollen wir Schuhe und Strümpfe zurücklassen und barfuß in den Schlick hineinwaten. Ich zögere kurz, ob ich meine Sachen nicht doch lieber mitnehmen soll. Die Wattführerin beruhigt mich, hier sei noch nie etwas weggekommen. Ich kann ihr schlecht sagen, dass *ich* aber wegkommen will und meine Schuhe spätestens in Norddeich Mole wieder brauchen werde –

Schon nach wenigen Metern bleiben wir stehen und bewundern die winzigen Krabben.

Die Führerin hebt mit ihrer Forke einen Batzen Sand hoch und zeigt uns die gelben Gänge des Wattwurms. Das gesamte Gebiet stehe seit ein paar Jahren unter dem Schutz der UNESCO; wir bilden einen großen Kreis, trampeln mit den Füßen auf der Stelle, befördern damit Muscheln und Meeresschnecken zutage, genauso, wie es die Mantelmöwe macht.

Ich bin froh, dass ich alleine bin in dem Kreis, ohne meine Familie.

Lina würde mir sofort ihren prüfenden Blick zuwerfen. Sie weiß, dass ich in solchen Situationen unweigerlich anfange zu weinen, und sie hasst das, sie schämt sich für mich.

Ich schäme mich auch.

Ich will nicht dauernd weinen, zumal meine Tränen in der Regel missverstanden werden: Bei der Schulaufführung denken die Leute, ich weine aus elterlichem Stolz, dabei steht keines meiner Kinder auf der Bühne; in der Kirche drückt mir der Pfarrer mit ernstem Nicken am Ausgang die Hand, dabei bin ich gewiss kein verirrtes Schaf, das nun endlich in seinen Pferch zurückgefunden hat. Ich weine nur deshalb, weil ich an meine Sehnsucht erinnert werde, etwas zusammen zu machen. An meine Sehnsucht nach der Kraft, die darin liegt, sich einig zu sein. An meine Sehnsucht nach dem Schulterschluss, der Konzentration auf ein gemeinsames Ziel, der Spannung, die im Warten auf den Einsatz liegt. An meine Sehnsucht nach der Schönheit und Lautstärke orchestrierter Einzelstimmen, nach der Sicherheit, dass etwas, das man gemeinsam tut, auch das Richtige ist für alle.

Ich weine, weil ich weiß, dass das in erster Linie eine Sehnsucht ist und auch bleiben wird.

André Herzberg

Alle Nähe fern

Roman.
Taschenbuch.
Auch als E-Book erhältlich.
www.ullstein-buchverlage.de

Drei Generationen, zwei Weltkriege, zwei Diktaturen – die bewegende Geschichte einer deutsch-jüdischen Familie

»Ich habe den Stein ins Rollen gebracht. Meinetwegen findet das Familientreffen statt. Ich weiß nicht, warum sie nicht richtig miteinander lachen, sprechen, lieben, aber trotzdem, in mir wird etwas geweckt, was mich nie mehr verlassen wird, eine Sehnsucht, eine Behaglichkeit, eine Zufriedenheit, dieses Gewirr von Stimmen, dieses Brummen, die mittleren Töne, die hellen, wie eine Sinfonie, ich werde von ihnen allen gehalten, ich gehe durch ihre Hände. Ich bin Familie.«

Lakonisch und bildgewaltig erzählt André Herzberg von der generationsübergreifenden lebenslangen Sehnsucht nach Bindung und Zugehörigkeit: zu einem Land, zu einer Partei, zu einer Familie. Und von Fremdheit zwischen Vätern und Söhnen.

Deutschlands größte Testleser Community

Jede Woche präsentieren wir Bestseller, noch bevor Du sie in der Buchhandlung kaufen kannst.

Finde Dein nächstes Lieblingsbuch

vorablesen.de
Neue Bücher online vorab lesen & rezensieren

Freu Dich auf viele Leseratten in der Community, bewerte und kommentiere die vorgestellten Bücher und gewinne wöchentlich eins von 100 exklusiven Vorab-Exemplaren.

Wollen Sie mehr von den Ullstein Buchverlagen lesen?

Erhalten Sie jetzt regelmäßig
den Ullstein-Newsletter
mit spannenden Leseempfehlungen,
aktuellen Infos zu Autoren und
exklusiven Gewinnspielen.

www.ullstein-buchverlage.de/newsletter